IL TRADIMENTO D'ORO

LA SERIE LUCA MYSTERY

DAN PETROSINI

DAN PETROSINI
MYSTERY & SUSPENSE AUTHOR
www.danpetrosini.com

ISBN dell'edizione cartacea: 978-1-960286-79-6
Naples, FL, USA

PARTE I

NAPLES, FLORIDA

CAPITOLO UNO

Riattaccai ed entrai in cucina. Mary Ann stava scaricando la lavastoviglie. Chiese: «Chi era?»

«Pembroke, del Dipartimento del Tesoro. Ha bisogno di aiuto per un caso che coinvolge un certo Jay Adams che lavorava lì. Credono sia invischiato in un affare losco a Wall Street.»

Si fermò, mettendo via un piatto. «Cosa hai detto?»

«Non mi dispiacerebbe fare qualcosa per alzare il battito cardiaco, ma i mercati finanziari? Tutti quei tipi in giacca e cravatta? Assolutamente no.»

«Sei in Florida da troppo tempo.»

Afferrando una manciata di cucchiai dalla lavastoviglie, dissi: «Non abbastanza a lungo»

«Dovremmo andare a Miami per il fine settimana.»

«Vuoi mettere alla prova nel mondo reale lo spagnolo che stiamo imparando?»

Il cellulare di Mary Ann squillò. Fu la telefonata che avrebbe cambiato tutto.

«Ehi, Patti, stavo giusto per chiamarti... Cosa? Oh, mio Dio!»

Il colore defluì dal volto di Mary Ann. Scuoteva la testa. «Non ci posso credere. Che cosa terribile. Joe e Sue devono essere devastati... Dov'è successo?»

Allontanò il telefono dalla bocca e sussurrò: «Steve Ryan è morto di overdose»

Mi si rivoltò lo stomaco. Il ragazzo dei vicini aveva voluto fare il poliziotto. Steve, Jimmy e mia figlia Jessie erano stati compagni di bravate quando andavano alle scuole medie. Li avevo portati in ufficio diverse volte. Stevie era un bravo ragazzo e la cosa più vicina al figlio che non avevamo mai avuto.

———

Tre giorni dopo, presi la mano di Mary Ann ed entrai alle onoranze funebri Fuller. L'atrio era gremito di persone tra la tarda adolescenza e i vent'anni. Jessie e un altro ragazzo del quartiere erano seduti su un divano. Entrambi stringevano dei fazzoletti.

Ci facemmo largo tra la folla. Nostra figlia balzò in piedi e ci abbracciò. «Mamma, papà, non posso crederci, è surreale.»

Lo era. Questa lezione piena di dolore racchiudeva un messaggio più forte di tutte le cose contro cui l'avevo messa in guardia mentre cresceva. Speravo con tutto me stesso che tutte le persone in quella stanza lo capissero. Le droghe non erano solo pericolose; erano mortali.

Mary Ann disse: «Sei già entrata?»

A labbra strette, Jessie scosse la testa.

Le misi un braccio intorno alla spalla. «Andiamo, porgiamo le nostre condoglianze.»

Ci mettemmo in fila, avanzando lentamente verso la bara. Cercai di distrarmi pensando all'origine dell'espressione *porgere le condoglianze*. Porgere sembrava una parola strana. Si riferiva forse al viaggio necessario nei secoli passati? Per me, il pagamento era il disagio che provavo. Non importava che avessi visto decine di cadaveri: il mio stomaco era un pozzo di serpenti.

Joe Ryan, il padre, era chino su se stesso. Suo fratello gli dava delle pacche sulla schiena. Accanto alla bara c'era sua moglie, Sue, che accarezzava il viso del figlio morto.

Le mie gambe erano di cemento. Ogni fibra del mio corpo mi diceva di voltarmi. Una lacrima mi rigò una guancia. L'asciugai con il dorso della mano.

Mary Ann mi porse un fazzoletto. Eravamo i prossimi della fila.

La madre, Sue, ci vide e il suo volto si contrasse in una smorfia di dolore. Mary Ann e Jessie la strinsero in un abbraccio. Sue si mise a gemere. Piangendo apertamente, mi unii all'abbraccio di gruppo.

«Ci dispiace tanto, Sue.»

«Cosa farò? Se n'è andato. Il mio bambino se n'è andato.»

Chiudendo gli occhi, mi inginocchiai accanto alla bara. Lanciai un'occhiata al ragazzo che avevo conosciuto per quindici anni. Era un bravo ragazzo, e apprezzavo il fatto che avesse tenuto d'occhio Jessie.

Anche se non vedevo Steve da due mesi, il suo aspetto mi diceva che non faceva uso di droghe pesanti. Si diceva che l'overdose fosse stata causata da cocaina tagliata con fentanil.

Jessie si inginocchiò accanto a me e cominciò a singhiozzare. Le misi un braccio intorno e piansi con lei. Mary Ann mi afferrò la mano. Sussurrò: «Andiamo, Frank. Non fa bene a Sue vederci così»

Mi rimisi in piedi barcollando. Joe Ryan mi fissò con sguardo assente. Gli strinsi la spalla. «Mi dispiace, amico.»

«Steve ti ammirava, Frank.»

La mia voce si spezzò. «Era un bravo ragazzo.»

«È per te che voleva fare il poliziotto.»

Il vicino di casa dei Ryan si avvicinò alla bara e Sue ricominciò a gemere. Mi tirai il colletto. «Cosa possiamo fare per voi?»

Mormorò: «Niente, niente di niente può riportare indietro Steve»

«Cerca di tenere duro.»

Lui si lamentò e io dissi: «Andiamo a sederci in fondo»

Feci cenni silenziosi ad amici e vicini mentre ci dirigevamo verso l'ultima fila. Le ragazze si sedettero. La stanza era silenziosa. Dissi: «Devo usare il bagno»

Non era vero. Avevo bisogno di spazio. Attraversando l'atrio, una famiglia in lacrime entrò dalla porta. La madre teneva in braccio un abito, ancora nella plastica della lavanderia. Una ragazza sulla ventina portava una grande foto di un altro giovane.

La bile mi schizzò in fondo alla gola. Mi infilai nel bagno. Un ragazzo, che si stava lavando le mani, parlava con un amico che stava orinando. Entrai nel cubicolo e mi sedetti sul water.

Cercai di far uscire l'urina dalla vescica che mi avevano costruito quando uno dei ragazzi disse: «Non posso crederci, anche il funerale di Adam sarà qui»

«Ho sentito che aveva uno di quei kit per i test.»

«Immagino non l'abbia usato.»

In che razza di mondo vivevamo? La gente che usava cocaina la testava per la presenza di fentanil. Sapere che esistevano dei kit per il test non era sufficiente a far capire che si stava facendo un gioco mortale?

CAPITOLO DUE

«Sì», disse Mary Ann. «Le dispiace davvero molto di non essere andata al funerale.»

«È venuta per la veglia e domani ha un esame.»

«L'ha presa meglio di quanto mi aspettassi.»

«Sono completamente prosciugato.»

«Lo so. Vado a cambiarmi.»

Scomparve nella nostra camera da letto.

Un paio di minuti dopo, sussurrò: «Stai dormendo?»

«No. Sto solo pensando.»

«Ancora non riesco a crederci. Che incubo.»

«Non riesco a immaginare come sarà domani, ma sarà peggio di oggi.»

«Mi dispiace così tanto per Sue e Joe. Non so come faranno a superare questa cosa.»

«Non la supereranno. Non dovremmo sopravvivere ai nostri figli, specialmente quando hanno solo vent'anni.»

«Com'è potuto succedere?»

«I ragazzi corrono dei rischi. Pensano di sapere quello che fanno.»

«Era un così bravo ragazzo. Ricordi come si prendeva cura di Jessica?»

«Sì. Lui e Jimmy erano gli unici di cui mi fidavo. Guarda questa foto che Jessie mi ha messo sul telefono.»

«Wow. I tre moschettieri. Erano così carini insieme.»

«E innocenti.»

«Ci è voluto un po' prima che ti abituassi a Steve. Ricordi quando voleva aiutarti a verniciare e si è rovesciato il barattolo addosso?»

Ridacchiai. «Era così interessato a quello che faceva un detective. Faceva domande; alcune erano buone, come se avesse una sorta di intuito.»

«Jessica e lui si entusiasmavano così tanto ogni volta che li portavi in centrale.»

Mi si strozzò la voce in gola. «Un sacco di ricordi. Steve sarebbe stato un ottimo poliziotto.»

«È così triste. È come se fosse cambiato tutto.» La sua voce si spense.

Mi alzai dalla poltrona reclinabile. «Col tempo torneremo alla normalità. Avremo le nostre cicatrici, ma Joe e Sue non si riprenderanno mai del tutto.»

«Pensi che traslocheranno?»

«Non so se riuscirei a vivere nella stessa casa; sei circondato dai ricordi.»

«È il peggior incubo di un genitore.»

«Troppe vite vengono distrutte dalla droga. Ho sentito per caso che un altro ragazzo è morto per overdose e che la veglia sarà nella stanza accanto a quella dove c'era Steve.»

«È fuori controllo. Perché il governo non riesce a fermare, almeno in parte, questa situazione?»

«Ci girano troppi soldi.»

«Lo credi davvero?»

«Assolutamente. Guarda, il governo messicano è essenzialmente gestito dai cartelli. Odio dirlo, ma neanche noi siamo dei santi. Se ne avessimo la volontà, potremmo intaccare la fornitura che entra nel paese. E le sostanze chimiche per produrre il fentanil provengono dalla Cina. Dovremmo fare pressioni pazzesche su di loro.»

«Perché non li convinciamo ad aiutarci?»

«È questa la domanda da un milione di dollari. Non dico che sarebbe facile; dovremmo prendere decisioni difficili su cosa sia importante, ma abbiamo una maledetta crisi tra le mani e sta peggiorando.»

«Cosa sta facendo l'ufficio dello sceriffo al riguardo?»

«L'ultima volta che ho pranzato con Gesso, mi ha detto che stavano formando un'unità speciale per lavorare con le contee di Lee e Broward.»

«Non sono un'ingenua, ma non avrei mai pensato che avremmo avuto problemi di droga a Naples. Insomma, la marijuana è una cosa, ma questo fentanil sta uccidendo i nostri ragazzi.»

«È cento volte più potente dell'eroina.»

«Dicono che da ogni male nasca un bene. Speriamo sia così.»

Erano sciocchezze. Era una cosa che ci dicevamo per mitigare il dolore di un evento o di una perdita.

Non potevo starmene seduto ad aspettare che accadesse qualcosa di buono. Le cose accadevano perché noi le facevamo accadere. E io avrei fatto la mia parte per assicurarmi che qualcosa accadesse.

CAPITOLO TRE

Disse: «Hai una faccia di merda».

Feci un cenno a un cameriere che teneva in mano una caffettiera. «Grazie, amico. Stanotte avrò dormito sì e no un'ora».

Il cameriere mi riempì la tazza e ordinai due uova fritte con pane tostato.

Disse Derrick: «Stai pensando al ragazzo dei Ryan».

«È una cosa tremenda, Derrick. Sai che eravamo molto legati a Steve».

«Credimi, almeno Jessie è adulta. Mi preoccupa cosa dovrà affrontare la mia bambina quando sarà un'adolescente».

«Se la caverà».

«Speriamo, ma è quello che pensavano i Ryan. E chissà quale sarà la prossima porcheria sfornata in qualche laboratorio».

«Non riesco proprio a capirci niente, Derrick».

«I composti chimici?»

«Quello, e perché la gente vi si arrischia. Non ci capisco niente».

«Nessuno».

«Beh, se non lo capiamo noi, non abbiamo alcuna possibilità di fermarlo».

«I soldi, invece, li capiscono tutti».

«Fanno girare il mondo».

«Senza dubbio, sono ciò che rende il mondo della droga quello che è».

Il cameriere fece scivolare la mia colazione sul tavolo.

Afferrai la peperiera. «L'influenza del denaro è enorme. I cartelli se ne sono serviti per corrompere i governi. Si comprano la protezione. E, prendendo spunto da Carlos Escobar, si ingraziano i poveri, dando lavoro e costruendo parchi nei loro quartieri».

Derrick scosse il capo disgustato. «La gente comune che protegge i cartelli. Questa è la cosa più folle che ci sia».

«Torniamo sempre ai soldi. È gente povera e senza istruzione. Dove altro potrebbero trovare un lavoro che paga così tanto?»

«È lo stesso con gli spacciatori di strada in questo paese».

«Fino a un certo punto, ma non dimenticare che noi abbiamo un sistema d'istruzione. Questi ragazzi scelgono di abbandonare la scuola, e di solito non c'è nessun genitore a prenderli a calci nel sedere prima che lo facciano».

«L'altro giorno ho letto che negli Stati Uniti due milioni di ragazzi abbandonano le superiori ogni anno».

«È una statistica terribile, con conseguenze di vasta portata».

«Forse con l'IA non servirà una grande istruzione».

«Già, non vedo l'ora che le macchine controllino tutto».

Disse Derrick: «Noi non saremo qui a vederlo».

«Forse, ma vedo troppi danni causati dalla droga. Ci vuole una guerra vera, e devono guidarla i federali».

«Hai più sentito quel pezzo grosso del Tesoro?»

«Sì, vuole che mi faccia coinvolgere in un'operazione che li preoccupa. È un grosso fondo speculativo gestito da qualcuno che lavorava al Tesoro».

«Stavi cercando qualcosa da fare».

«Cerco qualcosa di eccitante da fare, ma il mercato azionario è un mondo che non conosco e in cui non voglio entrare».

«Non è molto diverso da qualsiasi altra cosa, basta seguire i soldi».

«I soldi, il comune denominatore».

«Secondo la Bibbia, sono la radice di tutti i mali».

Mentre ingoiavo l'ultimo boccone della mia colazione, mi venne un'idea. «Non arriverei a tanto». Mi alzai, tirai fuori dalla tasca una banconota da venti e la misi sul tavolo.

Disse Derrick: «Ho detto qualcosa che non va?»

«No».

«Che succede, Frank?»

«Devo andare a parlare con Jimmy, il ragazzo con cui stava Ryan quando è andato in overdose».

«Ho sentito che l'hanno interrogato. Ha detto di non essere stato presente quando è avvenuto lo scambio».

«Non ci credo. Conoscevo Steve, non ci sarebbe andato da solo».

CAPITOLO QUATTRO

Jimmy Pearson aprì la porta. «Oh, salve, signor Luca.»

«Ehi, Jimmy. Ha un paio di minuti per parlare?»

«Uh, certo. Entri pure. La mamma non è a casa; è corsa da Publix.»

Sapevo che era uscita di casa. «Me la saluti.»

La TV era in pausa su un videogioco. Due teppisti dall'aspetto realistico giacevano per strada in uno scenario urbano.

Premette un tasto sul telecomando e disse: «È per Steve, vero?»

«Sì. Ormai quel che è fatto è fatto, d'accordo? So che c'era anche Lei, e l'unica cosa che mi interessa è sapere da chi avete comprato.»

«Non lo farò mai più, lo giuro.»

«Lo spero. Ora, chi ve l'ha venduta?»

«Non ho comprato niente. È stato Steve, lui...»

Scaricare la colpa su un morto era una storia vecchia quanto le piramidi.

«Un momento, Jimmy. Può fidarsi di me. Non lo dirò a nessuno. Né a sua madre, né alla polizia, a nessuno. Non mi interessa chi ha comprato. Mi interessa solo identificare il fornitore.»

«Non lo so. Probabilmente sono i soliti da cui la prende chiunque.»

Poggiai le mani sulle ginocchia e mi sporsi in avanti. «Chi è lo spacciatore?»

Si torturò un'unghia con i denti.

«Jimmy, nessuno saprà che me l'ha detto Lei.»

Fece spallucce.

«Vuole che muoia un altro suo amico?»

Scosse la testa. «No, no. Ma io, io sono...»

Mi sedetti accanto a lui. «È normale avere paura. Io ho paura in continuazione.»

«Ma Lei era un detective.»

«Tutti hanno paura. Deve scacciare la paura e fare la cosa giusta, quella che deve essere fatta.»

«Lo so, ma...»

«Mi dica e basta. Non vuole che quei tizi la paghino per quello che hanno fatto a Steve?»

Acciglò la fronte.

«Lo hanno avvelenato. Poteva esserci Lei.»

Sussurrò: «Hanno detto che se qualcuno avesse aperto bocca, l'avrebbero, uhm, ucciso, sventrato come un pesce.»

«Pensa che l'ufficio dello sceriffo non sappia chi sono gli spacciatori?»

«E allora perché devo dire qualcosa?»

«Jimmy, Lei, Steve e Jessie eravate molto uniti da piccoli. Venivate spesso a casa nostra e siete passati alla centrale un paio di volte.»

«Io e Steve volevamo fare i poliziotti, i detective come Lei.»

«La droga ha stroncato la sua vita. Se non facciamo niente, è come dire al mondo che è una cosa accettabile. Pensa che sia giusto non fare niente?»

«No, certo che no.»

«Allora mi dica chi è stato.»

«Cosa, cosa ha intenzione di fare?»

«Ho delle fonti fidate al dipartimento. Farò in modo che diano del filo da torcere agli spacciatori; sa, che interrompano le loro attività. Se li colgono sul fatto, li arrestano, cose del genere.»

«Non dirà loro chi gliel'ha detto?»

Mi misi una mano sul cuore. «Nessuno lo verrà mai a sapere.»

Annuì. «Okay. Sono tipo tre tizi: uno basso e piccolo, lo chiamano Nino, un omone di colore con una cicatrice sulla guancia, ma non so come si chiama. Non dice mai una parola.»

«E l'altro? Ha detto che erano in tre.»

Jimmy si accigliò. «Sì, l'altro era il capo. Lo chiamano il Pescatore, ma sono quasi certo che il suo cognome sia Ruiz.»

«Come fa a saperlo?»

«La prima volta che lo abbiamo visto, se ne stava in disparte. Non sapevamo se fosse prudente comprare, e Steve chiese a Nino chi fosse. Sa, poteva essere un poliziotto o qualcosa del genere. Ma Nino disse che andava bene, che era il capo.

«Un giorno stavamo comprando della roba, e un tizio si fermò con un SUV. Pensavamo fosse la polizia, ma il guidatore disse qualcosa tipo: «Ehi, Ruiz,» e avrebbe dovuto vedere l'occhiataccia che gli lanciò il Pescatore.»

La verità sul fatto che comprasse coca regolarmente gli era sfuggita. «Non so se questo significhi che fosse il suo cognome.»

«Oh, doveva esserlo, perché la volta dopo, Nino e l'altro tizio non c'erano. Non so dove fossero. Allora io e Steve ci siamo avvicinati, e lui ha detto: «Che cazzo volete?», e Steve ha detto: «Signor Ruiz, vorremmo un grammo, se è possibile». Il Pescatore disse: «Se pronunci di nuovo quel nome, ti faccio a fette il culo. Ti do in pasto a quei cazzo di alligatori».

«Nessuna idea del nome di battesimo?»

«No.»

Mi ricordai di uno spacciatore di nome Manny Ruiz. Ma era di basso livello quando ero in servizio. «Era lì ogni volta che compravate?»

«No, non sempre.»

«Chi maneggiava la droga?»

«Davi i soldi al tizio di colore, e poi Nino andava sul fianco della casa a prenderla.»

«E il Pescatore? Maneggiava la droga o i soldi?»

«No, era solo lì. A guardare. Come ho detto, era tipo il capo.»

«Da dove spacciano?»

«Bazzicano vicino a un minimarket su Golden Gate Boulevard, non molto lontano dalla scuola media.»

«Spacciano in una zona scolastica?»

«Ci si incontra lì, ma poi li segui fino a una casa sulla quarantasettesima strada.»

«Dov'è?»

«Praticamente dietro la scuola media.»

«È vicino?»

«Ci sono un paio di strade e un canale in mezzo.»

Sembrava fuori dalla zona in cui le pene erano più severe. «Conosce l'indirizzo?»

«No, ma è una casetta blu a circa un quarto di miglio dopo una curva.»

«Okay. Senta, passerò l'informazione. Forse riusciamo a fermare questi tizi.»

«Non dica che gliel'ho detto io.»

«Non deve preoccuparsi.»

«Okay.»

Alzandomi, dissi: «Spero che tu abbia imparato la lezione sull'uso di droghe. Non c'è niente di ricreativo nell'assumere quella spazzatura. È letale e la gente che spaccia quella robaccia è pericolosa.»

«Lo giuro. Non mi avvicinerò mai più a quella roba. Assolutamente.»

Me ne andai sapendo che le persone, specialmente le più giovani, avevano la memoria corta e, complice la pressione dei coetanei, avrebbero razionalizzato i rischi che correvano.

CAPITOLO CINQUE

Mi voltai e sorrisi. «Ehi, sergente.»

Il sergente Gesso mi strinse in un abbraccio da orso. «Bello vederti, Frank.»

«Anche per me, amico mio.»

«Come sta Mary Ann? Se la cava bene con la SM?»

«Sta bene. Non ha avuto riacutizzazioni da un bel po', quindi la situazione è gestibile. C'è meno stress con la pensione, e questo aiuta.»

«Bene. E Jessie? Come va con l'università?»

«Sta andando bene.»

«Ottimo. E tu, invece? Visto che non giochi a golf né a tennis, cos'hai fatto per tenerti occupato?»

«Non un granché, ma io e Mary Ann stiamo imparando lo spagnolo, e ormai lo parliamo entrambi abbastanza fluentemente.»

«Me l'avevi già detto, ma ti basta?»

«Sto ancora cercando di capire cosa fare.»

«Ti stai annoiando abbastanza da voler tornare?»

Sorrisi. «A volte mi piacerebbe, ma Mary Ann mi ucciderebbe.»

«Lo prenderò come un forse. Vieni, andiamo a parlare nel mio ufficio.»

Il suo ufficio era inondato di luce solare. Gesso si accomodò dietro a una scrivania e io mi sedetti su una sedia dalla stoffa sfilacciata.

Mentre si girava per regolare le tende, dissi: «Come vanno le cose qui?»

«I soliti vecchi problemi: lottare per le risorse di cui abbiamo bisogno per mantenere una popolazione in crescita il più possibile libera dal crimine.»

«La gente pensa che accada per magia. Non sa quanto lavoro ci vuole.»

«Lo sai come la penso: io sono per dare a ogni cittadino la possibilità di fare un giro in un'auto di pattuglia.»

«Di notte.»

Lui sorrise. «Naturalmente. Allora, a cosa pensi?»

«Al figlio della mia vicina, quello che è andato in overdose.»

«Una vera vergogna. Questi ragazzi giocano col fuoco.»

«Non sono solo i ragazzi.»

«Hai ragione.»

«Nessuna pista sullo spacciatore?»

«Non ancora. Abbiamo messo un po' di pressione su un paio di loro.»

«È stato Manny Ruiz, il Pescatore.»

«Ruiz? Mi suona vagamente familiare.»

«È in giro da un po'. Ho parlato con la Narcotici, conosce Ruiz.»

«Come fai a sapere che è lui?»

«Ho parlato con il figlio di un vicino. Era con Steve quando ha comprato la roba.»

«Chi? Abbiamo interrogato gli amici del defunto. Tutti hanno detto che era da solo.»

«Non lo era. C'era Jimmy Pearson con lui.»

«Pearson, sì, gli abbiamo parlato. Sei sicuro di poterti fidare di lui?»

«Assolutamente. Non voleva dire niente perché aveva paura. Ho dovuto tirargli fuori le informazioni con le pinze.»

«La Narcotici sa da dove operano?»

Lo sapeva, ma le riferii comunque i dettagli che mi aveva dato Jimmy.

Gesso disse: «Faremo un sopralluogo. Se la soffiata regge, faremo irruzione e chiuderemo il covo di quei bastardi.»

«Sai, portavo Steve qui quando lui e Jessie erano amici. Era davvero un bravo ragazzo.»

«Mi dispiace, Frank.»

«Se per te va bene, vorrei unirmi a voi quando li arresterete.»

«Certo. Ci metteremo subito su questa pista. Ti terrò aggiornato e li toglieremo dalle strade.»

CAPITOLO SEI

L'autista spense i fari e annunciò: «La sicurezza prima di tutto. Copritevi le spalle a vicenda. Non crediamo che in casa ci siano più di tre, massimo quattro persone. Ma siate pronti a tutto.»

Risuonò un coro di affermazioni.

Apparve un altro furgone. Si dirigeva verso di noi. Convergemmo di fronte a una casa blu a un piano.

Il conducente del nostro veicolo disse: «Okay. Andiamo!»

Le portiere di entrambi i furgoni si spalancarono e una dozzina di agenti si sparpagliarono, circondando la casa. Seguii un paio di loro fino alla porta d'ingresso.

Due agenti bussarono alla porta. «Ufficio dello sceriffo della Contea di Collier! Aprite la porta!»

Dopo una seconda serie di colpi, l'agente a capo dell'operazione indicò un poliziotto con un ariete. Lui e un altro agente lo afferrarono ai due lati e sfondarono la porta.

Mentre la porta andava in frantumi, sgusciai di lato. Cinque agenti si precipitarono dentro. Dopo aver sentito tre «via libera», scavalcai una scheggia della porta ed entrai in casa.

Un divano, i cui giorni migliori risalivano a quando i Beatles erano sbarcati in America, dominava una stanza disseminata di involucri di fast food. Un tavolo da gioco e delle sedie pieghevoli erano le uniche altre cose nello spazio.

Una voce provenne da un'altra stanza. «Via libera. La casa è vuota.»

Mi precipitai verso la porta scorrevole posteriore. Tre agenti stavano a guardia del cortile. La porta gemette mentre la forzavo per aprirla. «Avete visto uscire qualcuno?»

«No.»

Entrai in una camera da letto. La biancheria da letto era appallottolata su un materasso per terra. Un televisore a schermo grande era sistemato in diagonale su un supporto, con un paio di controller di gioco di lato.

L'armadio conteneva un paio di camicie, due paia di jeans e un paio di sandali consumati. Andai nella seconda camera da letto. Era vuota. Il mio sguardo si posò su una placca degli interruttori della luce.

Aveva quattro pulsanti, cosa insolita per una camera da letto. Usando un temperino, la svitai dal muro. Non c'erano fili.

La grande cavità tra le travi veniva utilizzata per conservare la droga.

Avvisai il responsabile, che scattò delle foto e si diresse in cucina.

Aprii il frigo. Una confezione da sei di birra si trovava davanti a tre cartoni di cibo cinese. Il cibo non era ammuffito.

Il congelatore conteneva due vaschette di gelato. Nessuna delle due presentava bruciature da congelamento. La casa era in uso.

———

Mary Ann era in piscina e faceva le vasche. La osservai, chiedendomi se sarei stato in grado di combattere la sclerosi multipla come stava facendo lei. Si fermò e si tolse gli occhialini. Le ci volle qualche secondo per riprendere fiato.

Dissi: «Sei pronta per le Olimpiadi.»

«Sì, certo. Quelle per anziani.»

Si immerse sott'acqua, tirandosi indietro i capelli. Quando riemerse, si diresse verso le scale. Le porsi un asciugamano.

«Grazie. Com'è andata con Gesso?»

Feci spallucce. «Lascia che ti chieda una cosa: pensi che il sergente sia corrotto?»

«Gesso?»

«Sì.»

«Cosa ti fa pensare che prenda mazzette?»

«Non sto dicendo che lo sia. Abbiamo fatto irruzione in una casa della droga.»

«Abbiamo? Chi sarebbe "abbiamo"?»

«Pensiamo che siano gli spacciatori che hanno venduto a Steve. Mi sono aggregato.»

«Hai fatto cosa? Sei impazzito?»

«Non è stato niente. Sono rimasto in disparte. Non c'era nessuno in casa.»

«E se ci fosse stato qualcuno? E se avessero iniziato a sparare? Avresti potuto rimanere ucciso.»

«Aspetta, era una situazione a basso rischio.»

«Ogni volta che sei sul campo, c'è un rischio.»

Aveva ragione. «Stai tranquilla, ero fuori pericolo.»

«Non posso credere che tu sia andato a un'irruzione e non me l'abbia detto.»

«Non ero sicuro di andare. Gesso mi ha chiamato mentre si stavano preparando. Sapeva quanto fossimo legati a Steve e mi ha invitato. Non ci ho pensato due volte.»

«Ed è proprio questo il problema. Hai pensato a te stesso, non a me, non a Jessica.»

Lo stress non faceva bene alla sua sclerosi multipla. Dissi con calma: «Certo che ci ho pensato. Sono stato l'ultimo a entrare in casa. Sono rimasto nel furgone finché la casa non è stata messa in sicurezza. Avrei dovuto dirtelo prima. Non è che stessi cercando di nascondere qualcosa. Okay?»

«Non voglio che tu corra rischi, non importa quanto piccoli pensi che siano.»

«Stavo solo cercando di catturare gli spacciatori che hanno ucciso Steve.»

«Lascia che se ne preoccupi lo sceriffo.»

«Magari potessi.»

«Di cosa stai parlando?»

«Non sapevano chi l'avesse venduta. Ho fatto vuotare il sacco a Jimmy Pearson.»

«Hai parlato con Jimmy?»

«Immaginavo che fosse lì quando avevano fatto l'acquisto e avevo ragione. Quando è stato interrogato, ha sostenuto di non essere stato presente quando la coca era stata comprata.»

«Aveva paura che sua madre lo scoprisse.»

«Esatto.»

«Questi ragazzi: è difficile credere che facciano uso di droghe. Sembrano così normali.»

«Non so se sia ignoranza o la pressione dei coetanei, ma devo fare il possibile per fermare questa merda.»

«Sei in pensione, Frank.»

«Lo so. Voglio solo mettere dietro le sbarre i tipi che hanno tagliato la coca con il fentanil, dove è giusto che stiano.»

«Stai attento, Frank.»

Annuii. «Ma tornando a Gesso, pensi che potrebbe proteggere degli spacciatori?»

«Se così fosse, allora non saremmo migliori di una squallida cittadina messicana.»

Era vero. «Sai che il sergente mi piace e credo che sia pulito. Ma volevo la tua opinione. Tu eri qui prima che mi trasferissi a Naples.»

«È un brav'uomo. Potrebbe essere una coincidenza...» La sua voce si spense. Sapeva che ritenevo le coincidenze rare e una pessima scusa per scartare le prove. «Potrebbe essere qualcun altro a conoscenza dell'irruzione.»

Quello era ovvio. «È una situazione delicata. Dovrò indagare un po'.»

«Non farti coinvolgere.»

«Temo che se non do una spinta a questa faccenda, non andrà da nessuna parte. Non posso permettere che questo accada alla famiglia Ryan.»

CAPITOLO SETTE

La moglie del sergente Gesso era molto severa in fatto di cibo. Lui la chiamava la nazista del cibo. Gli preparava sempre il pranzo e, anche se era una brava donna, noi lo sfottevamo per l'hummus e le insalate che mangiava alla sua scrivania.

Composi il suo numero di cellulare. «Sarge, come stai?»

«Ehi, Luca.»

«Sono qui in zona. Ti va di pranzare insieme?»

«Mia moglie mi ha preparato...»

«Dai, andiamo a prenderci una pizza da LowBrow.»

Esitò prima di dire: «È da un po' che non mangio una pizza.»

«Ci vediamo lì tra dieci minuti.»

«Perfetto.»

Il locale odorava di pane appena sfornato. Occupai un tavolo in un angolo e osservai il parcheggio.

Gesso parcheggiò la sua auto di servizio in retromarcia e scese.

Sorrise quando mi vide.

«Ehi, sei contento di vedermi o è perché mangerai cibo vero?»

«Non ci venivo dall'ultima volta che ci siamo stati insieme.»

Mi alzai. «Ti va bene una pizza margherita?»

«Assolutamente. Assicurati che sia ben cotta.»

Feci l'ordinazione e tornai al mio posto. «Ci sono progressi sullo spacciatore che ha ucciso Steve Ryan?»

«Te l'avrei detto.»

«Non possiamo lasciare che questo caso si raffreddi.»

«Frank, so quanto sia importante per te, ma conosci le risorse che abbiamo. La nostra unità narcotici è piccola e ha più lavoro di quanto ne possa gestire.»

«Credimi, capisco.» Alzai un palmo. «Ora, non offenderti, ma chi sapeva che avremmo fatto irruzione nella casa sulla Quarantasettesima Strada?»

«Stai insinuando che ci sia stata una fuga di notizie?»

«Sto solo vagliando le possibilità.»

«I protocolli, per quanto ne so, furono rispettati; nessuno della squadra era a conoscenza dell'operazione finché non salirono sui furgoni.»

«Quindi lo sapevano solo Scotty e Behrens?»

«Sì. Voglio dire, ovviamente la DEA era stata informata per assicurarci di non interferire con un'indagine in corso.»

La DEA. La fuga di notizie poteva essere arrivata da lì.

«È ancora Dillon a gestire le cose per loro?»

«Sì.»

Un pizzaiolo uscì da dietro il bancone e posò sul nostro tavolo un vassoio di alluminio che sorreggeva un'opera d'arte fumante.

Facemmo scivolare le fette sui piatti di carta che ci aveva fornito. Sarge piegò il suo trancio e lo annusò avidamente. «Ha un odore incredibile.»

Annuii con la bocca piena.

Mentre prendevo una seconda fetta, dissi: «Dillon è un brav'uomo, ma non mi fido degli altri lassù.»

«Non è giusto dire una cosa del genere.»

«Hai ragione. Sono stato troppo generico. Chiamami pazzo, ma la DEA esiste da più di cinquant'anni e le cose vanno peggio che mai.»

«È un mondo complicato.»

«La DEA ha più di diecimila dipendenti. Come mai non riescono a fare progressi?»

«Sai che non puoi misurarla in questo modo. Fanno un ottimo lavoro.»

«Non dico di no, ma penso che dobbiamo considerare che la corruzione sia un fattore determinante per cui non riusciamo a fermare gran parte di questo traffico.»

Gesso posò la fetta mangiata a metà sul piatto. «Andiamo, Frank. Sai che non puoi dire cose del genere. Non è giusto infangare persone che lavorano sodo.»

«Lo so. Ne sto parlando con te. Non dico queste cose a chiunque.»

Riprese il suo pezzo di pizza. «Bene. Immaginavo che fosse la frustrazione a parlare.»

«Ti dispiace se contatto Dillon? Per vedere se sanno da dove provengono i rifornimenti?»

«Stai tornando in gioco?»

«No, voglio solo fare qualche domanda, assicurarmi che sappiano che il ragazzo era un vicino di casa e tutto il resto.»

«Sei un privato cittadino, puoi fare quello che vuoi, ma lascia che ti dia un piccolo consiglio, ok?»

«Certo.»

«Non cominciare a lanciare accuse: è offensivo.»

«Mi conosci meglio di così, Sarge.»

Appena tornato a casa, chiusi la porta dello studio e chiamai l'ufficio della DEA di Fort Myers.

«Dillon Rogers.»

«Ehi, Dillon, sono Frank Luca.»

«Luca, è da un po' che non ci sentiamo. Come stai?»

«Bene, e tu?»

«Non male. Pensavo fossi in pensione.»

«Infatti. Sto dando una mano in un caso che riguarda un vicino.»

«Cosa posso fare per te?»

Mi resi conto che avrei dovuto fargli visita di persona. «Voglio parlarti: è una cosa piuttosto delicata. Possiamo vederci?»

«Sono sommerso di lavoro e sto per partire per la Carolina del Nord per due settimane.»

«Capisco.»

«Può aspettare?»

«Beh, non proprio.»

«Ho quindici minuti prima di una riunione su Zoom con i miei capi a Washington.»

«Le mie condoglianze.»

Dillon ridacchiò. «Non dirlo a me. Che succede?»

«Il figlio di un vicino è morto di overdose. L'ufficio dello sceriffo ha identificato gli spacciatori e ha condotto un'irruzione in una casa a Golden Gate. Abbiamo avvisato il vostro ufficio per essere sicuri di non interferire con qualcosa su cui la DEA stava lavorando.»

«Apprezziamo la notifica. È il caso Ryan, dove il ragazzo dei Pearson ha fornito le informazioni, giusto?»

Mi si attorcigliò lo stomaco. Sapevano di Jimmy Pearson. «Sì.»

«Cosa ha prodotto l'irruzione?»

«Niente. Gli spacciatori avevano ricevuto una soffiata.»

Si schiarì la voce. «E pensi che la fuga di notizie sia venuta da qui?»

«Avevamo un blackout informativo totale. Non dico che

non sia trapelata dall'ufficio dello sceriffo, ma solo due persone, Gesso incluso, ne erano a conoscenza.»

«Questo non prova niente.»

«Certo che no, ma, e non prenderla nel modo sbagliato... ho un enorme rispetto per te e per l'agenzia... ma ci sono state diverse falle da parte di dipendenti della DEA negli ultimi due anni.»

Dillon esitò prima di dire: «Basta un solo bastardo per minare la reputazione di tutti gli uomini e le donne che lavorano sodo e che compongono la DEA.»

Equivaleva a un'ammissione. Ma invece di dire che era stata più di una persona a tradire i propri colleghi prendendo soldi dai cartelli, dissi: «Mi rendo conto che questo tipo di cose si gestisce meglio internamente, ma dato che ci conosciamo da tempo, ho ritenuto importante tenerti al corrente.»

«Ok.»

«Sono sicuro che hai un'idea di chi possa essere.»

«Sai che non posso commentare le indagini interne.»

E, proprio lì, ebbi la conferma che qualcuno aveva passato la soffiata agli spacciatori.

CAPITOLO OTTO

Mentre mi avvicinavo, lui disse: «Ehi, socio».

«Sta diventando un'abitudine, amico».

Feci un cenno alla cameriera per un caffè e mi sedetti. «Sai, non credo che siamo mai andati a fare colazione fuori quando eravamo in coppia».

Lui sorrise. «Ma che dici? Ti ho preso un sacco di ciambelle».

«Mi mancano quelle ai lamponi. Se Mary Ann mi becca a mangiarne una, mi obbliga a mangiare asparagi».

«Lynn è uguale».

La cameriera mi versò il caffè e ordinai dei waffle. «È un bene. Se fosse per me, mangerei cibo da fast food tutto il giorno».

«La nuova frase preferita di Lynn è "mangiare sano"».

«A proposito di cose sporche, ho parlato con Dillon della DEA e in pratica ha ammesso che hanno un agente corrotto».

«Bingo, ecco da dov'è arrivata la soffiata».

«Sembrerebbe di sì. Vado a parlare con Gesso. Forse c'è un modo per organizzare un'altra retata e smascherare la talpa».

«Non so, Frank. Perché non lasciare che se ne occupino i

loro Affari Interni? Sono piuttosto bravi a far venire a galla sta merda».

Il mio cellulare vibrò. Era Mary Ann. «Ehi, sono a colazione fuori con Derrick. Ti...»

Lei disse: «Potrebbe non essere niente, ma ha appena chiamato Connie Pearson. Ha detto che Jimmy non è tornato a casa stanotte».

Mi irrigidii.

«Frank?»

Mi sentivo la testa leggera. «Sì. Probabilmente si è ubriacato con gli amici e sta smaltendo la sbornia da qualche parte».

«Connie ha detto che non risponde al telefono e ha chiamato tutti i suoi amici. Ha detto che non è più lo stesso da quando, ehm, è morto Steve. Ed è depresso. Pensi che possa aver preso, ehm, della droga o che si sia fatto qualcosa?»

Mi si chiuse lo stomaco. «Ha fatto una denuncia di scomparsa?»

«Ha chiamato l'ufficio dello sceriffo e manderanno una volante».

«Dopo colazione vado da Gesso. Mi assicurerò che dia la priorità alla cosa. Ti chiamo appena gli ho parlato».

Riattaccai. Derrick disse: «Che succede?»

«Il figlio di un vicino, quello che era con Steve quando è andato in overdose, non è tornato a casa stanotte».

«Non capisco perché questi dannati ragazzi non chiamino i genitori».

Mi tamponai una goccia di sudore sul labbro superiore. «Devo andare».

«Aspetta almeno di mangiare: i tuoi waffle saranno pronti tra un minuto».

Mi alzai. «Non posso».

———

Bussai alla porta aperta di Gesso. «Ehi, sergente».

Lui sbirciò da sopra gli occhiali da lettura. «È sicuro di non essere di nuovo a libro paga?»

«Le prometto che non Le ruberò troppo tempo».

«Si sieda. Vuole un caffè?»

«No. Senta, il ragazzo che ci ha parlato dello spacciatore che ha venduto la droga al ragazzo dei Ryan è scomparso».

«Da quanto tempo è scomparso?»

«Solo da stanotte, ma il mio quartiere è a dir poco sulle spine».

Gesso annuì. «I genitori hanno fatto denuncia di scomparsa?»

«Credo che una volante stia andando da loro».

Mentre lui allungava la mano verso il telefono, dissi: «Potrebbe non essere niente, ma Le saremmo grati se potesse fare tutto il possibile».

Parlò al telefono, poi riattaccò. «Una pattuglia è a casa dei Pearson. Mi aggiorneranno il prima possibile».

«Grazie, sergente. Essere genitori non è facile».

«Non c'è bisogno che me lo ricordi. Com'è andata con Dillon?»

«La DEA fa acqua da tutte le parti come un colapasta».

Gesso scosse la testa. «Spero che glielo abbia detto in modo più diplomatico quando ha parlato con lui».

«Non sono un politico, ma non si preoccupi: la telefonata è andata bene».

«Sono sicuro che l'ha gestita da vero diplomatico».

«Mi lasci chiedere: quante altre retate ha condotto che si sono concluse con un buco nell'acqua?»

«Non ne facciamo molte».

«Di quelle che ha fatto da quando me ne sono andato, quante hanno dato zero risultati?»

«Due».

«E aveva avvisato la DEA in anticipo, giusto?»

Gesso annuì.

«Ecco la Sua prova. La talpa è da loro. A meno che non pensi che venga da qui dentro».

Il telefono sulla sua scrivania squillò. Gesso lo prese. Si strinse le labbra. «Dove?»

Dopo una pausa, disse: «Va bene, mandi la Omicidi e il medico legale. Sto arrivando».

Il sergente mi guardò negli occhi. «Hanno trovato un cadavere in un canale».

Mi irrigidii. «Qual è la descrizione?»

«Maschio, bianco, tra i diciotto e i venticinque anni».

Una vampata di calore mi salì lungo il collo. «Vengo con Lei».

«Non credo sia una buona idea».

«Perché no?»

«Il cadavere è stato mutilato».

«In che modo?»

«La persona che ha chiamato ha detto che era stato sventrato».

Mi presi la testa tra le mani. «Ti prego. Ti prego, fa' che non sia Jimmy».

Gesso si alzò. «Se vuole venire, lo farò sapere a Donovan».

Donovan aveva preso il comando della Omicidi quando me n'ero andato io. «Non voglio pestare i piedi a nessuno. Se a lui non dispiace, mi piacerebbe vedere la scena del crimine».

«Donovan ha un'enorme stima di Lei. Accetterebbe volentieri qualsiasi aiuto Lei possa dargli. Andiamo».

CAPITOLO NOVE

Mentre ci avvicinavamo alla scena del crimine, la morsa nel mio stomaco si strinse.

Un detective sollevò il nastro della polizia. Passammo sotto con l'auto e parcheggiammo. Gesso mi porse guanti e copriscarpe prima di scendere.

Rimise la testa dentro il veicolo. «Viene?»

Ero stato a centinaia di scene del crimine, ma esitai a scendere dall'auto. Era perché non ero più in servizio, o per la possibile identità della vittima?

Gocce di pioggia rimbalzavano sul parabrezza mentre aprivo la portiera. Infilandomi i guanti, seguii Gesso.

«Ehi, Luca!»

Mi voltai. Era il detective Grimes dell'Unità Crimini Speciali. «Ciao, Eddie.»

«Che ci fai qui?»

«Mi sono aggregato.»

«È una brutta storia. Il ragazzo è squarciato.»

Deglutii. «Quanti anni pensi che abbia?»

«Diciotto o giù di lì.»

Avvicinandomi al canale, socchiusi gli occhi. Rallentando il passo, cercai di paragonare l'altezza di Jimmy alla figura distesa sull'erba.

Il cadavere sembrava più alto. Il dottor Bilotti era chino sulla testa del corpo. Il medico legale stava studiando la bocca della vittima.

Bilotti si alzò. Donovan, che mi aveva sostituito, gli domandò: «Può stimare l'ora del decesso?»

«Basandomi sul gonfiore, se non è stato spostato, direi da dodici a diciotto ore.»

I due si separarono, rivelando il volto della vittima. Caddi in ginocchio. Era Jimmy Pearson.

Gesso disse: «Sta bene?»

Mi rimisi faticosamente in piedi. «Sono scivolato sull'erba bagnata.»

Sussurrò: «È il suo vicino?»

«Sì.»

«Bene, ascoltate tutti. Abbiamo un'identificazione. La vittima è Jimmy Pearson.»

Serrai le labbra per impedire a ciò che mi stava risalendo dallo stomaco di fuoriuscire e mi feci avanti. Jimmy era squarciato dalla cassa toracica all'inguine.

Donovan mi si affiancò. «Chiunque abbia fatto questo è un fottuto psicopatico.»

Un cenno del capo fu tutto ciò che riuscii a fare.

«Scommetto che non le manca tutto questo.»

A denti stretti, dissi: «È stato il Pescatore.»

«Cosa?»

«Manny Ruiz, il Pescatore. È stato lui a fare questo a Jimmy.»

«Come fa a saperlo?»

Mi allontanai.

«Frank, aspetti.»

Mi affrettai verso il fianco di un'auto di pattuglia e vomitai.

Una mano mi strofinò la schiena. Era il dottor Bilotti. «Stai bene, Frank?»

Asciugandomi la bocca con il dorso della mano, dissi: «Sì. Conosco il ragazzo, è un mio vicino.»

«Mi dispiace, Frank. Non potrebbe essere più raccapricciante. Chiunque abbia fatto questo dovrebbe stare in un manicomio.»

«È stato uno spacciatore, un tipo che chiamano il Pescatore.»

«Interessante: la mia valutazione iniziale era che fosse stato usato un coltello da pesca, ma dovrò verificarlo.»

Mi chinai ed ebbi un conato di vomito a secco. «Questo è un disastro. Devo incastrare quei bastardi.»

«Frank, capisco perché sei qui, ma sai meglio di chiunque altro che catturare gli assassini è un impegno totale.»

«Voglio aiutare, devo farlo.»

«Sei in pensione. Lascia fare ai più giovani.»

«Cosa? Ora sono un vecchio?»

«Non è quello che intendevo. Donovan è bravo e migliora ogni giorno.»

«Ha ancora molta strada da fare prima di vedere quello che ho visto io.»

«Sai che nutro un enorme rispetto per te come amico, oltre che professionalmente, ma questo non ti fa bene. E se porti lo stress a casa, ne risentirà anche Mary Ann. Con la sclerosi multipla non si può scherzare.»

Bilotti era un amico prezioso. E aveva ragione. «Lo so, ma è una cosa troppo vicina.» I miei occhi si inumidirono. «Jimmy è stato a casa mia un migliaio di volte.»

Frugò in tasca e tirò fuori un mazzo di chiavi. «Vai a sederti nella mia macchina e cerca di rilassarti. Ti lascio a casa quando ho finito qui.»

«Sono venuto con Gesso. La mia macchina è alla centrale.»

«Non fa niente. Vai alla mia macchina. Gli dico io che te ne vai con me.»

Presi le chiavi e guardai verso il corpo di Jimmy. Donovan stava parlando con Gesso. Con le informazioni che avevo dato loro, avrebbero preso il Pescatore.

L'auto di Bilotti era soffocante. Spensi la musica classica che il medico legale stava ascoltando e aprii i finestrini. Dopo aver alzato l'aria condizionata, l'abitacolo si raffreddò. Afferrando il cellulare, vidi la foto sulla schermata iniziale di Jimmy, Steve e Jessie sorridenti, che mi fece imprecare. Mi voltai verso la scena del crimine.

Era strano essere un estraneo. Il figlio del mio vicino, un ragazzo che avevo portato al lavoro con me, era stato assassinato, e io ero uno spettatore.

Il mio sguardo vagò sulla schiera di agenti che setacciavano la zona in cerca di prove. Dovrei essere là fuori. Misi una mano sul blocchetto d'accensione quando il mio cellulare squillò.

Era Mary Ann. Aspettai il terzo squillo per rispondere. «Ehi, stavo giusto per chiamarti.»

«Cosa ha detto Gesso di Jimmy?»

Trattenni una lacrima. «È una brutta storia, Mary Ann.»

«Cosa? Cos'è successo?»

La mia voce si incrinò. «È... è stato assassinato.»

«Cosa? Jimmy? È stato ucciso?»

Esitai. «Sì.»

«Ne sei sicuro?»

«Sì, sono andato sulla scena e ho identificato il corpo.»

«Hai detto che è stato assassinato. Ma perché avrebbero dovuto uccidere Jimmy?»

Perché l'ho costretto a fare la spia sugli spacciatori. «Devo andare. Vogliono il mio aiuto.»

«Oh, Frank, la situazione sta sfuggendo di mano.»

«Andrà tutto bene.»

«Connie lo sa?»

«No, non ancora.»

«Sarà devastata. Jimmy era tutto il suo mondo.»

Le lacrime mi rigavano il viso. «Ti chiamo più tardi.»

————

La porta d'ingresso si aprì. Seduto sulla mia poltrona reclinabile, guardai l'orologio: erano le 23:32.

Mary Ann disse: «Frank? Che ci fai seduto al buio?»

«Sto solo pensando.»

«A che ora sei tornato a casa?»

Mentii sull'ora. «Un'ora fa.»

Accese una lampada. «Saresti dovuto venire da Connie: c'erano tutti.»

«Come sta?»

«È a pezzi, ma cosa ci si può aspettare?»

Con un gesto secco scacciai una lacrima che mi scendeva sulla guancia.

Mary Ann disse: «Stai bene?»

Scossi la testa. «Non avrei mai dovuto farmi coinvolgere.»

Mi mise le mani sulle spalle. «Di cosa stai parlando? Non è colpa tua.»

«Certo che lo è.»

«Come potrebbe esserlo? Dimmi.»

«Sono andato da Jimmy dopo l'overdose di Steve. Loro due erano migliori amici, e non mi sono bevuto la storia che Jimmy non fosse lì quando hanno comprato la droga. Mi ha detto chi era lo spacciatore e io l'ho riferito a Gesso.»

«E allora? È una buona cosa.»

«Aveva paura. Gli spacciatori li avevano minacciati: se avessero mai detto qualcosa, li avrebbero sventrati.»

«Sventrati? Come un pesce?»

«Sì.»

«Pensi che gli spacciatori l'abbiano preso perché ha parlato?»

«Sì.»

«Come puoi fare questo collegamento?»

«Perché Jimmy è stato sventrato.»

Si portò le mani alla bocca. «Oh, mio Dio.»

«Ed è colpa mia.»

Si sedette sul bordo del divano. «Come puoi dire una cosa simile?»

«Perché ho sottovalutato la minaccia. Credevo che avesse solo paura che sua madre lo scoprisse, e... è un tale casino, non so cosa pensare.»

«Non è colpa tua. Stavi solo cercando di aiutare; hai fatto la cosa giusta.»

«Pensi?»

«Assolutamente. Smettila di darti la colpa.»

Feci spallucce.

Mi tirò per un braccio. «Andiamo, vieni a letto.»

Che fossi responsabile direttamente o indirettamente non importava. L'importante era fare qualcosa al riguardo.

CAPITOLO DIECI

Si alzò dalla sedia. «Aspettami.»

«Non c'è bisogno che tu venga.»

«Non posso lasciarla sola.»

«E io cosa ci faccio lì? Il fantasma?»

«Ha bisogno di una donna.»

Eravamo a due case di distanza quando un'auto senza insegne si fermò. Scesero due detective.

Sussurrai: «Dovevano proprio mandare McMillan?»

«Non ti è mai piaciuto.»

«È un osso duro. Non fa sconti a nessuno.»

«Ah, giusto. È quello che ha fatto la multa alla madre di Marilyn per aver superato il limite di cinque miglia orarie.»

Feci loro un cenno con la mano e affrettammo il passo, raggiungendoli proprio mentre Connie apriva la porta. Sembrava più vecchia di vent'anni rispetto alla settimana precedente.

McMillan e il suo partner, un nuovo acquisto di nome Flores, si presentarono ed entrammo.

Attaccai bottone con i detective per dare a Mary Ann il tempo di calmare Connie.

McMillan guardò l'orologio. «Dobbiamo andare, abbiamo un pomeriggio impegnativo.»

Ci sedemmo attorno al tavolo di vetro della cucina di Connie. McMillan tirò fuori il suo taccuino. «Signora Pearson, il dipartimento è spiacente per la sua perdita.»

Connie chiuse gli occhi e annuì.

«Signora Pearson, conosce qualcuno che potrebbe aver fatto questo a suo figlio?»

Scosse la testa. «No. Nessuno. Era un bravo ragazzo, tutti volevano bene a Jimmy.»

«La natura del crimine indica che si è trattato di qualcosa di personale. È sicura di non avere alcuna idea?»

«No. Tutta questa storia non ha alcun senso.»

«E per quanto riguarda l'uso di droghe di suo figlio?»

«Non sapevo che facesse uso di droghe finché il suo amico Steve non è andato in overdose.»

McMillan inarcò le sopracciglia. «Come si finanziava il vizio?»

«Jimmy era un bravo ragazzo, il miglior figlio che si potesse desiderare. Ha fatto un errore, ma non era un tossicodi-pendente.»

«Le rubava dei soldi?»

Intervenni: «Conoscevo Jimmy molto bene. Se usava stupe-facenti, era puramente a scopo ricreativo.»

«Signora Pearson, cosa ha fatto per fermare il suo consumo di droga?»

Mi alzai. «Detective, vorrei scambiare due parole con lei, per favore.»

McMillan sospirò mentre mi seguiva nell'ingresso. Dissi: «Senta, so che ha un lavoro da fare, ma la signora ha appena perso suo figlio.»

«Crede che non lo sappia?»

«Beh, sta facendo sembrare che il ragazzo fosse un drogato o qualcosa del genere.»

«Che le piaccia o no, suo figlio faceva uso di droghe.»

«Ne è consapevole.»

«Beh, quell'uso ha portato al suo omicidio. È ora che la gente inizi ad assumersi la responsabilità delle proprie azioni.»

Mi feci più vicino. «Aveva diciassette anni. Gli adolescenti fanno stupidaggini, proprio come facevamo noi da giovani.»

Sibilò: «Io non ho mai fatto quelle stronzate.»

«Vuole fare la morale? Beh, che ne dice del fatto che è nostro dovere di adulti, e soprattutto di agenti delle forze dell'ordine, fare la nostra parte per proteggere i ragazzi?»

McMillan disse: «Lei sa meglio di chiunque altro che non possiamo proteggere tutti. La droga è ovunque.»

«E di chi è la colpa?»

«Se non ci fosse domanda, non ci sarebbe un problema di droga.»

«Parla come un politico.»

«È la verità.»

«Sì, beh, potremmo fare un lavoro molto migliore nel fermare quella spazzatura al confine.»

Fece spallucce.

Gli puntai un dito in faccia. «Non dimentichi che Jimmy era minorenne. E sua madre, che è vedova, sta piangendo la perdita del suo unico figlio.»

McMillan smorzò un po' i toni e concluse l'interrogatorio. Connie accompagnò lui e Flores alla porta. Quando tornò in cucina, le lacrime le rigavano le guance.

Mary Ann scattò in piedi e l'abbracciò. Connie singhiozzò: «Jimmy era un bravo ragazzo, il migliore. Era così premuroso: si prendeva cura di me.»

«So che era un ragazzo speciale.»

Le sue spalle erano scosse dai singhiozzi. «Pensano che fosse un tossico.»

Mi alzai. «Non è vero. McMillan è uno stronzo.»

«Danno la colpa a Jimmy per quello che è successo. Come possono?»

«Non preoccuparti, farò in modo che tu e Jimmy otteniate giustizia.»

Mary Ann disse: «Vuoi venire a cena da noi più tardi?»

«No. Voglio restare qui.»

«Preparo qualcosa e torno. Cosa ti andrebbe di mangiare?»

«Non ho fame.»

«Devi mangiare. Preparo qualcosa e ci vediamo tra un paio d'ore. Se hai bisogno di qualcosa prima, chiamami. Arrivo subito.»

Appena mettemmo piede fuori, Mary Ann disse: «McMillan è uno stronzo peggiore di quanto pensassi.»

«L'empatia non è il suo forte.»

«Cosa gli hai detto?»

Le riferii la nostra conversazione.

Disse: «Sono contenta che tu sia intervenuta. Il modo in cui le parlava era ridicolo.»

«Che tu ci creda o no, non pensa che potremmo fare un lavoro migliore nel bloccare il rifornimento di stupefacenti. Pensa che sia tutta colpa dei consumatori.»

«Certo che il confine conta. Come minimo, se riduci la quantità che entra, il prezzo sulla strada aumenta. Gran parte del problema è quanto le droghe siano economiche e facili da trovare.»

«Con gente come McMillan in giro, le cose potranno solo peggiorare, non migliorare.»

«Non esagerare.»

«Non esagero. Se non avessi dato loro la dritta, chissà se avrebbero mai preso l'assassino.»

«A che punto siamo con quella faccenda? Hanno idea di dove si nasconda il Pescatore?»

«Se non lo prendono loro, credimi, lo prenderò io, quel bastardo.»

«Andiamo, Frank, dai una possibilità a Gesso e Donovan.»

CAPITOLO UNDICI

Disse Mary Ann: «Sono sfinita».

Dissi: «Non credo di essere mai stato così stanco. Oh, sta iniziando a piovere».

«A ogni funerale a cui andiamo, piove».

«Ci sta».

«Sembra un po' strano, ma sono contenta che non abbiano organizzato un rinfresco».

«Connie ha detto che i suoi amici organizzeranno qualcosa la settimana prossima al liceo».

«Sì, me l'ha accennato. Vado a cambiarmi».

La seguii in camera da letto e mi tolsi l'abito. Infilai un paio di pantaloncini e misi una maglietta con il logo dello sceriffo.

«Ho bisogno di un caffè. Ne vuoi uno?»

«No, ho lo stomaco sottosopra».

Anche il mio lo era, ma dovevo fare qualcosa per impedire alla mia mente di rievocare l'immagine di Jimmy nella bara.

Mi diressi in cucina, fermandomi a prendere il telecomando nel salotto. Accesi la TV e preparai il caffè.

C'era il telegiornale di WINK News. Andai in salotto. Il

mezzobusto parlava di un arresto all'aeroporto di Miami. Alzai il volume.

«Ci colleghiamo con l'aeroporto internazionale di Miami, dove Melissa Andrews è in diretta».

Una donna bionda sulla trentina era in piedi davanti a un terminal dell'aeroporto. «Poco meno di un'ora fa, gli agenti di polizia di Miami-Dade hanno fermato tre giovani donne che stavano per imbarcarsi su un volo per Cartagena, in Colombia. Le tre sono state arrestate con l'accusa di riciclaggio di denaro. Il personale di sicurezza della TSA ha notato che le sospettate si comportavano in modo nervoso mentre passavano i controlli. Le hanno segnalate e hanno allertato la Task Force Antiterrorismo.

«Le donne sono state interrogate, rafforzando il sospetto che stessero tramando qualcosa. La domanda era: che cosa? Hanno chiesto alla compagnia aerea di ritardare la partenza per avere il tempo di indagare ulteriormente.

«Mentre venivano eseguiti i controlli sui precedenti, hanno tirato giù dall'aereo i bagagli delle donne e hanno scoperto qualcosa di sorprendente. Non si trattava di droga o armi, ma di quasi dieci milioni di dollari in contanti. Le donne sono state prese in custodia e trasportate al tribunale federale per la convalida dell'arresto. Seguiremo questa storia man mano che si svilupperà».

Mary Ann uscì dalla camera da letto. Dissi: «Hanno appena preso tre donne all'aeroporto di Miami che cercavano di volare in Colombia con dieci milioni in contanti».

«Devono essere soldi della droga».

Andai in cucina a prendere il caffè. «Ne sono sicuro».

«Mi chiedo quante persone riescano a passare ogni giorno».

«Bella domanda. Sono sicuro che sono molte più di quante si pensi».

«Pensavo che tutti gli aeroporti avessero macchine a raggi X per rilevare i contanti nascosti nei bagagli».

«E infatti le hanno, ma c'è il fattore umano; un operatore deve accorgersene. Ci sono milioni di valigie che passano ogni giorno».

«Forse possono programmare le macchine con l'IA per renderla automatica».

«Finalmente, qualcosa che posso appoggiare in tutta questa storia dell'IA».

«Non ti sono mai piaciuti i cambiamenti, Frank, e peggiori più invecchi».

Prima il dottor Bilotti, e ora mia moglie mi diceva che ero vecchio. «Sì, be', farai meglio a stare attenta o ti sostituirò con un giovane avatar o come diavolo li chiamano quegli esseri dell'IA».

————

Lo squillo di un cellulare mi svegliò. Mi ero addormentato guardando la TV. Mary Ann stava parlando e riattaccò.

Disse: «Era Connie. Ha chiesto se puoi andare da lei a cambiare una lampadina».

«Adesso?»

«Sono solo le quattro».

«Hai sentito Jessie?»

«Non ancora».

«Mandale un messaggio. Assicurati che stia bene».

«L'ho appena fatto. Vai da Connie?»

Mi pizzicai la radice del naso. «Sono stanco morto».

«È la luce nel suo armadio. Non ci vede niente là dentro».

«Ok. Ma devi venire con me».

«Perché?»

«Perché è a pezzi, e io, uh... vieni con me e basta, ok?»

«Ti serve una barriera emotiva?»

«No. Sono un vecchio e ho bisogno del tuo aiuto».

«Vecchio?»

Mi alzai dalla poltrona reclinabile. «È quello che hai detto prima».

«Senti, siamo tutti stressati».

«Andiamo».

Connie abitava quattro case più in là. Mentre camminavamo, dissi: «So che è presto, ma dovrebbe considerare di trasferirsi in un condominio o qualcosa del genere».

«Se la caverà. Ha solo bisogno di abituarsi».

«So che mi criticherai per questo, ma è una donna che vive da sola. Ogni piccola cosa diventa un problema enorme».

«Cambiare una lampadina non è un problema enorme».

«No, ma ha bisogno di aiuto per farlo. Non ho problemi a fare cose come questa, ma si sentirà in imbarazzo a chiamare per chiedere aiuto quando qualcosa di piccolo va storto».

Facemmo un cenno con la mano a un vicino che portava a spasso il suo barboncino e imboccammo il vialetto di Connie.

Aprì la porta e, prima che potessimo dire una parola, scoppiò in lacrime. Mary Ann l'abbracciò, ed entrammo. L'ingresso era fiancheggiato dai fiori del funerale. I miei seni paranasali reagirono ai gigli.

Entrammo faticosamente in cucina. Il registro delle presenze della veglia era sul tavolo. Mary Ann prese un bicchiere d'acqua per Connie.

Lei ne sorseggiò un po' e disse: «Scusatemi, ma non riesco a farne a meno».

«Va tutto bene, Connie. Devi sfogarti. La cosa peggiore che puoi fare è tenerti tutto dentro».

Deglutii. Un minuto ancora e sarei scoppiato a piangere anch'io. Mary Ann le prese le mani e le due si misero a singhiozzare. Mi diressi verso il bagno.

Mentre mi bagnavo il viso con l'acqua, misi a fuoco la realtà che ogni crimine, specialmente un omicidio, aveva molte vittime. La vita di Jimmy era finita troppo presto, e quella di sua madre non sarebbe mai più stata la stessa.

Cosa fai quando la cosa peggiore che potesse capitarti ti è già capitata?

Per quanto folle potesse sembrare, suo padre, che era morto dieci anni prima per un attacco di cuore, era il più fortunato.

Mi asciugai il viso con un asciugamano. Il passare del tempo di solito attenuava il dolore per qualsiasi cosa fosse successa. Ma in questo caso, il passato non sarebbe mai stato più lontano di un passo per Connie.

Tornai in cucina. Lo sportello del microonde era aperto. Due tazze con le bustine di tè erano sul bancone. Connie si asciugò il naso. Mary Ann disse: «Vuoi un po' di tè?»

Quello che volevo era scappare. «Sto bene. Connie, dove tieni le lampadine?»

«Jimmy le ha messe nel mobile della lavanderia; sono molto in alto».

«Prendo la scala dal garage».

«Jimmy l'ha appesa al muro».

La scala era dietro la tavola da bodyboard che gli avevo comprato per il suo sedicesimo compleanno. La spostai e vidi il suo guantone da baseball e la mazza di alluminio. Avevo insegnato a Jimmy a battere. Quando Jessie, Stevie e lui erano bambini, andavamo a North Collier Park a fare pratica ogni fine settimana di primavera.

Portai la scala in casa ed entrai nella lavanderia per prendere una lampadina. Uscendo, guardai nella stanza di Jimmy. Due abiti erano stesi sul suo letto. Il pensiero di Connie che sceglieva i vestiti con cui seppellire Jimmy mi nauseò.

Il dolore causato dalla droga doveva finire.

CAPITOLO DODICI

Quando andai al John Jay College di Manhattan, facevo il pendolare. Ma erano altri tempi. Andare a studiare fuori sede era una cosa che la maggior parte dei ragazzi desiderava. Steve e Jimmy, però, non avrebbero mai vissuto l'esperienza universitaria che vivono gli altri ragazzi.

La vita non era giusta, ma non c'era modo di razionalizzare la morte di due ragazzi del quartiere prima che compissero diciott'anni. Entrambi erano venuti a casa nostra più spesso di qualunque amica di Jessie.

Erano entrambi affascinati dal fatto che fossi un detective. Ripetevano di continuo di voler seguire le mie orme. Quando diventò un adolescente, Steve si allontanò, ma Jimmy era rimasto fermo nel suo proposito di entrare all'accademia di polizia.

«Frank? Stai bene?»

Mary Ann ficcò la testa nello studio.

«Sì, stavo solo pensando.»

«Sto andando da Publix. Vuoi qualcosa di speciale per cena?»

«Quello che vuole Jessie.»

«Okay. Perché non ti siedi in veranda? Prendi un po' di sole. Ti farà bene.»

«Forse tra un po'.»

«Passo anche in lavanderia, quindi torno tra un'ora.»

Il suono del garage che si apriva mi spinse ad accendere il portatile. Si avviò, ma comparve l'avviso di batteria scarica. Tirando fuori il cavo di ricarica dal cassetto della scrivania, vidi un piattino che Jessie aveva fatto per le mie chiavi.

Facendo scorrere il dito lungo il bordo, mi tornò in mente di colpo quel giorno. Era un sabato, e Mary Ann aveva sempre in programma un'attività per Jessie. Quella settimana, Jessie e Jimmy andarono in un laboratorio di ceramica su Airport Pulling Road.

Toccava a me andare a prenderli. Ricordai quanto erano eccitati mentre uscivano dal negozio. Jessie non vedeva l'ora di darmi quello che aveva creato.

Mi ricordai di avergli scattato una foto. Frugando nel cassetto, la trovai. Quando scattai la foto, Jessie e Jimmy erano seduti sul sedile posteriore, ridacchiavano e parlavano di cosa avrebbero creato la volta successiva. Erano così felici, così innocenti. Mi asciugai un rivolo di lacrime che mi scendeva lungo la guancia.

«Papà? Che c'è?»

«Uh, niente.»

«Stai piangendo.»

Le mostrai la foto. «Tu e Jimmy...» cominciai a singhiozzare.

Jessie mi strinse tra le braccia. «Va tutto bene, papà. Sfogati. Eravate molto legati.»

«Scusami.»

«Non hai niente di cui scusarti. Tutti sono sconvolti per quello che è successo a Jimmy... e a Steve.»

«Ne ho viste tante, ma questi due mi hanno colpito sul serio.»

«È così triste, così tragico.»

«Questa è la parola giusta. Rende un po' più facile mandare giù la retta del college.» Feci un sorriso forzato e mi alzai. «Ho bisogno di un po' d'acqua.»

«Te la prendo io. Perché non vai a darti una rinfrescata?»

Annuii e misi la foto in tasca prima di dirigermi in bagno. Piangere davanti a propria figlia non era l'ideale, ma era meglio che tenersi tutto dentro.

Jessie era seduta di fronte alla mia scrivania. Presi il bicchiere che mi aveva portato. «Grazie.»

«Ti senti meglio?»

«Oh, sì. Mi dispiace che tu sia dovuta tornare, ma sono contento che tu sia di nuovo a casa.»

«Anch'io. Sono vicini a prendere l'assassino?»

«Credo di sì.»

«Mamma ha detto che c'entra la droga. È per questo che è stato ucciso?»

«È complicato, ma sembra che sia stato lui lo spacciatore. Promettimi che non toccherai quella robaccia, Jess.»

«Non l'ho mai provata e non lo farò mai. Non capisco perché così tanti ragazzi sentano il bisogno di sballarsi.»

«Vorrei avere la risposta, tesoro.»

«Perché il governo non fa di più per impedire che entri nel paese?»

«Mi dispiace dirlo, ma ci sono semplicemente troppi soldi in ballo e corrompono le persone spingendole a girarsi dall'altra parte.»

«Ma riguarda tutti.»

«Lo so. È un circolo vizioso. Il denaro rende i cartelli più forti ed estende il loro potere con contributi politici a...»

«Sono tangenti, non contributi.»

«Hai perfettamente ragione.»

«È corruzione, papà.»

«Lo so.»

«Spero che le cose non debbano peggiorare molto prima che la gente si svegli.»

Non potei dirle che se la corruzione si fosse diffusa ulteriormente, sarebbe stato quasi impossibile estirparla. «Speriamo di no.»

Lei sorrise. «Mi ricordo che dicevi: "Sperare non è una strategia".»

«No di certo.»

«Sii onesto, papà. Tu conosci il mondo delle forze dell'ordine: pensi che possano risolvere questo problema della droga?»

«Sarà dura, ma se c'è la volontà di farlo, possono riuscirci.»

«Sembra che abbiano bisogno della leadership giusta.»

Aveva colto nel segno. Il problema era che non vedevo nessuno in grado di farsi avanti. I politici ne avrebbero parlato, ma dovevamo passare dalle dichiarazioni ad azioni concrete.

CAPITOLO TREDICI

«Ciao, Donny. Sono Frank.»

«Ehi, Frank. Che succede?»

«Non per metterti fretta, ma volevo sapere a che punto siete con il caso Pearson.»

«Stavo per chiamarti, ma poi c'è stato un gran da fare.»

Sì, e gli asini volano. «Non fa niente. Che novità ci sono?»

«Durante un'indagine in zona abbiamo trovato un testimone che colloca Ruiz al parco.»

«Bene. Quando andate a prenderlo?»

«Stiamo aspettando i risultati del DNA dell'autopsia.»

Jimmy era stato in acqua per ore e ore. Non ero sicuro di quale DNA o quali fibre potessero essere rimaste perché la scientifica le raccogliesse. «Quando arriveranno?»

«Bilotti ha detto che li avrebbero avuti questo pomeriggio.»

«Bene. Avete qualcun altro nel mirino che potrebbe essere stato sulla scena?»

«No. Il testimone che ha visto Ruiz al parco ha detto che era solo.»

«A che ora?»

Dopo aver esitato, disse: «Ci pensiamo noi, Frank. Ti chiamo quando avremo il DNA.»

«Okay. Grazie, allora aspetto una tua chiamata.»

Chiusi la chiamata e ne feci un'altra.

«Ufficio del Medico Legale. Come posso aiutarla?»

«Il dottor Bilotti, per favore.»

«Un momento, signore.»

«Sono il dottor Bilotti.»

«Ehi, Doc, sono io.»

«Frank, come stai?»

«Bene. Senti, Donovan mi ha detto che sta aspettando il DNA recuperato dall'autopsia di Pearson. Cos'hai trovato?»

«Non molto, il corpo è rimasto immerso nell'acqua e buona parte dell'eventuale DNA esterno è andata persa.»

«Quando avrai i risultati?»

«Il laboratorio ha promesso che li avremmo avuti prima delle due del pomeriggio.»

«Sai se stanno confrontando quello che è stato trovato su Pearson con il profilo di Ruiz?»

«Questo è fuori dalla mia giurisdizione.»

«Sì, lo so. Puoi farmi un favore e mandarmi un messaggio quando ricevi i risultati del laboratorio?»

«Certo. Lo faccio volentieri.»

«Grazie, Doc. Ti devo un favore.»

«Frank, stai bene?»

«Sì, è solo che, sai, il mio vicino e...»

«È da un po' che non beviamo del vino insieme. Ho un paio di bottiglie di Barbaresco che sono pronte da bere.»

«Ho appena sbavato su tutto il telefono.»

Lui ridacchiò. «Se sei libero venerdì, per me va bene. Altrimenti, possiamo vedere la prossima settimana.»

«Lo segno in agenda prima che tu cambi idea.»

———

Continuavo a controllare il telefono. Mary Ann disse: «Calmati, Frank. Se Bilotti ha detto che ti avrebbe mandato un messaggio, lo farà.»

«Lo so.»

Ping.

Feci scorrere il dito. «Sei il mio portafortuna, Mary Ann. Era Bilotti.»

«Okay, ma non chiamare subito Donovan.»

«Quanto pensi che dovrei aspettare?»

«Un paio d'ore.»

«È una follia.»

«Potrebbe essere fuori per un'indagine.»

«E allora? Tutto quello che deve fare è...»

Lei si alzò. «Fa' come ti pare.»

Feci dieci giri intorno alla piscina e rientrai per svuotare la vescica con cui i medici avevano sostituito quella che il cancro mi aveva portato via.

Quando uscii dal bagno, chiamai Donovan.

«Ehi, non per metterti fretta, ma stavo parlando di vino con Bilotti e ha menzionato...»

«Sì, abbiamo i risultati e li confronteremo con il database CODIS e il profilo di Ruiz.»

«Ci vorrà troppo tempo. Usate il sistema RapidHit.»

Lui non disse nulla.

«Donny?»

«Sì?»

«Scusa, sto solo cercando di aiutare.»

«Senti, capisco che conoscevi la vittima, ma, uh, tu sei in pensione e adesso me ne occupo io.»

«Certo che lo so. Vogliamo entrambi togliere questo cretino dalle strade, e i miei suggerimenti sono solo per metterlo dietro le sbarre il più velocemente possibile.»

«Devo andare, Frank.»

E così, decenni di esperienza furono messi da parte.

Mary Ann uscì dalla camera da letto, lanciandomi un'occhiata che diceva «te l'avevo detto».

———

Sbattei il telefono e mi precipitai in cucina. Mary Ann stava prendendo qualcosa dal frigo. Domandò: «Con chi parlavi?»

«Con Gesso. Non posso credere che non abbiano ancora localizzato il Pescatore.»

Lei socchiuse gli occhi.

Dissi: «Lo spacciatore che ha ucciso Jimmy, Manny Ruiz.»

«So a chi ti riferivi. Hanno una pista su dove si trova?»

«Chissà se lo stanno anche solo cercando.»

«Cosa te lo fa dire?»

«Mi sento come se mi stessero menando per il naso. Non riesco nemmeno a confermare quale cartello rifornisca la gang di Ruiz.»

«Forse dovresti fare un passo indietro, dare loro il tempo di...»

«Ruiz è un assassino a sangue freddo. Quanto dovremmo aspettare? Finché non uccide un altro dei nostri ragazzi?»

«Frank, eri un detective dell'Omicidi, sai che ci vuole tempo per catturare un assassino.»

«Non quando sai chi è!»

«Probabilmente stanno verificando quello che gli hai detto.»

«E allora perché diavolo non l'hanno interrogato?»

«Non avere DNA sul corpo complica le cose.»

«Ho avuto un sacco di casi senza prove del DNA. Se lavori al caso come si deve, non ne hai bisogno.»

«Hai sempre detto che Donovan era bravo. Adesso non più?»

«Non ha il senso dell'urgenza. Sembra che se la stiano prendendo comoda.»

«Perché dovrebbero farlo?»

«Perché è legato alla droga. Sai che molte persone non provano compassione quando c'è di mezzo l'uso di droghe. È la stessa cosa con la prostituzione.»

«Fino a un certo punto, ma non tutti la pensano come McMillan.»

«Forse, ma sono molti di più di quanto pensi. La gente non dà alla vita dei lavoratori del sesso o dei tossicodipendenti il valore che dovrebbe. Sono figli o figlie di qualcuno.»

CAPITOLO QUATTORDICI

Il titolo recitava: «Aumentano i sequestri di articoli firmati contraffatti».

Lessi l'articolo. Le notizie non erano buone come sembravano. I sequestri erano in aumento, ma i contrabbandieri erano sfacciati. Un informatore citato nell'articolo diceva che i contrabbandieri inondavano i valichi di frontiera con veicoli carichi di imitazioni.

Le bande della criminalità organizzata mandavano dieci camion al giorno, sapendo che uno o due sarebbero stati fermati, ma che otto o più sarebbero passati negli Stati Uniti.

La strategia funzionava perché i ricarichi sulle borse erano così alti che potevano permettersi di perdere il 20 o 30 per cento della merce spedita.

Mi ricordò la banda di Miami che avevamo sgominato ai Waterside Shops. Fingendosi clienti, un gruppo di loro prendeva d'assalto il reparto delle borse di lusso. Alcuni distraevano il personale di vendita mentre altri afferravano le borse costose e scappavano.

I contrabbandieri che spedivano oltre confine usavano

tattiche simili. Ciò che faceva funzionare entrambi gli approcci erano i margini. Misi da parte la rivista.

La vendita di droga aveva margini di profitto ancora più alti. Probabilmente i più alti della storia. Era il motivo per cui così tanti entravano in quel mondo. Ma tutto il contante che generava creava un problema a sua volta.

Con i contanti si potevano acquistare solo articoli di basso valore. Non si poteva comprare un'auto o una casa con valigie piene di banconote. E le banche non accettavano più ingenti depositi in contanti.

L'altro problema era che il denaro rimaneva intrappolato negli Stati Uniti e le persone a cui apparteneva vivevano a sud del confine.

Un ronzio mi percorse la nuca. Visualizzai il confine e un'idea cominciò a prendere forma. Poteva essere un modo per fare la differenza.

CAPITOLO QUINDICI

Spostai il borsone da palestra nell'altra mano e strinsi la sua. «Come va?»

Disse: «Stavo giusto pensando a quanto sia bello poterci allenare insieme ora che non lavoriamo più».

«Uno dei vantaggi e degli svantaggi di avere tanto tempo libero».

«Oh, andiamo, sei nella forma migliore da quando ti conosco».

«È perché non mangio più le ciambelle della mensa».

Ridacchiò. «Sono contento che possiamo farlo insieme».

«Già, invece di rendere la vita difficile ai criminali, torturiamo noi stessi».

«Non è poi così male. Oggi tocca alle gambe».

«Ugh. Le odio».

«È fondamentale, soprattutto invecchiando. E sai, non stai ringiovanendo».

Gli diedi un pugno sulla spalla mentre entravamo nello spogliatoio. «Grazie, amico».

Derrick aprì un armadietto e disse: «Ho paura a chiedere, ma hai sentito qualcosa sul Pescatore?»

«Niente. Sto cercando di mantenere la calma, ma sono sul punto di perderla».

«Perché non vai da Gesso e gli dici che la signora Pearson minaccia di andare dalla stampa per la mancanza di progressi?»

«È la migliore idea che tu abbia mai avuto».

Dopo l'allenamento, Derrick andò a farsi la doccia. Non essendo un amante delle docce pubbliche, io mi diressi verso la luce del sole. Uscii e tirai fuori il telefono.

Gesso rispose al cellulare al primo squillo. «Frank, che succede?»

«Volevo avvisarla di una cosa».

«Di cosa?»

«Del caso Pearson. La madre, Connie Pearson, è frustrata e minaccia di andare dai media per la mancanza di progressi».

«Immaginavo che prima o poi sarebbe successo».

«Lei sa che io e Mary Ann le siamo vicini, e se potesse darmi qualcosa da riferirle, forse riuscirei a convincerla ad aspettare».

«Vorrei avere qualcosa, ma...»

La sua voce si spense.

«Che sta succedendo?»

«Mi spiace dirlo, ma non riusciamo a localizzare Ruiz, e ci è giunta voce che si è dileguato».

Sentii una morsa al petto. «Cosa?»

«Ci dicono che è scappato in Messico».

«Come diavolo è successo?»

«Si è spaventato».

Il sangue mi martellava nelle orecchie. «Questo è inaccettabile. È un disastro».

«La DEA sta lavorando per localizzarlo tramite i loro contatti».

«Devo andare».

Con le mani sulle ginocchia, feci diversi respiri profondi. Un passante si fermò, chiedendo: «Sta bene, signore?»

Entrai furioso in cucina. «Hanno mandato tutto all'aria!»

Mary Ann disse: «Di che cosa stai parlando?»

«Hanno lasciato scappare il Pescatore. È in Messico».

«Oh, mio Dio. Com'è successo?»

«Ho le mie idee».

«Deve aver avuto un aiuto. Pensi che gli abbiano fatto una soffiata?»

«Senza dubbio».

«Da chi? Dalla DEA o da qualcuno del dipartimento dello sceriffo?»

«Spero con tutto me stesso che non sia stato l'ufficio dello sceriffo».

«Chi te l'ha detto?»

«Gesso. Un informatore ha detto che Ruiz era scappato e la DEA ha confermato che si trovava in Messico».

«Se sanno dov'è, possono chiedere ai messicani di prenderlo e possiamo ottenerne l'estradizione».

«In bocca al lupo. E poi, a quest'ora sarà probabilmente in Colombia».

«Quando Connie lo scoprirà, ne sarà devastata».

«Devo fare qualcosa».

«Cosa hai intenzione di fare?»

«Non lo so, ma non posso starmene qui con le mani in mano».

«Ti sei dimenticato che sei in pensione?»

«No, ma...»

«E che Ruiz è fuori dal paese?»

«Dovremmo starsene qui a subire questa merda?»

«Abbiamo fatto la nostra parte, ora tocca alla nuova squadra fare qualcosa».

«Stronzate. Ognuno ha la responsabilità di fare quello che può».

«E tu hai una responsabilità verso la nostra famiglia. Hai fatto più della tua parte, ora è il nostro momento di goderci il resto della vita».

«Come diavolo posso godermela quando i nostri ragazzi vengono fatti fuori uno a uno?»

«Vuoi smetterla di essere così melodrammatico?»

«Non sono melodrammatico. Bisogna fare qualcosa, e se non lo fanno loro, devo farlo io».

«Ci risiamo. Sei l'unico che può salvare il mondo».

Scossi la testa e dissi: «Vado a fare una passeggiata».

———

Di ritorno nel garage, mi tolsi le scarpe da ginnastica ed entrai in casa. Mary Ann era su un materassino che galleggiava in piscina. Mi rintanai nello studio e feci una telefonata.

«Dipartimento del Tesoro».

«George Pembroke, per favore».

«Chi devo annunciare?»

«Frank Luca».

La chiamata fu trasferita e Pembroke disse: «Frank, come sta?»

«Abbastanza bene».

«Ha cambiato idea riguardo all'aiuto con l'indagine su Wall Street?»

«No, ma c'è una cosa che mi interessa, date le giuste circostanze».

«E quale sarebbe?»

«Sgominare un cartello della droga.»

Pembroke ridacchiò. «Lei punta in alto, eh?»

«Guardi, penso di aver dato prova di me stesso trovando due milioni che nessun altro era riuscito a trovare. È per questo che mi ha contattato quando sono andato in pensione per occuparmi di crimini finanziari.»

«Sì. Quello che ha fatto è stato incredibile e ha attirato la mia attenzione, ma dare la caccia a un cartello?»

«Inseguire i soldi della droga calza a pennello più di qualsiasi altra cosa mi venga in mente.»

«In collaborazione con la DEA e la Sicurezza Interna, stiamo conducendo diverse operazioni.»

«E nessuna di queste sta scalfendo il problema. Anzi, nel Paese sta entrando più droga che mai.»

«È un campo difficile, ma stiamo avendo dei successi.»

«Guardi, penso che alcune delle misure che ha istituito, come impedire ai cartelli di depositare grandi quantità di contanti nel sistema bancario, abbiano funzionato, ma si sono adattati, usando corrieri e altri metodi per far uscire i contanti dagli Stati Uniti e portarli in Sud America.»

«Le attrezzature di nuova generazione stanno intercettando una quantità crescente di contanti negli aeroporti.»

«Hanno già cambiato tattica; scommetto che stanno usando la frontiera.»

«Le nostre informazioni suggeriscono che potrebbero usare le vie marittime.»

«Darei un'occhiata a quello che avete per vedere se c'è qualcosa di concreto, ma la mia attenzione iniziale si concentrerebbe sui valichi di frontiera.»

«Non sono sicuro che un'altra operazione in quest'area sia giustificata.»

«Per me, questa è una questione personale: ho perso per la droga due giovani che significavano molto per me. Le sarei davvero grato se mi desse il via libera.»

Pembroke esitò prima di dire: «Non sto sminuendo il Suo coinvolgimento, ma se ricorda la situazione che ho menzionato riguardo a un gruppo finanziario per cui volevo il Suo aiuto?»

«Quello del fondo speculativo?»

«Sì. Non voglio che sia un quid pro quo, ma se accetta di

lavorare a quel caso, potrei trovare un modo per autorizzare questo.»

«Mi dica qualcosa di più su quel caso. Chi, o che cosa, è l'obiettivo?»

«La società è la Adams Capital Management. È un fondo di fondi speculativi e ci sono, diciamo così, voci di irregolarità. Non vogliamo un altro caso Madoff.»

«È uno schema Ponzi?»

«Crediamo di sì, ma forse su una scala che farebbe sembrare Madoff un venditore di limonate.»

«Non so molto del mondo della finanza.»

«Non deve essere un mago. È meglio che non venga dal Tesoro. In più, Lei è di New York. Forse possiamo affiancarla a una squadra di revisori lassù e farLe dare un'occhiata. Se c'è qualcosa, fiuterà la pista.»

«Se accetto di farlo, dovrà essere dopo aver finito con il caso della droga.»

«Va bene.»

«Se riusciamo a trovare un accordo...»

«Possiamo offrire il dieci per cento di qualsiasi cosa scopra o confischi.»

«Non mi riferisco ai soldi. Senza offesa, ma per condurre l'indagine che voglio, avrei bisogno di completa autonomia e autorità, oltre all'accesso agli strumenti di sorveglianza di cui dispone il governo.»

«La nostra missione di salvaguardare la sicurezza economica degli Stati Uniti ci conferisce un'ampia autorità e, in combinazione con gli ordini esecutivi derivati dalla guerra al terrore, non dovremmo incontrare problemi. Abbiamo anche alcune delle migliori risorse del governo federale e, se necessario, possiamo mobilitare risorse da altre agenzie.»

Volli dire che per le decine di miliardi spesi in risorse, ciò che mancava erano i risultati. «Avrei bisogno di pieno accesso a esse e a qualsiasi informazione abbiate. Riferirei solo a Lei, ma avrei bisogno dell'autorità per controllare i registri finanziari individuali, internet...»

«Usiamo il Patriot Act come copertura per quel tipo di ricerche.»

«Non conosco i termini legali, ma avrei bisogno dei poteri di un ispettore generale o di un procuratore speciale, limitati all'indagine, non all'azione penale.»

«Parlerò con il nostro consulente legale e redigerò un memorandum d'intesa.»

CAPITOLO SEDICI

Disse: «Perché tutto questo mistero?»

«Devi promettere di ascoltarmi fino in fondo.»

«Che sta succedendo, Frank? Mi stai spaventando.»

«Non c'è niente di cui aver paura. Dai, camminiamo.»

«Ti ricordi quando mi dicevi sempre di arrivare al dunque?»

Sorrisi.

Disse Derrick: «Sputa il rospo.»

Presi un respiro profondo e dissi: «Collaborerò con i federali per smantellare il cartello che spaccia droga qui.»

«Sei impazzito? Smantellare un cartello? Come diavolo pensi di riuscirci?»

«Andando a colpire i loro soldi. Il problema più grande per gli spacciatori sono i contanti. Se interrompiamo quel flusso, gli infliggiamo un duro colpo.»

«Primo, non sarà facile, e secondo, ci sono buone probabilità che tu finisca morto.»

Ci facemmo da parte per lasciare passare una golf cart che trasportava alcuni bagnanti. «Certo, sarà dura, ma ho un'idea, e non è mai stata provata prima.»

«Quale?»

«Al momento, loro cercano i contanti contrabbandati fuori dal paese, ma quando li trovano, li confiscano e arrestano il corriere che li trasporta. Poi cercano di convincere la persona a parlare, offrendole un accordo.»

«La prassi.»

«Esatto, solo che non funziona quasi mai.»

«E perché? Tutti vogliono salvarsi la pelle quando li beccano.»

«Hanno paura dei cartelli. Se parlano, sanno che verranno uccisi, insieme alle loro famiglie. Quindi, tengono la bocca chiusa. E se vengono condannati, la pena massima è di soli cinque anni. La maggior parte delle volte non li scontano neanche tutti, il che rende la decisione di stare in silenzio piuttosto facile.»

«E qual è il tuo piano?»

Gli feci un riassunto.

«Devo ammettere che è una buona idea, ma ti rendi conto di quanto sia pericoloso?»

«Non è pericoloso se si sta attenti. Guarda, ci sono un paio di lontre.» Indicai le creature che stavano giocando tra loro a Clam Bay.

«Forte. Ma non illuderti riguardo al pericolo, Frank.»

«Ho gli occhi ben aperti.»

«È meglio per te. Non posso credere che i federali ti lascino fare una cosa del genere.»

«Beh, ho dovuto accettare di aiutarli con quel caso di Wall Street per cui mi volevano.»

«Quale?»

«Adams Capital Management. È gestita da Jay Adams, che era un pezzo grosso al Dipartimento del Tesoro.»

«Quindi, una mano lava l'altra.»

«Più o meno. Allora, vuoi collaborare con me?»

«No, grazie.»

Sapevo che il denaro influenzava la maggior parte delle persone, incluso Derrick. «Ci sono un sacco di soldi in ballo. L'accordo prevede il dieci per cento di tutto ciò che sequestriamo: contanti, conti in banca, case, qualsiasi cosa.»

Scosse la testa. «Lynn andrebbe su tutte le furie se mi rimettessi in gioco.»

«Sarà facilmente nell'ordine delle centinaia di milioni. La nostra parte potrebbe essere di quaranta o cinquanta milioni. Tasse escluse.»

«Non posso credere che a Mary Ann vada bene che tu lo faccia.»

Non lo sapeva ancora. «Si convincerà.»

«Ti avrà fatto una scenata.»

«È qualcosa che sento di dover fare.»

«Sarebbe una gran cosa se funzionasse.»

«Allora, ci stai o no?»

«I soldi sono molto allettanti.»

Volevo chiedere che fine avesse fatto il pericolo, ma dissi: «Parto per Washington dopodomani. Fammi sapere cosa decidi.»

————

Mary Ann gettò le braccia al cielo. «Non posso credere che tu lo stia facendo. E non hai pensato di parlarmene prima?»

«Sai che smaniavo dalla voglia di fare qualcosa. Non posso starmene a poltrire in casa.»

«Stiamo prendendo lezioni di spagnolo, e tu vai in palestra. E poi facciamo un sacco di cose, come andare in spiaggia.»

«Non è abbastanza.»

«Ti ho chiesto cento volte di viaggiare. Non ci siamo divertiti quando siamo andati in Italia?»

«È stato fantastico, ma non possiamo viaggiare tutto il tempo.»

«Tutto il tempo? Da quando sei in pensione, siamo andati via una sola volta.»

«Ci andremo di nuovo. Dove vuoi tu. Scegli un posto e comincia a organizzare. Ci andremo subito dopo che questa storia sarà finita.»

«Quanto ci vorrà?»

«Non molto. Un mese o due.»

Si mise le mani sui fianchi. «Devi essere onesto con me. Quanto è pericolosa questa operazione?»

«Te l'ho detto, non lo è. Io dirigerò solo le operazioni da un ufficio.»

«Ne sei sicuro?»

«Assolutamente. E quando sarà finita, faremo un bel viaggio lungo.»

«Va bene. Allora, dove vuoi andare?»

«Dove vuoi tu.»

«Ho sempre desiderato andare sul Lago di Como o a Venezia, e dicono che la Costiera Amalfitana sia stupenda. Probabilmente potremmo fare entrambe le cose nello stesso viaggio.»

«Vedi tu e controlla se la cosa ha senso.»

«Credo che ci sia un treno da Venezia a Napoli, che è vicino a Positano. E forse potremmo andare a Capri.»

«Informati. Devo chiamare Derrick.»

Mentre componevo il suo numero, si insinuò in me la brutta sensazione che la promessa del viaggio fosse una manipolazione. Rispose Derrick. «Ehi, Frank.»

«Hai deciso cosa vuoi fare?»

«Sono indeciso. Lynn non è entusiasta dell'idea.»

«Cambierà idea. Mary Ann è d'accordo.»

«Non so: sta parlando di avere un altro bambino.»

«Alla tua età?»

«Lynn è più giovane e, se non ricordo male, avevi un anno più di me quando hai avuto Jessie.»

«Hai ragione, scusa.»

«Non sono sicuro di volere un altro figlio, ma perderò quella battaglia.»

Mi trattenni dal dire: «Dille che sarai d'accordo in cambio della tua partecipazione», e invece dissi: «Troverete un modo. Domani parto con il volo United delle sette del mattino. Ho detto a Pembroke di farti trovare un biglietto. Se ce la fai, ottimo. Se no, capisco.»

PARTE II

WASHINGTON, D.C.

CAPITOLO DICIASSETTE

Dopo essere salito su un taxi, percorremmo Pennsylvania Avenue. Era una sensazione surreale trovarsi in una città sbattuta su tutti i notiziari, ma in cui non tornavo dai tempi di una gita scolastica alle medie.

Credere che la combinazione di denaro e noia avrebbe convinto Derrick a unirsi a me era stato un errore di valutazione. Rimuginando sul mio adagio secondo cui non si conosce mai veramente qualcuno, mi resi conto di essere solo in quella faccenda. Se la missione doveva avere successo, evitare errori avrebbe giocato un ruolo fondamentale.

Accostammo davanti a un edificio neoclassico con enormi colonne scanalate. Mi sembrava familiare.

L'autista disse: «Siamo arrivati».

«Oh, sto cercando di inquadrare l'edificio. Non ci sono mai stato, ma mi pare di riconoscerlo».

«È quello sul retro della banconota da dieci dollari».

«Ah, giusto.» Pagai e salii con calma i gradini del Dipartimento del Tesoro.

Seduto sul divano nel suo ufficio, Pembroke stava parlando

con un uomo magrissimo. Il capo del Tesoro si alzò. «Frank, è un piacere vederla».

Gli strinsi la mano. «Anche per me».

«Frank Luca, le presento Romney French».

French, con l'abito che gli pendeva addosso, si alzò, porgendomi una mano ossuta. «Piacere di conoscerla».

«Ho chiesto a Romney di unirsi a noi. È a capo dell'HSI, l'unità investigativa della Sicurezza Nazionale».

«Capisco. Pensavo che sarebbe stata un'operazione del Tesoro».

Pembroke disse: «Considerando la portata di ciò a cui punta, i consulenti legali ci hanno informato che deve essere multi-agenzia. Questo risolverebbe problemi di giurisdizione e sarebbe conforme ai protocolli esistenti per gli agenti speciali».

«Capisco, ma per avere una qualche possibilità di successo, meno persone sono coinvolte, meglio è».

Romney disse: «È un'osservazione pertinente, signor Luca, ma l'HSI ha un'ampia autorità legale per condurre indagini criminali transnazionali. Come agente speciale, avrebbe quasi carta bianca».

Pembroke disse: «Sarebbe un'altra agenzia da cui attingere risorse e, come ha detto Romney, la loro autorità legale è la più ampia possibile».

Non c'era dubbio che avere la protezione e l'autorità legale era un colpo grosso, ma mi irritava che Pembroke li avesse coinvolti senza prima parlarne con me. Era questo il modo in cui funzionava Washington?

«Va bene, capisco».

Discutemmo gli obiettivi dell'indagine, decidendo di darle il nome in codice di Progetto Omega. Il nome mi piaceva; Omega era l'ultima lettera dell'alfabeto greco, e si correlava al contante che era il risultato finale del traffico di droga.

Dopo l'incontro con Pembroke e Romney French, fui accompagnato in un ufficio per prestare giuramento come agente del Dipartimento del Tesoro, della Drug Enforcement Agency e dell'unità investigativa della Sicurezza Nazionale.

Mentre ripetevo i vari giuramenti, i semi del dubbio si insinuarono in me. Ma invece di annaffiarli, li scacciai con forza.

Poi fu il momento della procedura di registrazione, in cui mi fecero una foto e mi rilasciarono i tesserini. Sbrigate le formalità, Pembroke disse: «Vorrei portarla alla sorveglianza prima dell'incontro con la DEA».

«Mi sembra un'ottima idea».

Fui introdotto in una stanza cavernosa le cui pareti erano coperte di schermi video. I display erano raggruppati a tre a tre, ogni sezione monitorata da qualcuno che indossava delle cuffie e sedeva dietro una scrivania ricurva.

Le parole mi uscirono di bocca da sole. «Caspita, sembra una di quelle cose che si vedono in TV, tipo una gigantesca sala operativa».

«È davvero speciale. Avviso il signor Sears, il responsabile di questa divisione, che lei è qui».

Era silenziosa, per una stanza con dozzine di persone al lavoro.

Un uomo dal torace a botte si avvicinò. Con le spalle dritte, aveva un'aria marziale. Tese la mano. «Signor Luca, Mike Sears. Sono il capo del Civilian Recon Intelligence Branch».

Ci stringemmo la mano e Sears disse: «Il signor Pembroke è stato chiaro nel mettere a disposizione ogni risorsa che abbiamo per assicurare il successo della sua missione».

«Grazie. Cercherò di non intralciare il lavoro che state facendo».

Fece un gesto ampio con il braccio. «C'è una quantità enorme di tecnologia in questa stanza, e avrà bisogno di assistenza per orientarsi».

«Senza dubbio, le sarei grato per l'aiuto».

Si voltò. «Bradley! Il signor Luca è qui».

Un uomo sulla trentina, con i capelli arruffati e occhiali blu scuro, si affrettò a venire. Il perfetto stereotipo del tecnico informatico tese la mano. «Cary Bradley».

Dopo aver parlato per dieci minuti, Sears ci portò a una scrivania a mezzaluna di fronte a un gruppo di monitor a parete.

«Può lavorare da qui. Ho requisito quattro schermi per suo uso esclusivo. Bradley conosce questo posto come le sue tasche. Le mostrerà come funziona tutto. Bradley è stato assegnato a lei per tutto il tempo che le servirà».

Lo ringraziai e Sears se ne andò. Dissi: «Posso chiamarti Cary?»

Lui sorrise. «Qui mi chiamano tutti Bradley».

«Allora, Bradley. Quindi, sei tu il mago della tecnologia?»

«Sono qui da dieci anni e praticamente so tutto quello che c'è da sapere sull'attrezzatura e sulle nostre capacità».

«Bene. Non sono molto pratico con la tecnologia».

«Nessun problema, potrei farlo anche a occhi chiusi».

«Davvero?»

Annuì. «Non è niente di magico. Anzi, le cose da queste parti sono piuttosto noiose».

«Davvero? Con tutto quello che succede?»

«È super-routine. A proposito, il signor Sears non mi ha mai detto cosa sta cercando di ottenere».

«Vogliamo osservare i valichi di frontiera verso il Messico. Il signor Pembroke ci ha detto che c'è un contatto diretto tra gli agenti della Sicurezza Nazionale al confine e questo centro di comando».

«Ne abbiamo la capacità, ma il confine meridionale è lungo poco meno di duemila miglia. Quale o quali valichi vuole monitorare?»

«Mi risulta che il più grande valico di frontiera terrestre sia quello di San Ysidro».

«Esatto. San Ysidro gestisce più di settantamila veicoli al giorno diretti a nord».

«Quanti di questi vengono ispezionati?»

«Una frazione minuscola. Ci affidiamo all'intelligence per concentrarci su determinati trasporti».

«Non sta funzionando molto bene, vero?»

Lui guardò da sopra gli occhiali, ma non disse nulla.

«Sono interessato al traffico diretto a sud».

«Verso il Messico?»

«Esattamente».

«Okay. Il più trafficato sarebbe El Chaparral. San Ysidro un tempo aveva traffico a doppio senso, ma le corsie in direzione sud dell'autostrada Five sono state spostate quando sono state costruite le nuove strutture di ispezione».

«Te ne intendi davvero. Possiamo dare un'occhiata a quel valico?»

Bradley fece rotolare una sedia fino a una tastiera e digitò un paio di comandi. «Ecco una vista aerea, insieme a tre feed da terra».

In un attimo, gli schermi si riempirono di file chilometriche di auto e camion che avanzavano a passo d'uomo verso le strutture del valico. Agenti in uniforme camminavano lungo le corsie, parlando con gli autisti e controllando i documenti.

Dissi: «Impressionante». Studiai le file di traffico. «C'è un agente o due con il fiuto migliore?»

Bradley alzò lo sguardo dalla tastiera. «Come, scusi?»

«Qualcuno con un grande istinto. Qualcuno che crede che ci sia del contrabbando in corso e si scopre che ha ragione».

«Quando c'è un sospetto di merce di contrabbando, il veicolo viene fatto accostare e ispezionato visivamente. Se questo solleva ulteriori sospetti, può essere mandato a un esame Vacis».

«Vacis, quella è un'enorme macchina a raggi X, giusto?»

«Sì. Ma per quanto riguarda gli agenti, non so su due piedi chi abbia i risultati migliori in direzione sud, ma posso scoprirlo».

«Bene. Se non ti dispiace, trova due nomi e partiremo da lì».

«Me ne occupo subito».

Bradley andò alla sua postazione e prese il telefono. Diedi un'occhiata alla stanza. Stavamo tenendo d'occhio tutto? Dovevano esserci almeno duecento schermi sorvegliati da cinquanta o sessanta tecnici.

Era una partita a ping-pong tra rassicurazione e inquietudine.

Bradley tornò di corsa. «Abbiamo due agenti con tassi di sequestro del trenta per cento superiori alla media».

«È questo che sto cercando. Chi sono?»

«Blake Gulch, lo chiamano Mad Dog, e Ann Florenze».

«Sono in servizio adesso?»

«Certo che lo sono».

Indicò una coppia di monitor sotto un display più grande. «La Florenze sta camminando nella corsia due e Gulch sta lavorando alla quinta. Faccio uno zoom».

Digitò sulla tastiera e il grande schermo mostrò l'immagine di una donna di piccola corporatura. La sua coda di cavallo spuntava dal retro del berretto da baseball. Con la mano sul fianco, indicava una berlina scura.

Bradley disse: «Tempismo perfetto; sta facendo accostare qualcuno».

Erano armi, droga o denaro?

Dissi: «Possiamo vedere chi c'è in macchina?»

Annuì, spostando la telecamera sul conducente. «È da solo».

Barbuto, l'autista aveva un tatuaggio da carcerato che gli serpeggiava attorno al collo. Stava parlando con la Florenze.

Bradley disse: «Sta cercando di cavarsela con le chiacchiere, ma una volta che sei stato segnalato, non c'è modo di fermare il protocollo».

«Da quello che ricordo, la metà dei sequestri riguarda armi da fuoco e armi, giusto?»

«È più di così, circa il sessanta per cento, seguito da contante in grandi quantità, che si aggira intorno al venticinque per cento. Il resto è ogni tipo di merce di contrabbando, inclusi beni rubati e qualche fuggitivo occasionale».

Pensai al Pescatore, che era fuggito in Messico. Quanti altri assassini avevano lasciato il paese, o apertamente in un'auto o nascosti in un bagagliaio?

La Florenze estrasse la radio e vi parlò. Indicò l'autista e poi un'area sulla destra.

La berlina seguì le istruzioni della Florenze, spostandosi lentamente di lato. Mi chinai verso lo schermo mentre due agenti raggiungevano la Florenze.

CAPITOLO DICIOTTO

Mentre Florenze osservava, un agente aprì la portiera dell'auto e l'uomo al volante scese. Il conducente mise le mani sul tettuccio del veicolo e l'agente lo perquisì.

Comparve un'unità cinofila. L'addestratore guidò il cane verso il conducente. Il migliore amico dell'uomo annusò e si allontanò. L'agente della cinofila girò intorno all'auto con il cane. Florenze allungò la mano all'interno della vettura.

Il bagagliaio si aprì di scatto. Un cane era seduto a pochi centimetri dal paraurti posteriore. Florenze girò intorno all'auto e sollevò il cofano del bagagliaio.

Il suo braccio scattò in aria.

«Può ingrandire ancora?»

«Lasci che veda.»

Il bagagliaio era pieno di lunghe casse di legno.

Dissi: «Sembra che possano essere armi.»

Due agenti si avvicinarono rapidamente al conducente e lo ammanettarono.

«Mi chiedo quanti veicoli fermi Florenze al giorno e, di quelli, quanti abbiano del contrabbando.»

Bradley prese il telefono. «Posso scoprirlo.»

Mentre Bradley parlava al telefono, io guardai un carro attrezzi caricare la berlina.

Riattaccò. «Il numero medio di veicoli fermati ogni giorno è di quaranta.»

«E quanti presentano irregolarità?»

«Una dozzina al giorno.»

«Questo significa che ogni giorno un'enorme quantità di merce di contrabbando attraversa il confine.»

Bradley annuì. «L'attenzione è concentrata su ciò che entra nel Paese, non su ciò che esce.»

«È comprensibile, e non voglio mancarti di rispetto, ma non stiamo facendo un lavoro neanche lontanamente sufficiente a fermare l'ingresso di droga e clandestini.»

«Non possiamo fermare ogni auto. Sa che in Texas l'hanno fatto e le code arrivavano fino ad Austin. Ci volevano dalle sei alle otto ore per attraversare.»

«Se dipendesse da me, dispiegherei tutta la manodopera possibile e manderei il messaggio che abbiamo chiuso col lasciare che i cartelli avvelenino gli americani.»

«Non è fattibile.»

«Non ho detto che fosse fattibile, ma che funzionerebbe. Sa, quando Reagan era presidente, un agente della DEA fu rapito. Il Messico non collaborava per trovarlo e ci ostacolava a ogni passo. Così Reagan chiuse il confine. Per attirare la loro attenzione.»

«Questo non lo sapevo. Cos'è successo?»

«Collaborarono, ma sfortunatamente uccisero l'agente, e le indagini portarono ai più alti uffici del Messico.»

«C'è un'enorme corruzione in Messico.»

«Senza alcun dubbio.»

«È questo che mi preoccupa. Dobbiamo trovare un modo per combatterla.»

«Stiamo aumentando l'uso della tecnologia per intercettare

parte del contrabbando, ma i cartelli continuano a cambiare tattica.»

«Va bene, è un gioco che si può fare in due.»

«Non sono sicuro di capire. A cosa si riferisce?»

«Il mio piano è di attaccare il problema da una prospettiva diversa.»

Il suo volto si illuminò. «Ha la mia completa attenzione. In che modo, esattamente?»

Sears apparve dal nulla. «Come stiamo andando qui? Bradley si sta prendendo cura di Lei?»

«Sì. È stato estremamente d'aiuto.»

Indicò gli schermi con un gesto. «Cosa abbiamo qui?»

Disse Bradley: «Un possibile sequestro di armi, signore.»

Sears scosse la testa. «Difficile immaginare che possa esserci ancora più violenza oltre confine.»

Dissi: «I cartelli sono armati meglio della polizia messicana.»

Sears disse: «Beh, parte della nostra missione è impedire che altre armi finiscano nelle loro mani. Ho inoltrato una richiesta per un aumento del tasso d'ispezione e sequestri come questo aumentano le probabilità che l'amministrazione l'approvi.»

Dissi: «Perché non dovrebbero?»

«Qualsiasi cosa che rallenti il commercio è difficile da vendere.»

«Forse dovremmo mettere insieme un camion carico di cadaveri, di ragazzi morti di overdose, e spedirlo alla Casa Bianca.»

Sears sorrise. «Mi creda, ho pensato di fare trovate simili per attirare l'attenzione della classe politica. Ma gli interessi economici e i loro lobbisti hanno un'influenza enorme sul nostro modo di operare.»

Disse Bradley: «E i pezzi grossi si preoccupano di come le

autorità messicane reagiscano ai nostri sforzi; dicono che non possiamo violare la loro sovranità.»

«Sono loro a violare la nostra permettendo alla droga di fluire in America.»

Sears disse: «Loro sostengono che sia un problema di domanda e, anche se odio ammetterlo, hanno le loro ragioni.»

«Beh, non aspetterò di vedere chi vince quel dibattito. Sono qui per agire.»

Disse Sears: «Siamo qui per sostenere i suoi sforzi. Qualsiasi cosa Le serva, gliela forniremo.»

«Lo apprezzo.»

«È il mio dovere. C'è una riunione a cui devo partecipare. La ricontatterò più tardi.»

Guardai Sears uscire dalla stanza e dissi a Bradley: «Qual è la tua posizione sulla questione della responsabilità?»

«La mia opinione non ha importanza; ho giurato di servire il mio Paese, ed è esattamente quello che farò.»

«Quindi pensi che il problema siano i consumatori.»

«È una questione complicata, signore.»

«Per favore, lavoreremo a stretto contatto. Preferirei davvero che mi chiamassi Frank.»

Sfoderò un sorriso. «Frank sia.»

«Sono uno che si butta a capofitto. Devo sapere che mi copri le spalle.»

«L'avevo immaginato.»

«Cosa te l'ha fatto pensare?»

«Quando abbiamo saputo che il signor Pembroke aveva autorizzato la missione, ho fatto qualche ricerca.»

«E cosa hai scoperto?»

«Che sei un ex della Omicidi e che sei andato in pensione dopo aver trovato una scorta di denaro della droga che era stata nascosta per anni.»

«E questo cosa ti ha detto?»

«Che sei determinato e pieno di principi.»

«Lo prendo come un complimento.»

Bradley si guardò le scarpe.

Dissi: «Cosa?»

«Niente.»

«Se dobbiamo lavorare insieme, dobbiamo essere onesti l'uno con l'altro.»

«È solo che, per quanto eccitante possa essere, sembra un po' una storia alla Don Chisciotte.»

«La storia del sognatore che dava la caccia ai mulini a vento?»

Annuì. «Sì, cioè, non è esattamente la stessa cosa, ma...»

«O pensi che sia una causa persa o che io sia pazzo.»

«Non sto dicendo che sei pazzo; è solo che è difficile fare la differenza.»

«Sicuro che lo è, ma qual è l'alternativa? Non fare niente?»

Bradley fece spallucce e io gli chiesi dov'era il bagno.

«Torno subito e poi ci metteremo al lavoro, anche se pensi che sia una perdita di tempo.»

Voltandomi prima che potesse rispondere, mi allontanai.

Avevo bisogno di pensare e di fare una pisciata. Seduto sul trono, solleticandomi l'addome per far partire il flusso, mi chiesi se avrei dovuto chiedere a Sears qualcun altro. Sgominare un cartello era già abbastanza difficile. Perché renderlo ancora più arduo lavorando con qualcuno che non credeva in quello che stavamo facendo?

Mentre mi lavavo le mani, decisi di andare avanti. Se Bradley si fosse messo di mezzo, sarei andato da Sears. No, non stavo scherzando; sarei andato dritto da Pembroke per ottenere l'aiuto di cui avevo bisogno.

Bradley era seduto alla sua scrivania, scorrendo il telefono. Feci rotolare una sedia verso di lui. «Sei pronto?»

Si mise il telefono in tasca. «Sì.»

«Ecco il mio piano: devo parlare con Florenze. Avremo bisogno della sua collaborazione.»

«E l'altro agente, quello che chiamano Mad Dog? Vuoi parlare anche con lui?»

«No. Lavoreremo con Florenze.»

«La contatterò.»

«Fallo usando Zoom o quello che usate per le video-chiamate.»

«Usiamo Google Meet.»

«Come ti pare.»

«Posso chiedere cosa stiamo cercando? Armi?»

«No, contanti.»

Sorrise. «Interessante.»

«Stiamo cercando ingenti quantità di denaro spostate dai cartelli. In particolare, dal cartello La Familia.»

«Sono molto pericolosi.»

«Organizza la videochiamata. Ho una riunione con la DEA; ci vediamo più tardi.»

CAPITOLO DICIANNOVE

Attesi alla reception finché l'analista capo per il Sud America, la regione che la DEA chiamava Cono Sud, non uscì a prendermi.

Jack Pierce aveva cinquant'anni. Sia di età che di girovita. Si diresse barcollando verso il suo ufficio e io lo seguii.

Pierce si infilò a fatica sulla sedia. «Sento dire che viene dalla Florida.»

«Sono originario di New York, ma mi sono trasferito nel sud-ovest della Florida una ventina d'anni fa.»

«Le piace?»

«Sì, non sono mai stato più felice.»

«Abbiamo parlato di trasferirci lì quando andrò in pensione, ma non so se mi abituerei al caldo.»

«Ci si abitua, ma non è un posto per tutti.»

«È vero. Dunque, mi dicono che sta cercando informazioni sul cartello La Familia.»

«Qualsiasi cosa possa dirmi sarà apprezzata.»

Appoggiandosi allo schienale, disse: «Si sta mettendo contro gente pericolosa.»

«Ne sono consapevole.»

Giocherellò con la cravatta. «I cartelli sono organizzazioni brutali, ma La Familia è insolitamente violenta. Il gruppo ha un tono quasi religioso e i suoi leader descrivono le decapitazioni e gli assassinii che compiono come "giustizia divina".»

«Giustizia divina?»

«È come la chiamano. Di recente, hanno lanciato cinque teste mozzate sulla pista da ballo di un locale notturno insieme a un biglietto. Hanno affermato di non uccidere per soldi, dicendo che non uccidono le donne né gli innocenti, ma solo coloro che meritano di morire. L'hanno chiamata giustizia divina.»

«Un modo interessante di metterla.»

Facendo rotolare una penna tra il pollice e l'indice, Pierce disse: «La Familia è simile a una setta. I leader obbligano i membri a leggere un libro intitolato *Wild Dreams*. Lo ha scritto un americano.»

Mi segnai il titolo. «Gli darò un'occhiata.»

«Il fondatore del cartello credeva che ogni uomo dovesse avere una battaglia da combattere, una bellezza da salvare e un'avventura da vivere.»

«Ha davvero tentato di abbellire la sua impresa criminale.»

«È un'idea che attecchisce facilmente quando non si è istruiti e non si hanno molte opportunità di lavoro.»

«Non sono così vicini al confine. Come hanno fatto a diventare degli attori così importanti nel mercato della droga statunitense?»

Indicò una grande mappa appesa alla parete. «Iniziarono sulla costa sud-occidentale del Messico, proprio sull'Oceano Pacifico. Come altri cartelli, importavano droga dalla Colombia e dal Perù via mare nel porto della città di Lázaro. Poi, si sono buttati pesantemente sulle metanfetamine. Si sono alleati con il cartello di Sinaloa per la distribuzione, ma quelle alleanze non durano mai a lungo.»

«Quando hanno iniziato con il fentanil?»

«Un paio di anni fa. Con l'esperienza che avevano nella

produzione di metanfetamine, hanno messo su un numero significativo di laboratori per trasformare i prodotti chimici provenienti dalla Cina in fentanil. La maggior parte si trova sugli altopiani della Sierra Madre.» Pigiò un dito sulla mappa. «È l'area verde, vicino al segnaposto rosso, a nord di Sinaloa.»

«Che tipo di sforzi si stanno facendo per chiudere i laboratori?»

«Ci proviamo, ma La Familia è pesantemente armata e controlla la zona. Ogni volta che si pianifica un'incursione, ricevono una soffiata.»

«Dalla polizia messicana o...» lasciai la voce in sospeso.

«Le operazioni di quel tipo sono su larga scala e coinvolgono un sacco di persone.»

«Inclusa la DEA.»

«Abbiamo un gruppo dedicato, ma nessuno ha mai detto che siamo perfetti.»

Mi rimangiai quello che pensavo davvero. «La perfezione non esiste.»

«Vero. Un'altra cosa insolita di La Familia è che insistono affinché i loro membri non facciano uso di droghe.»

«Sanno che quella robaccia ti fotte il giudizio, oltre alla salute.»

«La Familia è profondamente coinvolta nella politica del suo stato d'origine, Michoacán, e di conseguenza ha legalmente un'enorme influenza su vaste aree della regione.»

«Seguendo il manuale di Pablo Escobar.»

«Vero, ma non con l'opulenza sfacciata e sfrontata di Escobar. I giorni di *Miami Vice* appartengono al passato. La Familia mantiene un profilo relativamente basso. Non guidano Ferrari e non fanno la bella vita.»

«Non vogliono attirare l'attenzione.»

Annuì. «E sono disciplinati al riguardo. La Familia distribuisce un manuale che spiega ai suoi membri come mimetizzarsi. Dicono loro persino quante grigliate al mese organizzare con i vicini.»

Scossi la testa. «Fantastico, così è più difficile trovare quei bastardi. Qual è la stima della DEA sul numero di membri che hanno negli Stati Uniti?»

«È impossibile fare una stima, ma si può dire con sicurezza che sono migliaia.»

«Duemila, cinquemila o più?»

«Più verso il basso.»

«Devono essere di più. Durante il Progetto Coronado, i federali hanno arrestato più di trecento membri in un paio di stati.»

«Quella è stata un'operazione di successo, e l'abbiamo seguita con il Progetto Delirium, in cui abbiamo arrestato più di duecento membri di La Familia che operavano in una dozzina di stati. Anche i messicani ne hanno presi quasi duemila, dal loro lato del confine. Abbiamo fatto loro molto male.»

«Eppure, i volumi di droga che attraversano il confine sono aumentati.»

«Questo non è un quadro corretto della situazione. Abbiamo un confine di duemila miglia e...»

Alzandomi, dissi: «Grazie per le informazioni su La Familia. Le sono grato.»

«Se Le serve qualcosa, farò del mio meglio per aiutarla.»

Allungando la mano, dissi: «Grazie ancora.»

Pierce mi prese la mano. «Quando vuole.»

Mentre cercavo di interrompere la stretta, mi guardò negli occhi. «Stia attento, adesso: questi tizi sono i più pericolosi che ci siano in circolazione.»

———

Chiusi il portatile e chiamai Mary Ann.

«Ciao, Frank, come va?»

«Bene. Ho avuto una giornata intensa.»

«Non sei stanco?»

«No, in realtà sono carico a mille.»

«Davvero?»

«Sì, devi vedere la sala di sorveglianza che hanno qui. Il posto è enorme e ci sono schermi ovunque. Non avevo idea che ci fosse così tanta tecnologia, ed è incredibile.»

Ridacchiò. «La tecnologia e te? Come pensi di sopravvivere?»

«Molto spiritosa, simpaticona. Ma seriamente, mi hanno affiancato un ragazzo, Bradley, che è fantastico. Scommetto che gli basta premere un paio di tasti e potrei guardarti mentre fai le tue vasche.»

«Così bravo, eh?»

«Sì, è un tipo molto intelligente, un nerd. È andato a Georgetown a studiare informatica e sa come usare tutti gli strumenti che hanno.»

«Questo è un grosso vantaggio.»

«È incredibile. Abbiamo visto un agente di frontiera beccare un tizio con il bagagliaio pieno di armi che stava cercando di contrabbandare in Messico.»

«Wow.»

«E in tempo reale. Dopodiché, ho avuto una riunione con la DEA sul cartello a cui è collegato il Pescatore.»

«Com'è andata?»

Arrivò una chiamata. Era un numero riservato. La rifiutai. «Bene. È il cartello de La Familia, e questi criminali sono di un'altra pasta. Stavo giusto leggendo un libro che i loro membri sono obbligati a leggere.»

«Sembra più una setta che un cartello.»

«Con una componente di auto-aiuto. Il libro parla di abbracciare una vita di coraggio, avventura e libertà. Dice che bisogna correre dei rischi per trovare il vero significato.»

«Spacciare droga di certo fa suonare il campanello d'allarme.»

«Amen.»

«Quanto pensi di rimanere lì?»

Il numero riservato provò di nuovo. Rifiutai la chiamata. «Lo saprò meglio domani.»

«Hai mangiato?»

Qualcuno bussò alla porta. «Ho ordinato il servizio in camera. Anzi, sono appena arrivati alla porta.»

«Vai a mangiare, ci sentiamo dopo.»

Un giovanotto posò il vassoio sul tavolo. Gli diedi cinque dollari e chiusi la porta. Il cellulare squillò di nuovo. Era il numero riservato. Forse era qualcuno di una delle agenzie.

«Pronto?»

Una voce burbera disse: «Torni in Florida.»

«Chi è?»

«Si farà male se continua così.»

«Chi diavolo è?»

«È stato avvertito.»

«Non osi minacciar—»

La linea cadde.

CAPITOLO VENTI

Tirai fuori il biglietto da visita che Sears mi aveva dato, con sopra il suo numero di cellulare. Digitai il prefisso, ma interruppi la chiamata. Sears era molto stimato, ma avrebbe chiesto a qualcun altro di rintracciare chi aveva chiamato.

C'era una talpa nel Dipartimento della Sicurezza Interna, in quello del Tesoro o alla DEA. La mattina seguente avrei chiamato in Florida per chiedere a Gesso di fare un controllo.

Ero stato a stretto contatto con Pembroke, Sears, Pierce e Bradley. Sapevano perché ero lì, ma a quante altre persone lo avevano detto?

Pembroke aveva cercato di reclutarmi per diversi progetti che stava portando avanti. Perché avrebbe dovuto remarmi contro? Non aveva senso, e poi lui era del Dipartimento del Tesoro. Il riciclaggio di denaro era il suo campo, ma la minaccia era arrivata fin da subito. Quante probabilità c'erano che avesse un collegamento diretto con il cartello de La Familia?

Mi sedetti sul letto, passando in rassegna ogni persona con cui avevo parlato quel giorno. Il solo fatto che Pierce lavorasse per la DEA e sapesse molto su La Familia lo rendeva un sospetto. E mi aveva avvertito che il cartello era pericoloso.

Pierce non mi aveva chiesto dei miei piani. L'aveva fatto di proposito? E la DEA di Fort Myers, innocentemente o meno, aveva probabilmente passato l'informazione al Pescatore, portando all'omicidio di Jimmy. La cultura della DEA era basata sul tradimento? Avrei cercato di starne alla larga.

Sears dirigeva la divisione di sorveglianza. I cartelli dovevano sapere che l'unità esisteva e chi ci lavorava. Sears aveva una reputazione impeccabile. Non sapeva tutto dei miei piani, ma sapeva che riguardavano il confine, e ciò significava che avrebbero avuto un impatto sui cartelli.

Mentre rimuginavo su questi pensieri, la mia attenzione si spostò su Bradley. La maggior parte delle fughe di notizie non proveniva dai vertici, ma dagli operatori di tutti i giorni. Bradley era un tecnico, e avevamo discusso dei miei piani. Aveva anche le capacità tecniche per inviare un segnale non rintracciabile.

Come diavolo avrebbe potuto avere successo il Progetto Omega se fosse stato minato dall'interno?

———

Dopo essere rimasto sotto la doccia cinque minuti in più, chiamai Gesso e gli chiesi di controllare il numero del chiamante. Mi inviò il modulo di autorizzazione della Verizon e lo compilai.

Mentre viaggiavo in taxi lungo K Street, non riuscii a scrollarmi di dosso la sensazione che Washington fosse peggio di quanto avessi immaginato. Sceso dal taxi, mi diressi ai miei alloggi di lavoro temporanei.

Sears era al telefono. Dissi alla sua segretaria che dovevo vederlo e lo aspettai.

La sua scrivania era incorniciata dalle bandiere degli Stati

Uniti e del Dipartimento del Tesoro. «Entri. Oggi ho una giornata straordinariamente impegnativa. La governatrice del Michigan è in città e vuole una presentazione in pompa magna.»

«Non ci vorrà molto.»

«Si sieda.»

«Non si disturbi.»

«Cosa la turba?»

«Ieri sera ho ricevuto una telefonata minatoria.»

«Da chi?»

«Non si sono identificati e il numero era privato.»

«Un telefono usa e getta?»

«Sì. Vorrei rimpiazzare Bradley.»

«Crede che abbia fatto trapelare qualcosa?»

«Non lo so.»

«Essere cauti è la mossa giusta. Mi dia un'oretta o giù di lì. Voglio essere sicuro di scegliere il sostituto giusto.»

«Le sarei grato se fosse abile con la tecnologia quanto Bradley.»

«Non si preoccupi, me ne occuperò io.»

«Grazie.»

Mi diressi da Bradley che, con le cuffie, stava digitando sulla tastiera. Gli picchiettai sulla spalla e lui si abbassò le cuffie intorno al collo. «Buongiorno.»

«Giorno. Senti, ehm, ho chiesto a Sears di trovarmi qualcun altro con cui lavorare.»

«Davvero?»

Annuii.

Lui fece spallucce. «Ok, come vuoi.»

Il mio istinto urlò. Non era stato Bradley. Non era affatto sulla difensiva.

«Non vuoi sapere perché?»

«Ho immaginato fosse per il riferimento a Don Chisciotte. Non avrei dovuto dirlo.»

Accostai una sedia, lo guardai negli occhi e sussurrai: «Ieri sera ho ricevuto una telefonata minatoria.»

Dietro gli occhiali dalla montatura blu, i suoi occhi si spalancarono. «Da chi?»

«Non lo so.»

Lui sorrise. «Aspetta, non penserai che sia stato io?»

«No, ma c'è una talpa qui o alla DEA.»

«Deve essere la DEA. Qui hanno tutti il massimo livello di autorizzazione possibile prima di arrivare al top secret.»

Era inutile discutere di quanto spesso venissero violate le autorizzazioni. «Hai contatti con qualche cartello o conosci qualcuno che ne ha?»

Ritrasse il mento. «Certo che no! Come puoi anche solo chiedermelo?»

Mi alzai. «Vuoi lavorare con me?»

«Sì. È una specie di strano test o qualcosa del genere?»

«Organizza il Google Meet con Florenze, ma non farlo qui. Trova una sala conferenze o qualcosa del genere. Voglio privacy.»

«Posso chiederti una cosa?»

«Certo.»

«Cosa ti spinge in questo caso? Ti stanno minacciando e tu vai ancora avanti a pieno regime.»

Gli parlai di Steve e Jimmy, e lui disse: «Wow. Adesso capisco. Sei un brav'uomo, Frank.»

«Fidati, non sono certo un santo. Ora organizza quella chiamata.»

«Ci penso io.»

«Torno subito. Vado a dire a Sears che continuiamo a lavorare insieme.»

CAPITOLO VENTUNO

Il mio cellulare vibrò. Era Gesso. «Ehi, sergente. Cosa hai scoperto?»

«Era un telefono usa e getta, ma la cosa strana è che sembra uno di quelli distribuiti in Sud America.»

«Ha senso.»

«I numeri assegnati erano del Cile o del Perù.»

«C'è qualcosa sull'attivazione?»

«Sì, e questa è la cosa buffa: è stato attivato a Detroit.»

«Detroit?»

«Sì. Potrebbe essere una banda criminale che compra in blocco dal Sud America o...»

«So chi è stato.»

«Davvero? Chi?»

«Il cartello di La Familia controlla un corridoio lungo la Route 75, fino a Detroit.»

«Frank, è meglio che ti guardi le spalle. Quelli del cartello ti daranno la caccia senza pensarci due volte.»

«Questo non è il Messico. Quei bastardi non possono fare il cazzo che vogliono.»

«Non correre rischi, Frank. Ti dico di andartene da lì e tornare a goderti la vita. Hai già dato.»

«Non ti preoccupare, non correrò rischi.»

«Davvero? Sei via da un giorno e ti hanno già minacciato.»

«Stanno cercando di spaventarmi per farmi desistere.»

«Se fossi in te, darei loro ascolto.»

«Chi vuoi prendere in giro? Una telefonata come quella che ho ricevuto ti avrebbe gasato.»

«Forse ai vecchi tempi, ma nessuno di noi due è più un giovanotto. Lasciamo fare alla nuova generazione.»

«Già. È la nuova generazione che mi preoccupa.»

«Devi pensare a Mary Ann.»

«Sono a Washington, la capitale della nazione, mica in una giungla colombiana.»

«Okay, Frank. Ti dico solo di stare attento. Hai molto da perdere.»

«Non ti preoccupare, sarò a casa tra un paio di giorni.»

———

Una mezza dozzina di bicchieri di caffè vuoti ingombrava il tavolo della sala riunioni. Ne spostai uno di lato e tirai fuori una sedia accanto a quella in cui si era sistemato Bradley.

La stanza non aveva finestre ed era piccola. La claustrofobia mi portò a tenere d'occhio la porta.

«Tutto bene?»

Annuii.

«Ci siamo.»

Il logo di Google Meet si dissolse e il viso minuto di Ann Florenze riempì lo schermo.

«Buongiorno, signorina Florenze. Sono l'agente speciale Frank Luca. Vorrei ringraziarLa per aver accettato questa chiamata.»

«Nessun problema. Mi risulta che Lei stia dirigendo un progetto verso sud.»

«Esatto. Vorremmo il Suo aiuto per assicurarne il successo.»

«Ne sarei lieta. Come posso aiutarLa?»

«Lei ha un'eccellente reputazione nell'individuare chi cerca di sgattaiolare oltre il confine con armi e valuta. Il nostro obiettivo specifico è trovare il denaro contante contrabbandato in Messico.»

«Siamo già concentrati su questo.»

«Sì, ma affronteremo la cosa in modo un po' diverso da come è abituata.»

«Sono tutt'orecchi, signore.»

«Siamo a caccia del denaro della droga, ma non lo sequestreremo.»

«Non capisco, signore.»

«Seguiremo il denaro. Voglio smantellare il sistema bancario che usano per riciclare i soldi. Le banche che aiutano questi cartelli devono pagare un prezzo, e sarà molto alto.»

«Le multerete?»

«Hanno troppi soldi perché le multe siano efficaci. L'unità del Tesoro che si occupa dei beni esteri le sanzionerà, impedendo loro di utilizzare il sistema bancario. Saranno tagliate fuori; nessuna banca tratterà più con loro. Manderà un messaggio potente, quello di non fare affari con i cartelli.»

Mentre sorrideva, le rughe a zampe di gallina le evidenziarono gli occhi a mandorla. «Sembra interessante. Come vuole che procediamo?»

«Ha ricevuto il pacco che Le abbiamo inviato?»

Mostrò una busta. «Sì, sono dei localizzatori.»

«Bene. Quando sospetta che qualcuno possa avere del contrabbando, vorrei che lo facesse passare attraverso una macchina Vacis e controllasse la radiografia. Se c'è una quantità considerevole di contanti, attacchi un localizzatore al veicolo e lo lasci andare. Da lì in poi ce ne occuperemo noi.»

«In un punto particolare?»

«Ovunque possa nasconderlo senza essere vista.»

«Okay. E poi?»

«Osserveremo il Suo turno e, quando fermerà qualcuno in fila, Bradley si collegherà al segnale del Vacis.»

«E se ci sono armi o altro contrabbando, ma non contanti?»

«Faccia come farebbe normalmente. A noi interessano solo i contanti, grandi quantità di contanti.»

«Se sembra una quantità borderline, cosa dovremmo fare?»

«Lasci perdere. Se si tratta di una sorta di prova, voglio che si sentano il più sicuri possibile.»

«Va bene. Ma le armi, possiamo sequestrarle?»

«Assolutamente.»

lei annuì. «Okay, vediamo come va.»

«E, ehm, signorina Florenze...»

«Sì?»

«È importante che Lei non insospettisca l'autista quando trova qualcosa.»

«Sono una giocatrice di poker, signore.»

«Bene. E un'altra cosa.»

«Cosa?»

«Dovrebbe sapere che non seguiremo i primi due o tre che troverà con del denaro. Diciamo i primi tre. Li lasceremo andare ovunque siano diretti. In questo modo abbasseranno un po' la guardia. Quindi non metta nessun localizzatore su quelle auto.»

«Ha senso.»

«Se dobbiamo aspettare un paio di giorni, non fa niente. Stiamo facendo un gioco a lungo termine.»

«Capito, signore.»

«Sono sicuro che capisce la necessità di mantenere una

cerchia ristretta per questa operazione. Non dica a nessuno cosa stiamo facendo.»

«Bocca cucita.»

«Ottimo, mettiamoci al lavoro.»

Bradley terminò la videochiamata. «Forse non dovrei chiederlo, ma perché le hai detto di non tracciare i primi tre che avrebbe trovato a contrabbandare contanti?»

«Perché non mi fido di nessuno.»

«Non capisco.»

«Hai detto che puoi tracciare un veicolo con satelliti e droni, giusto?»

«Certo che posso.»

«Bene, allora seguiremo la prima auto che trasporta contanti.»

«Non useremo il GPS su di loro?»

«No. Questo resta tra me e te.»

Annuì lentamente. «Stai ingannando la nostra stessa gente?» Poi si aprì in un ampio sorriso. «Questo sì che sembra divertente.»

CAPITOLO VENTIDUE

Fissando un monitor, indicai un'auto azzurra. «Ingrandisci quella Toyota malconcia.»

Bradley mosse il joystick e premette un tasto. «Ecco a te.»

Mi sporsi verso lo schermo. Al volante c'era un'anziana signora.

«Va bene, riduci lo zoom.» Di solito il mio istinto era buono, ma quella era la terza auto su cui mi sbagliavo.

Tenevo gli occhi su Florenze mentre camminava lentamente lungo una fila di auto. Guardò la Toyota e la superò.

Mi alzai e inarcai la schiena. «Vuoi un caffè?»

«No, grazie, sto bene.»

«Torno subito.»

Feci due passi e Bradley disse: «Aspetta.» Mi fece cenno di avvicinarmi. «Sembra che ne abbia beccato uno.»

Scuotendo la testa, Florenze era ferma accanto alla portiera del conducente di un furgone bianco e sporco. Fece cenno all'autista di uscire dalla fila.

Bradley ingrandì. «Sembra che si rifiuti di accostare.»

Guardando sopra la spalla di Bradley, dissi: «Chissà cosa nasconde nel retro di quel furgone.»

«Scommetto che sono mitragliatrici.»

Mentre il furgone avanzava lentamente, Florenze chiamò rinforzi via radio. Batté un pugno sulla fiancata del veicolo, ma questo continuò a procedere. Tre agenti, armati di fucili M14, accorsero. Un ufficiale in tenuta antisommossa alzò l'arma e si parò davanti al furgone.

L'uomo al volante alzò le mani. Florenze aprì la portiera del conducente e un agente tirò l'uomo fuori dall'auto.

«Non so cosa pensino di ottenere questi idioti.»

Lo costrinsero a inginocchiarsi e lo ammanettarono. L'autista, in maglietta e jeans, era smilzo.

Il traffico fu deviato su un'altra corsia. Florenze aprì i portelloni del furgone.

Dissi: «Cosa c'è dentro?»

«Sembra vuoto.»

«È pazzesco.»

«Ecco che arrivano i cani.»

Due unità cinofile si avvicinarono al veicolo. Girarono intorno al furgone ma non si fermarono in nessun punto. Uno dei cani fu portato sul retro. Il suo conduttore batté la mano sul pianale del veicolo e il cane saltò su. Cinque secondi dopo, balzò di nuovo giù.

Un agente si mise al volante. Bradley disse: «Lo faranno passare al Vacis.»

«Forse il furgone ha un doppio fondo ed è pieno di contanti.»

Bradley passò al segnale del Vacis. «Ne abbiamo visti tanti.»

Un agente fermò un camion per farlo aspettare e il furgone gli tagliò la strada. Avanzò lentamente sotto l'arco del macchinario. L'immagine grigio chiaro dello schermo mostrava il profilo scuro del veicolo.

Mi chinai in avanti. «Sembra normale.»

«Infatti.»

«Puoi mettermi in comunicazione con Florenze alla radio?»

«Certo.» Bradley digitò un numero e mi porse la cornetta.

«Agente Florenze, sono Frank Luca. Stavamo osservando questo furgone. Che succede?»

«Sembra pulito.»

«Perché l'autista ha fatto resistenza?»

«Ha detto che sua moglie stava per partorire e che doveva tornare a Tijuana. Ne ho già sentite di queste, ma sembra che abbia detto la verità.»

«Ottimo lavoro. Spero che arrivi in tempo.»

«Lo lasceremo andare il prima possibile.»

«Okay, torniamo al lavoro.»

Riattaccai e riferii a Bradley il motivo dell'autista. «Poveraccio, per poco non veniva arrestato.»

«Avrebbe potuto farsi male.»

«Ogni tanto, un sospettato dice la verità.»

«Dovrebbe succedere più spesso.»

Feci una risatina. «No, se è la prima volta. La gente inventa sempre qualche storia, pensando che li tiri fuori dai guai, che abbiano fatto qualcosa o no.»

«Davvero?»

«Assolutamente. A volte è per tenere nascosto qualcosa, come una relazione clandestina o un crimine non collegato, o per proteggere un familiare. Fidati, la lista è infinita.»

«Immagino di sì.»

«Vado a prendermi quel caffè.»

«Aspetta un attimo, sembra che Florenze non abbia perso tempo.»

Fissai lo schermo. L'agente di frontiera stava parlando con qualcuno in un SUV Buick color bordeaux.

«Fammi vedere il conducente.»

Bradley ingrandì al massimo. La donna al volante sembrava avere poco più di trent'anni. Aveva i capelli scuri ed era accigliata. Disse qualcosa e mise le mani sul volante.

Mentre il SUV usciva dalla fila, Florenze parlò alla sua radio.

Bradley disse: «Lo sta mandando al Vacis.»

Due camion erano in fila davanti alla Buick. Mentre il primo avanzava, un agente mise la mano sulla portiera del conducente e la aprì. La donna al volante della Buick scese.

Indossava scarpe da ginnastica e pantaloncini. Non era più alta di Florenze. Un altro agente di frontiera le si mise accanto mentre un terzo si sedeva al posto di guida.

Il SUV avanzò lentamente verso il macchinario a raggi X a forma di U rovesciata.

«Passa al segnale video.»

«È già aperto in un'altra scheda.»

«Ho un buon presentimento su questo.»

Bradley sorrise. «Hai avuto un paio di intuizioni stamattina, no?»

Mi stava prendendo in giro, il che era un buon segno. «Non darmi per vinto.»

Fissai lo schermo mentre la Buick entrava nella zona di rilevamento.

Bradley disse: «Non sembra che ci sia niente nell'abitacolo.»

«Aspetta.» Indicai lo schermo. «Cos'è quello?»

Bradley ingrandì un'area scura di un pannello posteriore. «Interessante.»

CAPITOLO VENTITRÉ

«La risoluzione si abbasserà.»

«Non m'importa.»

L'immagine si ingrandì, sgranandosi. Chinandomi, dissi: «Sono contanti. Senza dubbio.» Puntai il dito contro lo schermo. «Lo vedi?»

«Sì. Ne abbiamo una. Fammi controllare l'altro lato.»

Mi alzai. «Dobbiamo dire a Florenze di lasciarla andare.»

Bradley prese la radio.

Dissi: «Assicurati che non insospettisca l'autista.»

«Sa che deve lasciar passare le prime.»

«Dobbiamo esserne sicuri. Non voglio che facciano un casino.»

Bradley contattò Florenze.

La Buick fu guidata fuori dal raggio del Vacis e lasciata andare.

Abbassai la voce. «Assicurati che il segnale del satellite sia solo sul portatile.»

Bradley iniziò a digitare. Lo schermo si riempì di un'immagine del valico di frontiera da cinquantamila piedi. Fece uno zoom, centrando l'immagine sulla Buick.

«Ci siamo.»

«Non possiamo avvicinarci di più?»

«Certo.» Premette un pulsante e l'immagine del SUV passò da dimensioni simili a quelle di un sassolino a quelle di un mattoncino LEGO.

«Così va bene.»

Il veicolo color borgogna si fece strada nel traffico congestionato fino al confine messicano. La conducente porse i documenti all'agente in una cabina e, un minuto dopo, le furono restituiti.

La Buick entrò in Messico e dissi: «Okay, ci siamo. Io tengo d'occhio questa, tu sorveglia il valico. Vedremo quanto ci mette Florenze a trovare un'altra auto che trasporta contanti.»

«Ricevuto.»

Mi alzai. «Oh, voglio far sapere a Sears che la prima è passata.»

«Meglio che lo chiami. Sta uscendo dall'autostrada messicana 101.»

Presi il telefono mentre la Buick imboccava l'uscita per l'Avenida Frontera. L'auto si fermò in una lunga coda di traffico in attesa che il semaforo diventasse verde. Informai Sears che la prima delle tre auto era passata e riattaccai.

«Che ha detto?»

«Di avvisarlo quando avremmo avviato il tracciamento GPS.»

Guardai la fila di auto che ricominciava a muoversi. La Buick percorse l'Avenida Frontera, svoltando a sinistra in Avenida de La Amistad.

«Pensi che consegnerà i soldi?»

«Forse, ma mi sembra rischioso farlo così vicino al confine.»

«Sono in Messico, non avranno paura.»

L'auto accostò all'ingresso di una stazione di servizio Pemex. «Sta facendo benzina.»

«Probabilmente ne ha bisogno.»

Dissi: «Ha già superato un paio di stazioni di servizio.»

«Forse le hanno dato una carta di credito specifica per il carburante.»

La conducente si fermò a una pompa e scese. Chiuse a chiave il veicolo e si diresse verso il minimarket della stazione.

Bradley disse: «Potrebbe dover usare il bagno.»

Mentre lei spariva nel negozio, dissi: «Non mi importa quanto ti scappi: è super rischioso lasciare un'auto carica di contanti incustodita. Tijuana è il posto peggiore del Messico per i furti d'auto.»

Un uomo uscì dal negozio. Si guardò intorno e andò dritto verso la pompa dove era parcheggiata la Buick. Appoggiò una mano sul tettuccio e inserì una chiave nella portiera. La portiera del conducente si aprì e lui salì a bordo.

«Bingo. Ha passato l'auto.»

Dissi: «E non sappiamo nulla del tizio a cui l'ha data. Dobbiamo sapere chi era la prima conducente. Chiederemo le informazioni a Florenze. Non voglio che si fermi ora, ma falle mettere qualcuno alle sue calcagna e scoprire dove sta andando.»

«Ci penso io.»

Il nuovo autista uscì dalla stazione e tornò sull'autostrada 101. Rimase nel flusso del traffico. Dove stava andando?

«Se questo tizio è diretto a Città del Messico, staremo svegli tutta la notte.»

«Dovremmo dividerci i compiti: uno tiene d'occhio l'auto e l'altro sorveglia il confine.»

Dissi: «Per me va bene.»

Un'ora dopo, dissi: «Sta uscendo. Controlla su Google Earth.»

Bradley disse: «È vicino a La Coma. Sta imboccando la statale 180.»

«Dove porta?»

«Aspetta.» Le sue dita volarono sulla tastiera. «Sembra Tampico.»

Tirai fuori il mio foglietto. «Lì è attivo il Cartello del Golfo.»

«La cara vecchia Tampico. Hai mai sentito parlare dell'Incidente di Tampico?»

«No, cos'è?»

«Nel 1914 un gruppetto di marinai della Marina degli Stati Uniti sbarcò per rifornimenti e fu trattenuto dalle autorità messicane. Gli Stati Uniti chiesero che fossero rilasciati, ma il governo messicano si rifiutò.»

«Incredibile. Perché lo fecero?»

«Il presidente messicano aveva preso il potere con un colpo di stato, rovesciando il presidente democraticamente eletto, e gli Stati Uniti avevano sospeso le relazioni diplomatiche.»

«Come si risolse?»

«Occupammo il porto di Veracruz e lo tenemmo per sei mesi, finché il conflitto non fu risolto. La situazione generò un forte sentimento antiamericano, che si protrasse fino alla Prima Guerra Mondiale, quando il Messico si rifiutò di unirsi alla guerra contro la Germania.»

«Non posso credere di non averlo mai saputo.»

«L'abbiamo studiato alle medie.»

«Alle medie? E te lo ricordi?»

Fece spallucce. «Dicono che ho una memoria fotografica.»

Io ricordavo solo le cose brutte. «È una buona dote. Non ti chiederai mai dove hai messo le chiavi.»

«Sta uscendo.»

La Buick svoltò a destra, poi a sinistra su una strada sterrata. La polvere offuscò il segnale video.

«Spero che non lo perdiamo.»

Bradley zoomò. «Non preoccuparti, non succederà.»

«Sta rallentando.»

La Buick svoltò su una strada che portava a una casa con un tetto spiovente di metallo. Il SUV si fermò. Qualcuno uscì dalla casa tenendo in mano qualcosa.

«È un fucile: sembra un AK-47!»

«Lo ucciderà?»

L'uomo fece un cenno all'autista e girò dal lato del passeggero. Appoggiò l'arma sul sedile posteriore e salì sul sedile accanto al conducente.

«Sembra che sia la protezione.»

La Buick tornò sull'autostrada e proseguì verso sud. Dopo un'ora, la strada virò a est, verso il Golfo del Messico. Guidarono lungo la costa per ore, superando Tampico mentre calava l'oscurità.

Dissi: «Dovranno girare verso Città del Messico molto presto.»

La Buick viaggiò al buio per altre due ore, avvicinandosi a Veracruz.

«Dove diavolo stanno andando? Non può essere Città del Messico.»

«Forse nel Chiapas, e per questo hanno la protezione, perché c'è una guerra in corso tra i cartelli.»

«Perché dovrebbero andare lì?»

«Forse devono dei soldi a uno dei cartelli.»

Aprii una mappa del Messico meridionale. Nulla aveva senso. C'era Cancún, ma perché? Fissai la mappa.

Bradley disse: «Stanno uscendo.»

La Buick svoltò a sinistra verso un gruppo sparso di edifici. Procedette lentamente, accostando a lato di una discarica piena di cataste di pneumatici. Si fermò davanti a un edificio senza tetto.

Due uomini armati di fucili si avvicinarono all'auto. L'autista scese e si strinsero la mano.

«Che posto è questo?»

Un uomo salì sul sedile posteriore e l'altro al volante. La Buick fece inversione e tornò sulla statale 180.

Bradley disse: «O è una squadra di autisti, o le cose si metteranno male.»

«Sono diretti in America Centrale.»

«Non capisco. Cosa c'è laggiù?»

CAPITOLO VENTIQUATTRO

Feci dondolare le gambe giù dal divano, cercando di capire che cosa ci facesse la Buick in Perù. Si trovava a quasi quattromila miglia dal confine tra Stati Uniti e Messico.

Mi venne in mente che la nazione sudamericana era il luogo in cui era stato acquistato il cellulare usa e getta, quello utilizzato per la telefonata minatoria durante la mia prima notte a Washington.

Aprii di scatto il portatile e inserii «Perù» nella barra di ricerca. Il Perù era il più grande produttore di coca, la pianta usata per fare la cocaina. Che i cartelli stessero convogliando il denaro guadagnato per le strade degli Stati Uniti per acquistare le materie prime necessarie a produrre cocaina?

Aveva senso, ma c'era qualcosa che non quadrava. I cartelli avevano operazioni verticali. Non appaltavano processi ai concorrenti, per timore di rafforzarli.

I cartelli avevano spese come qualsiasi impresa, ma spostare fisicamente denaro su una tale distanza era un mistero. Chiusi di scatto il portatile e mi precipitai nella sala di sorveglianza.

La Buick percorreva una strada sterrata costeggiata da edifici a un piano imbrattati di graffiti. Un edificio senza tetto si trovava in fondo alla strada che conduceva a un complesso recintato. Una mezza dozzina di auto era parcheggiata vicino a un basso edificio in cemento.

Il SUV Buick si fermò al cancello. Una guardia con in mano un AK-47 parlò all'autista prima di aprire il cancello.

Strizzai gli occhi. «Questa non può essere una banca, vero?»

Bradley disse: «Ne dubito.»

«Che diavolo di posto è questo?»

«Vado a prendere le coordinate GPS e vedo se qualche agenzia ha informazioni al riguardo.»

«Ottima idea.»

«Ah, a proposito, la prima autista, la donna, si chiama Anna Carioca.»

«Ha precedenti?»

«Sì.» Indicò lo schermo. «È stata condannata per contrabbando circa due anni fa.»

Il SUV si diresse verso una struttura metallica. Due portoni da fienile si aprirono e la Buick sparì all'interno. I portoni si richiusero e due uomini armati di fucile si misero di guardia.

Bradley disse: «Non ho niente su questo posto né sulla città stessa. Contatterò un paio di agenzie per vedere se qualcuno sa qualcosa.»

Sembrava stanco.

«Dopo che hai finito, vai a dormire un po'. Ci penso io a tenere d'occhio la situazione.»

«Mi basta un'ora o due al massimo.»

«Prenditi tutto il tempo che ti serve.»

Bradley era alla sua terza telefonata quando gli uomini armati aprirono i portoni. Appena si fecero da parte, il SUV Buick uscì dall'edificio. Andò dritto al cancello e si diresse verso la città.

Bradley riattaccò. Dissi: «Hai avuto fortuna?»

«All'inizio no, ma vedremo una volta che avranno scavato un po'. Che succede?»

«La Buick è andata via. Io tengo d'occhio questo posto. Vai a fare un pisolino.»

Bradley se ne andò. Tirai fuori il cellulare e feci una chiamata.

«Ehi, Mary Ann, come stai?»

«Sto leggendo. E tu, che succede?»

«Pare che siamo finiti in un vicolo cieco.»

«Oh. Mi dispiace.»

«Fa niente, tanto comunque comincio a essere stanco di Washington.»

«Torni a casa?»

«Credo di sì. Forse domani.»

«Bene. Rita dà una festicciola sabato per il cinquantesimo compleanno di Paul.»

«Mi sembra un'ottima idea.»

Una Toyota nera a quattro porte si avvicinò al cancello. Le guardie lo aprirono e la Toyota entrò nel complesso.

«Hai prenotato il volo di ritorno?»

«Non ancora. Stavo per...»

«Frank?»

La Toyota si diresse verso lo stesso edificio in cui era entrato il SUV Buick. Strizzai gli occhi. Il veicolo aveva una targa americana.

«Ti richiamo.»

«Va tutto bene?»

«Sì, sì, ti chiamo più tardi.»

La berlina nera entrò nell'edificio e sparì alla vista. Che trasportasse anch'essa contanti?

La porta della sala conferenze si spalancò con un tonfo.

Era Sears.

Capitò a proposito. Volevo chiedergli chi avessimo sul campo in Perù. «Stavo giusto venendo a cercarLa.»

Con il viso arrossato disse: «Che cosa crede di fare?»

«Mi scusi? Che cosa intende?»

«Mi sono fatto in quattro per giorni per venire incontro alle Sue esigenze, e ora ho gente che mi scavalca da tutte le parti.»

«Non sono sicuro di capire quale sia il problema.»

«Il problema è che sta creando una crisi diplomatica. L'ambasciatore ha chiamato dicendo che il governo peruviano si lamenta che stiamo violando la sovranità del Perù.»

Qualcosa non quadrava. «Non abbiamo fatto altro che seguire-»

«Interrompa qualunque cosa stia facendo o dovremo cessare la cooperazione.»

«Ma il signor Pembroke-»

«Non è lui a dirigere questa operazione, ma io. Sospenda qualsiasi cosa stia facendo o è finita.»

«Nessun problema. Non avevamo trovato niente, stavamo solo ficcando un po' il naso.»

«Dov'è Bradley?»

«Sta facendo un pisolino.»

«Gli dica che voglio vederlo il prima possibile.»

«Vado a chiamarlo subito.»

Sears uscì infuriato.

Guardai il filmato del complesso. Due uomini stavano correndo. Uno verso la casa principale, l'altro verso l'edificio in cui erano entrate la Toyota e la Buick.

Spingendomi via dalla scrivania, mi precipitai nella stanza dove dormiva Bradley.

Respirava profondamente.

Scuotendogli la spalla, sussurrai: «Bradley, alzati.»

«Che succede?»

«Ho bisogno di te, subito.» Lo tirai per un braccio. «Sta succedendo qualcosa.»

CAPITOLO VENTICINQUE

Indicai lo schermo. «Vedi?»

Domandò Bradley: «Che cosa sta succedendo?»

«Stanno smammando.»

«Se ne vanno? E perché?»

Abbassai la voce. «Sears ci ha venduti.»

Gli occhi di Bradley si sgranarono. «Ne sei sicuro?»

«Sicuro al mille per cento. Subito dopo che hai fatto quelle telefonate per cercare di capire che posto fosse questo, è sceso e ci ha detto di smettere.»

«Non posso crederci.»

«E invece credici.»

Una Jeep Renegade nera seguì la Toyota fuori dall'edificio, sollevando una nuvola di polvere. Indicando la Jeep, sussurrai: «Segui quel veicolo.»

«Ma Sears ha detto di...»

Tirando fuori il cellulare, dissi: «Lo scavalco, vado dritto da Pembroke.»

Lui scrutò la stanza e scosse la testa. «Okay, facciamolo.»

«Torno subito, fammi chiamare Pembroke.» Uscii dalla stanza. Non c'era la minima possibilità che chiamassi qualcuno in quel momento. Non era una bella sensazione mentire, ma Bradley aveva bisogno di essere rassicurato.

Tornai dentro cinque minuti dopo. Avvicinandomi di soppiatto a Bradley, feci il segno del pollice in su. «Tutto a posto. Che succede con la Jeep?»

«Si sta dirigendo verso l'autostrada.»

«Porta a qualche posto che sappiamo essere sotto il controllo dei cartelli?»

«Niente che io sappia. Potrebbero essere diretti a Lima.»

«Quanto ci vuole ad arrivare?»

«Difficile a dirsi: alcune di queste strade sono a malapena asfaltate. Ma ci vorrebbero almeno sei, se non otto ore.»

«Sarà una lunga notte.»

«Vai a dormire un po'.»

———

Sorseggiando la mia terza tazza di caffè, vidi la Jeep imboccare un vialetto che portava a un complesso recintato. L'autista attese che il cancello si aprisse. L'insegna sulla recinzione diceva che la struttura ospitava la Santos Empresa Exportadora. Era una società di esportazione.

La Jeep entrò e parcheggiò di fronte a un edificio a due piani. L'autista si chiuse la portiera alle spalle. Due uomini uscirono dal portone principale e seguirono il conducente fino al retro della Jeep. L'autista aprì il portellone e ognuno di loro tirò fuori due borsoni.

Dovevano essere pieni di contanti, dollari americani contrabbandati oltre confine. Ma perché consegnarli a un'azienda di esportazione?

Sussurrai a Bradley: «Questi tipi sono in gamba. Usano i soldi per comprare qualcosa, la spediscono a un acquirente da qualche parte e, voilà, il denaro è riciclato.»

«Wow, semplice ma efficace. Probabilmente hanno una società fittizia per ricevere i bonifici.»

«È un sistema molto astuto. Usano denaro sporco per comprare un prodotto, lo spediscono a un acquirente d'oltreoceano e incassano i soldi con una transazione pulita. Come mai nessuno ci è arrivato?»

«Hanno bisogno di un venditore e di un acquirente compiacenti.»

«Sì, ma possono strapagare la merce e rivenderla a prezzo scontato.»

«Vero. Per uno sarebbe difficile rifiutare un buon prezzo.»

«Dobbiamo scoprire di che si occupa questa azienda.»

«Farò qualche verifica.»

«Dobbiamo essere discreti.»

«Posso...»

«Vado a parlare con Pembroke. Possiamo fidarci di lui, o almeno credo.»

«Buona idea. Vedo se la nostra ambasciata in Perù ha qualcosa sulla società di esportazione.»

«No, non farlo. È troppo rischioso, potrebbero essere corrotti.»

«Non prenderla sul personale, ma ti stai comportando in modo paranoico.»

«Non è paranoia, è la realtà; il denaro della droga ha compromesso alcuni dei migliori tra noi.»

Lui annuì. «Okay, okay. Hai ragione.»

Aprii il mio portatile, digitando *cosa esporta il Perù?* nella barra di ricerca. La loro principale esportazione era le scorie, il residuo roccioso separato dai metalli durante la fusione.

«E che diavolo ci fa la gente con quella roba?»

Disse Bradley: «La usano nelle fornaci per produrre cemento di alta qualità.»

«Il rame è la seconda maggiore esportazione, poi l'oro.»

«C'è molta estrazione illegale d'oro in Perù. È un vero problema. Stanno distruggendo l'ambiente laggiù.»

«Ho visto qualcosa in un programma televisivo al riguardo, qualche tempo fa.»

«È un disastro.»

«Non sapevo che il Perù fornisse così tanto pesce; è il secondo fornitore più grande dopo la Cina.»

«Il pesce sarebbe un buon prodotto con cui riciclare denaro. Dopo poco tempo, non rimane alcuna prova.»

«Pensi che c'entrino i frutti di mare?»

«Sto solo buttando lì delle idee.»

«Questa è buona. Dobbiamo vedere se questa Santos Empresa Exportadora ha dei magazzini o dei camion frigoriferi.»

«Potrebbero semplicemente fare da intermediari, prendendo i soldi dal cartello per gli acquisti e organizzando le vendite senza toccare la merce.»

«Può diventare ancora più complicato?»

Bradley ridacchiò. «Questi cartelli non sono solo violenti, sono anche sofisticati.»

«Il muro si fa sempre più alto. Tieni d'occhio questo posto. Vado da Pembroke.»

CAPITOLO VENTISEI

Pembroke uscì dal suo ufficio d'angolo per accogliermi. «Frank, è un piacere vederLa.» Mi strinse la mano con fermezza e disse: «Venga nel mio ufficio.»

«Mi dispiace di non aver potuto dare preavviso.»

«Non c'è bisogno di scusarsi. Siamo grati di avere il Suo aiuto.»

Chiuse la porta del suo ufficio. Presi posto di fronte alla sua scrivania.

Pembroke si accomodò sulla sedia. «Cosa succede? Spero abbia buone notizie. È stata una di quelle giornate.»

«Ho bisogno di aiuto.»

«D'accordo. Vediamo come possiamo aiutarLa.»

Spiegai la situazione, concludendo: «Ho bisogno di informazioni da qualcuno sul posto e non può essere qualcuno che lavora per o con la DEA.»

Pembroke congiunse le dita a cuspide. «Sarebbe l'agenzia più indicata con cui lavorare su una cosa del genere in Perù.»

«L'apparenza inganna.»

Pembroke inarcò le sopracciglia e io dissi: «Dovrà fidarsi di me su questo, signore.»

«Capisco. Be', il Tesoro non ha molte risorse in Perù. Una o due a Lima, ma stanno monitorando la banca centrale lì e sono prettamente esperti di finanza. Speravo di usare parte del denaro che confischeremo da questa indagine e da quella di Wall Street per finanziare posizioni come questa. Dopo la Sua parte, l'agenzia può tenere tutto ciò che sequestriamo e l'operazione Adams rappresenta il più grande sequestro possibile della storia. Sono impaziente che Lei si metta al lavoro.»

«Capisco, ma per quanto riguarda un'altra agenzia? Possiamo usare qualcuno, che so, della Sicurezza Nazionale?»

«Purtroppo Romney, l'uomo che ha incontrato, mi ha detto che al momento sono sommersi di lavoro. Con tutto quello che sta succedendo con la Cina, la Russia e l'Iran, hanno le risorse al lumicino. Penso che la nostra migliore opzione sia la CIA. Hanno sempre un paio di risorse sotto copertura nella maggior parte dei paesi.»

«Spie?»

«Non sono sicuro di come definiscano i loro agenti. Comunque, non è importante.»

«Li contatterà Lei?»

«Sì. La richiamerò immediatamente.»

———

Mary Ann era in macchina quando la chiamai. «Dove stai andando?»

«Al club del libro, è da Miranda.»

«Una buona scusa per bere vino?»

Rise. «Sì, ma discutiamo anche del libro. Tu che fai? Come va il caso?»

«Abbiamo seguito il denaro fino a un'azienda di esportazione in Perù. Ora ci serve qualcuno sul posto che ci aiuti a capire qual è il collegamento.»

Esitò prima di dire: «Non dirmi che andrai in Perù.»

«No, no...»

«Avevi detto che saresti stato a casa tra un paio di giorni.»

«Lo so, ma le cose si sono complicate.»

«Non andrai in Perù, vero?»

«No, non ci vado. Pembroke sta contattando i suoi uomini per vedere quali risorse abbiamo laggiù.»

«Bene. Mi hai fatto preoccupare per un secondo.»

«Non voglio parlare mentre guidi.»

«Non ti preoccupare.»

«Tra un po' mi vedo con Bradley per mangiare un boccone.»

«Com'è?»

«È un bravo ragazzo. Non proprio un ragazzo, credo abbia trentasei anni.»

«È un uomo, Frank.»

«Già, è intelligente e, francamente, sta sprecando il suo talento con i federali. Potrebbe fare un sacco di soldi in un'azienda tecnologica.»

«Perché non se ne va?»

«Si prende cura di suo padre. Ma quel pover'uomo non lo riconosce nemmeno più.»

«Che tristezza.»

«Sparami se mai dovessi arrivare a quel punto.»

«Smettila. Senti, sono davanti a casa di Miranda. Buona serata.»

«Non bere troppo, non fa bene alla tua SM.»

———

Mi chiamò la segretaria di Pembroke: il suo capo voleva parlare.

Mi precipitai in una sala conferenze e chiamai il suo ufficio.

Pembroke andò dritto al punto. «Temo che siamo a un punto morto.»

«In che senso?»

«Ho chiamato tutte le agenzie, anche quelle che sapevo avrebbero detto di no, ma non riesco a ottenere alcun aiuto sul campo in Perù.»

«E la CIA?»

«A quanto pare, il governo peruviano, che è nostro alleato, ha aumentato i prezzi del carburante un paio di giorni fa e sono scoppiate violente proteste. Il partito di opposizione, Sendero Luminoso, ne sta approfittando e si sta alleando con i comunisti per sfidare il governo. Non so se Lei lo sappia o meno, ma c'è un conflitto armato in corso tra il governo e Sendero Luminoso, iniziato nel 1980, che si era placato negli ultimi due anni. Ma questo tumulto rende probabile che le cose si surriscaldino. La tempistica non potrebbe essere peggiore.»

«Una distrazione così grande fa proprio il gioco del cartello. Nessuno si concentrerà su ciò che sta facendo e il cartello spargerà soldi per comprarsi protezione.»

«È una sfortuna. Ma dobbiamo lavorare con quello che abbiamo.»

«Cosa ha la CIA? In termini di uomini laggiù?»

«Temo che abbiano le mani piene e nessuno da poterci prestare.»

«Maledizione.»

«Mi dispiace.»

«E non c'è nient'altro che possiamo fare?»

«Temo di no. Ho smosso mari e monti. Mi creda, dopo averLa inseguita per due anni, l'ultima cosa che volevo era deluderLa.»

«So che ci ha provato. Mi lasci riflettere.»

———

Di nuovo al piano della sorveglianza, mi lasciai cadere su una sedia. Era la fine della corsa? Una rivolta politica mi avrebbe impedito di cercare di incastrare i bastardi che avevano ucciso Steve e Jimmy?

Il cartello ne avrebbe tratto vantaggio, la giustizia sarebbe stata negata e io sarei rimasto bloccato a dare la caccia a dei colletti bianchi a New York.

Ripensai alla conversazione: Pembroke aveva detto che dovevamo lavorare con quello che avevamo, ma non avevamo nulla. Solo io e Bradley seduti in un ufficio di Washington, D.C. a guardare i cattivi. A che serviva la sorveglianza se non si poteva agire?

Qualcuno bussò alla porta. «Frank?» disse Bradley.

«Entra.»

«Tutto a posto?»

Scossi la testa. «No. Siamo contro un muro. Pembroke non riesce a trovarci nessuno sul posto. Il governo laggiù sta affrontando un'insurrezione, e perfino la CIA non può darci niente.»

«Ho letto le ultime notizie al riguardo e pensavo che la distrazione potesse esserci d'aiuto.»

«Avrebbe potuto, ma non abbiamo nessuno che abbia bisogno di copertura.»

«Maledizione, e tutto ciò di cui abbiamo bisogno è solo collegare alcuni punti. Ci stavamo avvicinando così tanto.»

«Lo so. Vorrei poterci andare io stesso.»

«Perché non puoi?»

«Cosa vuoi dire?»

«Perché non vai tu stesso in Perù. Hai indagato su un milione di crimini. Puoi ottenere le informazioni che cerchiamo e andartene senza che nessuno se ne accorga.»

«Cosa, mi presento lì così? Avrei bisogno di una copertura, di un motivo per essere lì.»

«Parli spagnolo. Quindi, che ne dici di un pensionato che sta cercando paesi economici in cui vivere?»

«Forse a Lima funzionerebbe, ma questo posto è così sperduto che un americano desterebbe sospetti.»

«Potresti essere un investitore che esamina possibili luoghi dove fare investimenti.»

«Investire in cosa?»

«Lì sono forti con la pesca, magari un impianto di lavorazione del pesce.»

«Dovrebbe essere vicino al porto. Questi operano nella giungla amazzonica.»

«Un botanico.»

Ci guardammo e ridemmo al suo suggerimento.

Bradley disse: «Che ne dici di spacciarti per un ambientalista? C'è un gran polverone sulla protezione della foresta pluviale. Potresti essere un emissario di un'organizzazione americana che lavora per la conservazione della foresta amazzonica.»

«Questa è davvero un'ottima idea.»

«O magari un giornalista che sta indagando su cosa sta succedendo alla foresta pluviale.»

«Comunque non posso presentarmi lì dal nulla. Avrei bisogno di un'introduzione, qualcuno che mi faccia da guida.»

«Possiamo ottenere una copertura da una delle decine di agenzie per il cambiamento climatico create dai federali. Sarà facile.»

«Facile? È tutto facile finché non lo devi fare tu.»

«Lo so, sto parlando solo della copertura. Se vuoi, al posto tuo, mi piacerebbe andarci io. Portami via da qui per un paio di giorni.»

«È troppo pericoloso. Ti sei dimenticato della minaccia che il cartello ha fatto?»

PARTE III

PUCALLPA, PERÙ

CAPITOLO VENTISETTE

Fuori dal finestrino si stendeva un'ampia distesa di giungla. Un nastro d'acqua marrone e serpeggiante, che conduceva a una zona montuosa, spaccava la fascia verde.

Il pilota gracchiò dall'altoparlante. Fui sbalzato in avanti mentre l'aereo scendeva rapidamente.

La volta verde si richiuse, e con essa anche la paura. Tesi i piedi contro le gambe del sedile mentre l'aereo rimbalzò sulla pista sterrata. Un pennacchio di polvere sfrecciò accanto al finestrino mentre il velivolo slittava sulla striscia d'atterraggio.

Trattenni il respiro mentre l'aereo sbandava. Rallentò e si fermò. Il pilota entrò nella minuscola cabina. «Rico sta arrivando.»

Aprì di scatto il portellone e abbassò la scaletta. Infilai gli occhiali e il cappellino da baseball che Jimmy mi aveva regalato anni prima per la festa del papà e afferrai il borsone. «Grazie per il passaggio.»

«La aspetto qui tra tre giorni.» Si guardò l'orologio. «Più o meno alla stessa ora.»

Studiando l'area fuori dal portellone, esitai. Che diavolo ci facevo lì? Non solo era in mezzo al nulla, ma ero anche da solo. Forse avrei dovuto portare Bradley.

Scendendo la scaletta, il cuore accelerò i battiti. Non era il caldo, ma gli avvertimenti di Derrick e Mary Ann che mi rimbalzavano in testa.

Il rumore lontano di un aereo catturò la mia attenzione. Qualcun altro stava usando la pista. Le mie spalle si rilassarono, finché non capii che poteva essere un aereo del cartello.

Mi diressi verso un edificio con il tetto di lamiera e un'insegna arrugginita che diceva Aviacion. La finestra e la porta erano aperte. Tastandomi la barba che mi ero fatto crescere, ero certo che l'hotel non avesse l'aria condizionata.

Tirai fuori il telefono e controllai se ci fosse campo. C'erano cinque tacche. Il servizio satellitare Starlink che avevano installato funzionava. Scrissi un messaggio a Mary Ann per farle sapere che ero atterrato.

Un Maggiolino Volkswagen schizzato di fango si fermò. Ne uscì un uomo con una camicia da cacciatore color tan. Mi fece un cenno col cappellino. Doveva essere Rico.

Mi affrettai verso di lui. «Hola.»

Rico mi porse la mano. «Luca?»

Gliela strinsi. «Sì, soy yo.»

«Parli spagnolo?»

«Sì, è uno dei motivi per cui mi hanno mandato.»

«Beato te.» Sorrise. «Mi sembri un po' pallido. Com'è stato il viaggio?»

Rico aveva una fossetta sul mento così profonda che sembrava una fessura per le monete. «Un po' turbolento, ma ne ho passate di peggio.»

«Ah sì? Dove? In Vietnam?»

«No, il mio numero non è mai stato chiamato. E tu?»

Indicò l'auto col pollice. «Ho fatto due turni, il secondo nelle operazioni speciali.»

«Devi averne viste di tutti i colori.»

Rico annuì e aprì la portiera del guidatore. Lanciai la borsa sul sedile posteriore ed entrai. Lui mi scrutò. «Allora, dovresti essere una specie di inviato di un gruppo per il riscaldamento globale?»

«Siamo una nuova branca di Go Conscious Earth. Ci concentriamo sul bacino del Congo in Africa.»

«Conscious Earth? Se il pianeta potesse parlare, ti direbbe che si trova in un ciclo naturale di riscaldamento.»

«Senti, che si possa o meno fare qualcosa riguardo al fatto che fa più caldo, la gente deve sapere quali sono le implicazioni della distruzione della foresta amazzonica.»

Sterzò per evitare una buca. «È una questione di economia. La gente qui deve sfamare le proprie famiglie. Non si preoccupa di quello che succederà tra trent'anni.»

«Capiamo, ed è per questo che sono qui per vedere cosa possiamo fare.»

«Come vuoi. Mi hanno chiesto di trovarti un contatto e l'ho fatto. Incontrerai questo tizio, Eduardo Villarosa. Si trova a Pucallpa.»

«Com'è?»

«La cosa più vicina a un ambientalista che questa regione abbia.»

«Altro su di lui?»

«Villarosa se l'è presa con una delle bande che fanno estrazioni illegali ed è scampato per un pelo all'esecuzione.»

«Cosa fa per vivere?»

«È un consolidatore d'oro.»

«Un che?»

«Compra piccoli lotti d'oro che trovano i minatori. Sono piccole quantità con cui le fonderie e simili non vogliono avere a che fare, e generalmente sono estratte illegalmente. C'è un sacco di gente che sbarca il lunario così.»

«Interessante. Quanto manca?»

«Saremo lì tra cinque minuti. Ti lascio da lui e poi per me è finita.»

«E se avessi bisogno di qualcosa?»

«Chiama gli States, amico mio. All'agenzia stanno impazzendo per i comunisti che stanno prendendo piede qui. Quindi ho più gatte da pelare di quante ne possa gestire.»

Rico era della CIA. «L'ambasciata ha qualcuno qui?»

«No. Sei nella giungla. Mi hanno mandato qui solo perché Sendero Luminoso è nato qui, e c'è molta simpatia per loro da queste parti.»

Svoltò dalla strada sterrata in una via mal pavimentata, condivisa da motociclette e pedoni.

«Sembra una situazione difficile.»

Fece spallucce. «Senti, tieni un profilo basso e fai quello che devi fare.»

«Lo farò.»

«E poi togliti di mezzo il più in fretta possibile. La vita non vale niente da queste parti. Non esiste un posto più pericoloso di questo.»

Il numero di edifici simili a capanne aumentò. Una motocicletta con tre passeggeri a bordo sfrecciò via.

Disse Rico: «Siamo a Pucallpa. Qui è dove tutti quelli che vivono là fuori vengono per rifornirsi e fare affari.»

«C'è una banca?»

«Una banca? Questo è il mezzo del nulla. L'ultima banca se n'è andata molto tempo fa. I poveri disgraziati continuavano a essere rapinati dai comunisti.»

Passammo accanto a un'auto bruciata, fermandoci davanti a una baracca le cui finestre e la porta erano sbarrate. Quadrati di vernice bianca coprivano i graffiti.

Rico spense il motore. «Siamo arrivati.»

Il cuore mi accelerò i battiti. Era troppo tardi per tornare indietro?

Rico saltò giù. «Andiamo, è qui.»

Scesi dall'auto. L'unica cosa che sapevo di quel posto era che era pericoloso. Estremamente pericoloso.

CAPITOLO VENTOTTO

«Un minuto!»

La porta si aprì di uno spiraglio e un uomo dalla pelle scura e coriacea sbirciò fuori prima di togliere la catenella.

«Rico, entra.»

Entrammo. C'era un'unica stanza divisa in tre ambienti da tende colorate. Al centro c'erano un tavolo e delle sedie spaiate.

Disse Rico: «Questo è Frank, l'americano di cui ti ho parlato. Viene da un'organizzazione ambientalista americana.»

L'uomo sorrise, rivelando uno spazio tra i denti. «Signore, è un vero piacere conoscerla.»

Gli strinsi la mano callosa, dicendo: «Il piacere è mio. Le sono grato per il suo tempo e per la sua disponibilità a incontrarmi.»

«No, no, signore, siamo noi a essere grati che lei sia venuto qui. Abbiamo bisogno di aiuto o perderemo la foresta pluviale.»

Disse Rico: «Devo scappare, altrimenti faccio tardi.»

Prima che potessi dire nulla, Rico sfrecciò fuori dalla casetta.

Disse Villarosa: «Si sieda. Le porto qualcosa da bere. Deve provare il pisco sour, è una bevanda peruviana speciale.»

«È alcolico?»

«Sì. Non va bene?»

«Non credo sia il caso, sa, il viaggio...»

«Certo, le porto una Inca Kola.»

Non bevevo mai bibite gassate. «Mi sembra un'ottima idea.»

Posò un bicchiere con un liquido giallo brillante. Mi aspettavo una bevanda scura, tipo Coca-Cola. Ne assaggiai un po'. Sapeva di gomma da masticare mista a limone.

«Le piace?»

«Sì. È buona, diversa.»

«È la numero uno in Perù.»

Annuii e presi un sorso minuscolo. «Grazie. Allora, mi dica cosa sta succedendo alla foresta pluviale peruviana.»

«La stanno distruggendo. Non so se qualcuno, nemmeno l'America, possa fermare la deforestazione. Ma l'ambiente e la nostra gente vengono avvelenati.»

«Chi sta facendo cosa?»

«La maggior parte dei nuovi danni proviene dall'estrazione mineraria illegale.»

«Estrazione d'oro?»

«Per lo più.» Abbassò la voce. «Non voglio finire nei guai parlando troppo.»

«Può dirmelo, non dirò nulla.»

Fissò le proprie mani, ma non disse nulla.

Dissi: «Può fidarsi di me. Sono venuto fin qui per aiutare. Qualsiasi cosa dica resterà confidenziale.»

«Va bene.»

«Mi stava parlando dell'estrazione dell'oro.»

«Sì. Abbiamo miniere legali in Perù, ed è un'industria importante qui, ma le miniere illegali sono gestite da bande criminali, e a loro non importa del disastro che si lasciano alle spalle. Si spostano semplicemente in un altro posto e distruggono anche quello.»

«È terribile.»

«La porterò lì, così vedrà. Quello che una volta era verde ora è fango, e ci sono pozze tossiche ovunque. Il fiume è marrone e l'acqua è piena di mercurio.»

«Da quanto tempo va avanti l'estrazione illegale?»

«Da molto tempo. Qui non abbiamo molti posti di lavoro, quindi quando la gente non riesce a trovare un'occupazione, molti provano a scavare in cerca d'oro per sfamare le proprie famiglie. Ma la situazione è peggiorata molto negli ultimi due anni. Il prezzo dell'oro è salito e tutti hanno pensato che fosse il modo più facile per fare soldi.»

«La gente fa soldi in questo modo?»

Scosse la testa. «Non i lavoratori. Loro vengono pagati una miseria, e questo sta uccidendo il nostro stile di vita. I pesci stanno morendo e i nostri raccolti non crescono a causa del veleno. E c'è troppa violenza. Le bande sono composte da gente cattiva e minacciano chiunque si metta sulla loro strada.»

«Cosa hanno fatto le autorità peruviane a riguardo?»

Villarosa sbuffò. «Mandano le truppe per un paio di giorni. Ma non cambia nulla. I minatori si addentrano di più nella foresta e aspettano. Ci sono di mezzo troppi soldi, troppa corruzione.»

«Proprio come con il problema della droga.»

«Sì, è la stessa cosa.»

«Ha qualche idea su cosa si dovrebbe fare per fermare tutto questo?»

Batté una mano sul tavolo. «Quello che deve succedere è che la corruzione finisca!»

Annuii. «Questo risolverebbe problemi in tutto il mondo.»

«Sì, signore. Lo farebbe.»

«A parte questo, quali cose pratiche si potrebbero fare? Forse noi possiamo aiutare.»

«Abbiamo bisogno della polizia nelle aree minerarie, tutti i giorni, non solo di facciata. E più posti di lavoro, così la gente non sarebbe costretta a lavorare in miniera per prendersi cura delle proprie famiglie. Se ci fossero altri modi per guadagnarsi da vivere, forse non distruggerebbero il posto in cui vivono.»

«Sarebbe un buon inizio.»

«Voglio portarla là. Potrebbe vedere con i suoi occhi, così potrà constatare e raccontare agli americani quanto è grave la situazione.»

«Certo, la mia organizzazione vuole un quadro preciso della situazione, in modo da poter decidere qual è il modo migliore per aiutare.»

«Possiamo andare tra poco. Devo aprire il mio negozio per gli affari del pomeriggio. Poi andiamo.»

«Adesso?»

«Sì, perché no?»

«Vedo che è molto appassionato alla protezione della sua terra.»

«Non è solo la nostra terra.» Villarosa si batté una mano sul petto. «L'Amazzonia è il polmone del mondo. Quello che succede qui riguarda tutti.»

CAPITOLO VENTINOVE

«Da quanto tempo sei qui?»

«Oh, da sempre. Ho preso io le redini quando hanno ucciso mio padre.»

«È stato assassinato?»

«Sì. Prima che Reyes prendesse il controllo, diverse bande rubavano, ed era violento, persino peggio di adesso.»

Volevo chiedere chi fosse Reyes, ma c'erano degli uomini in fila davanti al suo negozio.

Villarosa disse: «Buenos días, buenos días.»

Sbloccò un cancello, poi un portone di metallo. Lo seguii in una piccola stanza buia. I miei occhi si stavano abituando mentre lui chiudeva la porta alle nostre spalle.

Allungò la mano verso una corda e una luce sul soffitto illuminò lo spazio. Una cassaforte grigia dominava la stanza, che aveva due tavoli e uno scaffale pieno di bottiglie.

Villarosa sbloccò una piastra di metallo sopra uno scaffale sulla parete frontale. La spalancò e la luce filtrò attraverso le sbarre retrostanti.

L'uomo in testa alla fila posò un sacchetto di stoffa sul

bancone, spingendolo in avanti. Villarosa si allungò attraverso l'apertura. «Dove l'hai preso?»

«Setacciavo vicino all'acqua.»

«Dove?»

«Non lo so esattamente. Mi ci ha portato un mio amico.»

«Viene dal Madre de Dios?»

«No, no. Non da lì. Eravamo a nord, a lavorare in una vera miniera.»

Villarosa aprì il sacchetto, fissando i pezzi d'oro. «Questi non vengono da una miniera legale.»

«Sì che ci vengono! Ho lavorato dieci giorni per fare questa quantità.»

«Questi sono amalgamati in modo rozzo.»

Allungai il collo per vedere. I pezzetti sembravano sassi senza valore.

«Deve credermi». Il minatore alzò le mani. La pelle delle dita, grosse come randelli, era screpolata e sporca. «Mi sono spaccato la schiena per ottenerlo.»

Tutto ciò che avevo letto diceva che il lavoro in miniera era duro e pericoloso. Oltre alle minacce dei banditi e della fauna selvatica, i minatori usavano il mercurio per legare tra loro le sottili pagliuzze d'oro. Si otteneva l'oro, ma il sistema nervoso e la salute ne pagavano il prezzo.

Villarosa, che doveva aver visto troppi uomini con le capacità motorie compromesse, indossò dei guanti. Versò il contenuto del sacchetto in una piccola ciotola. Usò un contagocce e mise dell'aceto bianco sulla pila.

Non sapevo cosa stesse cercando.

Scolò l'aceto e mise le pepite su una bilancia. Doveva essere oro.

«Quanto ce n'è? Almeno un quarto d'oncia, no?»

«A malapena un ottavo.»

«No, no. Controlli di nuovo, controlli.»

«È un ottavo. Le do duecento dollari americani.»

«Non può fare di meglio? Ho cinque bocche da sfamare.»

«Duecento è tutto quello che posso pagare.»

«Va bene.»

Villarosa pagò l'uomo e gli restituì il sacchetto. Quello dopo in fila si avvicinò allo sportello mentre una moto si fermava. Il guidatore aveva un AK-47 a tracolla. Il suo passeggero scese dalla moto e posò il casco sulla sella.

L'uomo allo sportello si fece da parte per il nuovo arrivato. Il passeggero tirò fuori un sacchetto da ogni tasca della sua giacca di pelle e si avvicinò allo sportello.

«Buenos días, Eduardo.»

«Buenos días.»

Fece passare i sacchetti attraverso l'apertura. «Don Pedro manda i suoi saluti.»

Villarosa vuotò entrambi i sacchetti nella ciotola della bilancia. «Un'oncia e un quarto.»

Quelli in fila sussurrarono stupefatti.

«Quanto?»

Villarosa prese una piccola calcolatrice e premette i tasti. «Milleduecentoottanta.»

«Facciamo milletrecento e l'affare è concluso.»

Villarosa annuì. Contò le banconote.

Gli uomini che lavoravano come bestie per ottenere l'oro ne avrebbero visti più di venti dollari?

Villarosa fece scivolare i soldi sotto le sbarre. «Porti i miei migliori auguri al Don.»

Mentre l'uomo si intascava i soldi, Villarosa mandò un messaggio. Disse agli uomini in fila di aspettare e chiuse la placca di metallo sullo sportello.

Villarosa si diresse verso la cassaforte. Sussurrai: «Chi è Don Pedro?»

«Gestisce diverse operazioni minerarie, tutte illegali. Don Pedro ha un gran numero di poveri braccianti che si spaccano la schiena per lui, ma guadagnano a malapena abbastanza per sopravvivere.»

Villarosa aprì la placca di metallo e servì i tre uomini successivi in fila. Mentre il minatore seguente tirava fuori il suo sacchetto d'oro grezzo, si fermò una motocicletta. Scesero due uomini, brandendo degli AK-47.

I minatori in fila si sparpagliarono. Villarosa chiuse di scatto la placca di metallo mentre gli uomini iniziavano a sparare.

Mi buttai a terra. Villarosa disse: «No, vieni con me.»

Villarosa uscì dal retro dell'edificio. Lo seguii, intravedendo una Jeep scoperta che si fermava con una sbandata.

Risuonarono degli spari mentre gli uomini sulla Jeep si scontravano con i banditi. Mi rannicchiai dietro un albero della gomma mentre Villarosa si appiattiva sul suolo della foresta.

La sparatoria finì dopo due minuti. Sbirciai da dietro l'albero, poi guardai Villarosa, che sollevò la testa. Mi sforzai di capire cosa dicessero le voci.

Lui abbassò la testa. Qualcuno stava camminando verso il bosco. «Eduardo! Vieni fuori!»

Villarosa chiese: «Jacinto?»

«Sì. Vieni fuori, li abbiamo presi»

Villarosa si portò un dito alle labbra. Abbracciai l'albero mentre lui si rimetteva in piedi. «Sei arrivato giusto in tempo. Un minuto dopo e ci avrebbero uccisi»

«Lo dirò a Reyes. Dobbiamo spargere la voce: se fregate la nostra gente, daremo la caccia a voi e alla vostra famiglia»

«La gente è disperata. Preferirei che mi deste qualcuno per proteggermi»

Jacinto scosse la testa. «Non succederà». Allungò il suo AK-47 e sorrise. «Tutto ciò di cui hai bisogno è uno di questi»

«No. Niente più armi»

«Perché? Hai già ucciso prima»

Si incamminarono verso l'edificio. «È stato un errore»

«O loro o te. Funziona così»

Villarosa tenne aperta la porta sul retro e seguì Jacinto all'interno. Dieci minuti dopo, emersero. Jacinto saltò sulla Jeep e partì. Villarosa si diresse verso la foresta. «Luca, amico mio, va tutto bene. Vieni fuori»

«Che diavolo era?»

«Banditi. Se scappi, non ti uccidono. Vogliono solo i soldi»

«Chi erano i tizi sulla Jeep?»

«Sono gli uomini di Ramon Reyes. Sono arrivati al momento giusto. Ho mandato un messaggio per chiedere soldi per comprare altro oro e sono arrivati appena in tempo»

«Chi è Reyes?»

«Compra l'oro che raccolgo dai minatori. Gli ho dato quello che ho comprato e lui mi ha dato i soldi per comprarne ancora»

«Devono fidarsi di te»

«Sì, non ho mai rubato loro nulla. Ecco perché non mi hanno mai ucciso e mi tengono al sicuro»

«Non direi esattamente che sei al sicuro, dopo quello che è successo»

Fece spallucce. «Andiamo, per oggi basta. Ora andiamo. Ti mostrerò come la terra del Perù viene disboscata, sfruttata e lasciata in condizioni inutilizzabili»

CAPITOLO TRENTA

Seguii Villarosa fino a una vecchia moto incrostata di fango, parcheggiata sul lato dell'edificio. Sbloccò due pesanti catene, assicurandole intorno a un albero.

Scavalcò la sella e accese la moto. Una nuvola di fumo bluastro eruttò dallo scarico.

Villarosa mi fece cenno di salire. Non c'erano caschi. Dissi: «Quanto dura il viaggio?»

«Trenta minuti.»

Quella moto antidiluviana ce l'avrebbe fatta ad arrivare fin là? Salendo dietro a Villarosa, avvinsi le mani al telaio arrugginito della moto.

Partimmo con uno strattone e strinsi la presa. Attraversammo la città. La strada di terra battuta si trasformò in una desolata via sterrata. Sobbalzammo mentre la vegetazione si infittiva.

Trascorsero venti minuti prima che Villarosa rallentasse. Svoltò su un altro sentiero e ci immergemmo nella giungla. La stradina era piena di solchi e pozzanghere.

L'acqua mi schizzò sulle gambe mentre ci spostavamo di

lato per lasciar passare un paio di moto. «Quanto manca ancora?»

«Cinque minuti.»

Allentai la presa e quasi scivolai giù dalla sella quando la moto sbandò. Tra l'aria densa e umida e l'odore, era come guidare all'interno di una serra.

Grosse gocce d'acqua presero a sferzarci. La camicia mi si inzuppò mentre la pioggia si intensificava. Villarosa rallentò di nuovo. Tagliò a destra, su un nastro di sentiero, e risalì la collina.

Affondai il viso nella schiena di Villarosa mentre i rami mi schiaffeggiavano le braccia e le gambe. La pioggia diminuì quando scollinammo.

Villarosa rallentò fino a fermarsi. «Ci fermiamo qui.»

Scesi, fissando il burrone marrone sotto di noi. Mentre Villarosa spingeva la moto verso la linea degli alberi, mi sfregai le mani, cercando di stimolare la circolazione del sangue.

Indicai una vasta distesa di terra smossa, chiazzata da pozze d'acqua stagnante. «Cos'è tutto questo?»

«Una miniera abbandonata. L'hanno lasciata un anno fa e si sono spostati più addentro nella foresta.»

«Sembra che abbiano sganciato un sacco di bombe qui.»

Annuì. «Seguimi: scenderemo e andremo intorno al punto in cui stanno scavando adesso.»

«Okay.»

Restandogli alle calcagna, seguimmo un sentiero appena accennato giù per un pendio. Quando si appiattì, il suolo della foresta divenne molle. C'erano pozze paludose ai lati.

Villarosa disse: «Stai lontano dall'acqua. Non vogliamo imbatterci in un caimano.»

«Cos'è?»

«Un coccodrillo.»

Mi irrigidii e gli camminai il più vicino possibile. Ci lasciammo alle spalle la zona paludosa e il terreno si indurì.

Mentre camminavamo verso un'area in cui la luce del sole filtrava, il ricco aroma della giungla si trasformò in un odore acre.

«Cos'è questo odore?»

«Sostanze chimiche. Non toccare la terra da queste parti.»

Il naso mi pizzicava. Mi tirai la T-shirt bagnata sul naso. L'odore del corpo era preferibile a quel puzzo rancido. Prendendo la curva del sentiero, ci apparve una grande pozza d'acqua, ricoperta da una patina d'olio.

Raggiungemmo la fine del sentiero e aggirammo un grande cratere. A ingombrare l'area c'erano pezzi di macchinari arrugginiti e una dozzina di bidoni di carburante vuoti che erano affondati nel fango.

«Quanto ci metterà Madre Natura a riportare tutto com'era?»

«Senza aiuto, ci vorrebbero più di cento anni.»

«Davvero?»

«Sì, l'acqua è tossica. Vedi uccelli qui?»

Guardai il cielo. Non avevo notato la mancanza del cinguettio degli uccelli. «No.»

«Non c'è niente qui, nemmeno insetti. Niente lucertole, animali, nient'altro che sostanze chimiche.»

«È terribile.»

Indicò una striscia di ghiaia che portava a una strada sterrata. «Seguiremo quella, ma dobbiamo stare di lato. Se arriva qualcuno, dobbiamo tuffarci nella foresta.»

«Fai strada.»

Rimanemmo vicini alla linea degli alberi. Tesi le orecchie e sentii il ronzio di un motore. Villarosa si voltò e si portò un dito alle labbra. «Ci stiamo avvicinando.»

Rallentò e indicò un punto. Attraverso gli spazi nel fogliame, potei vedere che il suolo della foresta era stato spogliato, sostituito da una distesa fangosa costellata di macchinari. Il sole cuoceva una ventina di uomini alacremente al lavoro.

Ci avvicinammo lentamente e i motori si fecero più forti. Mi tirai di nuovo la maglietta sul naso. I fumi di gasolio mi stavano irritando la gola. I motori alimentavano delle pompe, che attingevano acqua da un ampio ruscello.

Due serie di manichette, ognuna manovrata da operai a torso nudo, spruzzavano potenti getti d'acqua sul bordo della fossa. Sussurrai: «Cosa stanno facendo?»

«Stanno smuovendo il terreno per trovare l'oro intrappolato nel sedimento.» Indicò un aggeggio simile a una rampa dove operai a dorso nudo stavano smuovendo la terra smossa dalle manichette. «Stanno separando la roccia dal sedimento.»

Quattro uomini erano immersi fino alla vita in un'acqua addensata dal fango. Non riuscivo a immaginare di trovarmi in quella melma.

Diedi una gomitata a Villarosa. Apparve una guardia armata, con un AK-47 a tracolla. Guardò nella nostra direzione prima di voltarsi. Girò intorno a una manciata di barili di plastica blu prima di sparire dalla vista.

Sussurrai: «A cosa servono i barili blu?»

«Contengono mercurio. Quando lo usano, tutti i minuscoli pezzetti d'oro si uniscono per formare un piccolo pezzo. È l'unico modo in cui possono venderlo.»

Mi irrigidii. Una voce gridò sopra il ronzio dei macchinari: «Julio, ven aquí!»

Ispezionai l'area, dando una gomitata a Villarosa; una seconda guardia stava indicando nella nostra direzione. La prima corse dal suo compagno. Iniziarono entrambi a correre nella nostra direzione.

Indietreggiando per la strada da cui eravamo venuti, dissi: «Andiamocene da qui.»

«Non da quella parte, vieni con me.»

Seguii Villarosa mentre si accovacciava sotto un ramo frondoso e sprofondammo nella giungla. Man mano che ci addentravamo, si faceva più buio. Qua e là, lame di luce solare si facevano strada attraverso la fitta volta.

Tenevo le mani ai lati del viso, ma le gambe mi si graffiavano di continuo. Un'apertura luminosa brillava alla distanza di circa un campo da football.

«Cosa c'è più avanti?»

Villarosa disse: «Un'altra vecchia miniera.»

Arrivammo alla radura ed entrammo nel sole. Dissi: «Caspita, è una pazzia.»

Alberi abbattuti fiancheggiavano i margini di una distesa fangosa grande quanto Central Park. La distruzione si estendeva a perdita d'occhio. Non sapevo molto di crimini ambientali, ma questo doveva essere uno dei peggiori.

«Ce ne sono molte, molte altre come questa. Fai qualche foto.»

Usai il telefono e scattai a raffica. «Okay. Ne ho fatte abbastanza. Andiamocene da qui.»

Indicò un punto. «Possiamo aggirare da quella parte e finiremo vicino a dove abbiamo lasciato la moto.»

Ci mettemmo venti minuti a tornare indietro. Villarosa tirò fuori la moto dal bosco. Montò in sella e la accese. Scavalcai la sella e risuonò una raffica di spari.

«Muoviti!»

Villarosa sgommò. Un proiettile rimbalzò sul telaio della moto e Villarosa perse il controllo.

La moto scivolò. Cademmo. Le guardie iniziarono a sparare. I proiettili colpirono il sentiero mentre strisciavamo nel bosco.

I tiratori accorsero. Trattenni il respiro mentre ci nascondevamo dietro un formicaio gigante. I tiratori fecero un paio di passi nel bosco prima di arrendersi e voltarsi.

Mentre la tensione nella mia mascella si allentava, il mio

cellulare squillò. Frugai nel taschino mentre le guardie gridavano ed entravano nel bosco.

Rifiutai la chiamata di Mary Ann e mi schiacciai contro la collina fangosa.

I loro passi si avvicinavano. Mentre pregavo l'Ave Maria, uno di loro gridò in spagnolo:

«In piedi!»

Alzai lo sguardo. Un AK-47 era puntato alla mia testa. Alzai le mani e mi misi faticosamente in ginocchio. «Per favore, per favore, non ci fate del male.»

CAPITOLO TRENTUNO

Villarosa disse: «Stiamo solo esplorando. Il mio amico è in visita in Perù»

La guardia che mi sovrastava mi punzecchiò la spalla con il fucile. «È americano?»

«Sì, signore»

«Perché è venuto qui? E non menta, o le sparo»

«Volevo solo vedere la zona»

«Parla spagnolo?»

«Sì, la mia mamma era messicana»

«E viene in Perù? In Amazzonia?»

«Io, ehm, mi hanno sempre interessato le foreste pluviali, è un incredibile...»

Villarosa s'intromise: «Un amico di un amico ha detto...»

Tugh! Una guardia sbatté il calcio del suo AK-47 nello stomaco di Villarosa. Villarosa si piegò in due.

Poi la guardia si spostò verso di me. «Allora, cosa ci fa qui?»

«Niente, davvero. Sto solo dando un'occhiata. In America non abbiamo niente del genere»

«Mi dia il telefono»

Dopo averglielo porto, l'uomo armato disse: «Lo sblocchi»

Feci come mi aveva chiesto.

La guardia lo scorse. Mostrò lo schermo al suo socio e lo girò verso di me.

«Perché sta facendo delle foto della miniera?»

«Volevo mostrare a mia moglie cosa abbiamo visto, tutto qui»

«Chi vi ha mandato qui?»

«Nessuno. Stavamo solo facendo un giro e...»

«Smettetela di mentire o vi sparo a entrambi e vi lascio a marcire qui!»

Dissi: «Stiamo dicendo la verità. Lo giuro»

La guardia più alta disse: «Vuoi portarli da Cabrerra?»

Il suo socio rispose: «Dovremmo semplicemente sparargli qui»

«Per favore, per favore ci lasci andare. Ho una figlia e una moglie»

Alzò il fucile. «Stia zitto o le faccio saltare la testa»

Villarosa disse: «Calma, è un americano. Se gli succede qualcosa, manderanno l'esercito a setacciare questo posto»

«Non troveranno né voi né lui. Daremo i vostri culi in pasto ai caimani». Le guardie risero.

Rabbrividii.

I due uomini si riunirono in un capannello, parlando per un paio di minuti. Il più basso di loro disse: «Incominciate a camminare, lasceremo che se ne occupi Cabrerra. Deciderà lui cosa fare»

Villarosa disse: «Non vi conviene farlo»

«Non mi dica che cosa devo fare!»

«Si arrabbierà perché non vi siete sbarazzati di noi»

Le guardie si scambiarono un'occhiata.

Villarosa disse: «Ditegli che ci avete presi. Ditegli che ci avete sparato e gettati in una delle pozze di una vecchia miniera»

Perché stava dando loro delle idee su come sbarazzarsi di noi?

La guardia alta gli puntò contro il fucile e sorrise. «Buona idea»

«Aspettate», disse Villarosa. Frugò in tasca e tirò fuori un piccolo sacchetto di pelle. «Prendete questo»

«Cos'è?»

«Una pepita d'oro. È mezza oncia. Prendetela e lasciateci andare»

La guardia prese il sacchetto e ne allentò i lacci. Tirò fuori una pepita d'oro tonda e frastagliata. La tenne in modo che il suo socio potesse vederla, poi la rimise nel sacchetto.

«Vi porteremo comunque da Cabrerra, ma grazie per il regalo»

Avrei voluto cancellargli quel sorriso dal volto.

Villarosa disse: «Se ci lasciate andare, ve ne procurerò un'altra»

«E dove la prenderebbe?»

«Lavoro con molti minatori a Pucallpa come intermediario»

Si guardarono. Quello alto sollevò il sacchetto. «Ne vogliamo altre due così, una per ognuno di voi»

«Altre due? Sono un sacco di soldi»

«Oppure vi uccidiamo adesso e ci teniamo questa»

«Okay, okay. Posso averla tra tre giorni. Venite da me, su El Prado, vicino all'angolo con Jiron Lima»

«Se mi sta fregando, le daremo la caccia e la uccideremo»

«No, no. Sto dicendo la verità. Venite e ve ne darò altre due. È tutto quello che ho, sono i risparmi di una vita»

La guardia guardò il suo socio, che annuì.

«Oggi vi è andata bene. E non rovinate tutto. Assicuratevi di avere l'oro. Saremo lì tra tre giorni»

«Se non ci sarò — mia figlia sta per avere un bambino —, ditemi i vostri nomi e farò in modo che sia lei a darvi l'oro»

«Io sono Cesar e lui è Ramon»

«E i vostri cognomi?»

«Basta così. Adesso sparite e assicuratevi di avere quell'oro per noi o siete morti, e lo sarà anche vostra figlia»

«Ce l'avrò, non vi preoccupate»

Ci allontanammo a piedi. Mi guardai alle spalle. Gli uomini armati stavano esaminando la pepita d'oro. Dissi: «Quello che gli hai dato era vero?»

«Sì. Ne tengo sempre una con me nel caso debba corrompere qualcuno»

«Se non fosse stato per quella, saremmo stati nei guai»

«Morti, più che altro»

«Ma torneranno. Che cosa farai? Gliene darai altro?»

«Neanche per sogno. Non potrei permettermelo neanche se volessi. Lo dirò a Reyes. Manderà loro un messaggio e sarà finita»

«Lo ascolteranno?»

«Sì, se vogliono restare vivi»

«Immagino che con Reyes non si scherzi.»

«Ha contatti con gente molto pericolosa.»

«I cartelli?»

Annuì.

«Compra l'oro che raccogli per i cartelli?»

«Ne sono abbastanza sicuro.»

«Cosa ci fanno?»

«Non lo so. Forse lo tengono in un caveau da qualche parte. Forse lo scambiano per armi con i russi o i cinesi.»

Pensai alla compagnia di esportazione. «Porca puttana.»

«Cosa? Che succede?»

Non potevo dirglielo e dissi: «Non posso credere che ne siamo usciti vivi!»

«Ce la siamo vista brutta. Devo ammettere che pensavo ci avrebbero sparato.»

«Anch'io. Pregavo come un pazzo.»

Ce l'eravamo vista brutta, ma non potevo pensarci. Stavo rimuginando su quella che ritenevo fosse la chiave dell'operazione di riciclaggio di denaro del cartello.

CAPITOLO TRENTADUE

Le inviai un messaggio, dicendole che avrei richiamato entro dieci minuti, e saltai sotto la doccia. Le mie gambe e le mie braccia sembravano aver ospitato un combattimento tra galli. Mi vestii in fretta e feci la telefonata.

«Ehi, Mary Ann.»

«Ciao, Frank. Bleah. Quella barba deve sparire.»

«Sparirà. Appena torno a casa mi rado.»

«Cos'è successo al tuo braccio?»

«Niente di che, mi sono solo graffiato con un cespuglio mentre facevo una passeggiata.»

«Stai attento, Frank. Tienilo pulito e assicurati che non faccia infezione.»

«Andrà tutto bene. Come sta Jessie?»

«Sta bene. Sta cercando di definire i corsi per il prossimo semestre.»

«Spero che cambi idea sulla specializzazione in criminologia.»

«Può darsi, ma tutto quello che è successo l'ha trasformata in una te in miniatura.»

Risi. «Non dovrebbe essere una cosa positiva?»

«Non la parte della testardaggine.»

«Testardo? Io? Io la chiamo perseveranza. Comunque, tu cosa hai fatto?»

«Non molto, ho cercato di far uscire Connie di casa.»

«Come sta?»

«Non bene. Ogni cosa le ricorda Jimmy e si mette a piangere.»

«Mi dispiace molto. Ci vorrà molto tempo per attenuare il dolore che prova.»

«Lo so. Mi dispiace tanto per lei. Non capisco perché sua sorella non venga a stare con lei per un po'.»

«Magari è impegnata, o Connie le ha detto di non venire. Non sai che tipo di rapporto hanno.»

«Lo so, ma ha perso suo figlio, dopo aver perso il marito. Se avessi una sorella, andrei a stare in un hotel pur di starle vicino.»

«Sei speciale, Mary Ann.»

«Sì, così speciale che mio marito è scappato in Perù.»

«Oh, andiamo. Lo sai che dovevo fare qualcosa per tutta questa situazione.»

Rimase in silenzio.

«Comunque, tornerò tra un giorno o due; non preoccuparti.»

«Sbrigati, mi manchi.»

«Anche tu mi manchi. Ti chiamo domani.»

Mi calò addosso un velo di tristezza. Chiamarla in cerca di conforto mi si era ritorto contro. Misi da parte la conversazione e aprii il portatile. Usando il telefono come hotspot, cercai informazioni su Ramon Reyes e sulla Santos Exporting Company, l'azienda a cui erano finiti i contanti.

———

Guardando fuori dalla finestra, presi un sorso della mia Pilsen Callao. La birra era buona. L'etichetta diceva che era prodotta da una filiale dell'Anheuser-Busch. Infilai la forchetta nel mio piatto di *causa*, che si stava svuotando, la versione peruviana dell'insalata di patate. Mentre valutavo se ordinarne un'altra porzione, due uomini entrarono nel bar e grill.

Avevano un'abbronzatura profonda, ma capii che non erano del posto. I due si muovevano come americani. Si avvicinarono al bancone e ordinarono in un misto di spagnolo e inglese. Erano americani.

Finii il mio piatto. Sorseggiando la birra, tesi l'orecchio per ascoltarli. Avevo appena sentito dire «Biscayne Bay»?

Tirai fuori dalla tasca una banconota e la lasciai sul tavolo. Era una banconota da venti dollari. Lo spuntino e la birra erano costati appena cinque dollari americani.

Avvicinandomi agli uomini, dissi: «Scusate, non ho potuto fare a meno di notare che venite dagli Stati Uniti.»

Quello più robusto diede una gomitata all'amico e tese la mano. «Ehi, guarda un po'. Un altro gringo.»

Gli strinsi la mano e usai uno pseudonimo. «Mi chiamo Larry. Vengo dal sud-ovest della Florida.»

Mi strinse la mano. «Piacere di conoscerti, Larry. Io sono Matt e lui è Eric.»

«Voi di dove siete?»

«Anche noi veniamo dal grande stato della Florida. Ma dall'altra costa, da Miami.»

«Quali sono le probabilità di incontrarsi qui?»

«È pazzesco. Lascia che ti offra da bere. Cosa prendi?»

«Ne ho avuto abbastanza per essere a metà giornata.»

«Sei sicuro, Larry?»

«Sì, grazie comunque.»

Matt abbassò la voce, ma era ancora troppo alta. «Allora, cosa ci fai in questo postaccio di merda?»

«Lavoro per un'organizzazione ambientalista di Washington, D.C.»

Scambiò un'occhiata con Eric. «A fare cosa?»

«Tengo d'occhio la situazione delle estrazioni illegali e della foresta pluviale. È una vera tragedia.»

«Buona fortuna. Senti, mi dispiace interrompere così un compatriota, ma abbiamo alcuni affari importanti di cui discutere prima di un incontro.»

«Certo. Buona fortuna.»

«Sì, anche a te.»

Scattò un campanello d'allarme. Il mio odore corporeo era cattivo come quello di chiunque altro, ma non era per quello che mi stavano liquidando. Erano coinvolti nell'estrazione illegale e nei danni che causava? Uscii e cercai di capire quale potesse essere il loro ruolo.

C'era una *bodega* dall'altra parte della strada. Schivai un fiume di motorini per arrivare dall'altra parte. Comprai due bottiglie d'acqua da un litro e uscii dal negozio.

Mentre lasciavo passare una famiglia di tre persone appollaiate su una moto, una Land Rover argentata spuntò da dietro un angolo. Si fermò davanti al bar e grill in cui avevo appena mangiato.

La portiera del passeggero anteriore si aprì e ne scese un blocco di granito. La guardia del corpo ispezionò la zona prima di aprire la portiera posteriore. Un uomo con una fedora di paglia e una polo azzurra scese. L'avevo già visto.

Lo scagnozzo aprì la porta al suo capo e sparirono all'interno. Rimasi lì per un minuto, cercando di identificare l'uomo, poi mi diressi dritto verso il locale.

Invece di entrare, passai con noncuranza accanto alla finestra e guardai dentro. L'uomo con il cappello dava le spalle alla finestra, ma stava parlando con i due americani che mi avevano liquidato. Chi era quel tipo?

Feci il giro dell'isolato e sbirciai di nuovo dalla finestra. Il volto dell'uomo con la fedora era visibile. Ma ancora non riuscivo a ricordare dove l'avessi visto. Stavo forse confondendo alcuni dei suoi lineamenti con un misto di persone diverse?

CAPITOLO TRENTATRÉ

Il suo dente d'oro si scoprì quando sorrise. «No, non in una miniera. Voglio mostrarti cosa fa questo alla nostra gente. Andiamo».

Avviò la moto. L'interno coscia mi doleva mentre salivo in sella.

Guidammo per quindici minuti e arrivammo in una cittadina più piccola di Pucallpa. Gli edifici e le case erano in condizioni migliori.

«Dove siamo?»

Lui gridò per sovrastare il rumore del motore. «¡Nueva Pucallpa!»

«Dove stiamo andando?»

Indicò una grande croce rossa che mi ricordò una farmacia.

Villarosa parcheggiò davanti a un edificio la cui insegna recitava *Clinica Nueva Pucallpa*. Una fila di persone serpeggiava fuori dalla porta. Scendemmo dalla moto e lui disse: «Vedi queste persone? Sono quasi tutte malate a causa del mercurio».

Lo seguii mentre si avvicinava alla fila in attesa di entrare nella clinica. «Buenos días». Una manciata di persone ricambiò il saluto. Villarosa si avvicinò a una madre che teneva un bambino sul fianco. «Come sta il suo bambino?»

«Molto male. Non si sta sviluppando. I dottori danno la colpa all'avvelenamento da mercurio».

«Mi dispiace sentirlo. E lei, signore, perché è qui?»

La voce dell'uomo tremava. «Ho i nervi danneggiati».

Tese il braccio e la mano gli tremò. Non aveva più di quarant'anni. Mi si rivoltò lo stomaco.

«Questo è suo figlio?»

«No».

Villarosa chiese al ragazzo più giovane: «È qui per se stesso?»

Lui guardò a terra e sussurrò: «Sì, non riesco a mettere incinta mia moglie e vorremmo avere una famiglia».

Villarosa gli diede una pacca sulla spalla. «Spero che possano aiutarla».

«Anch'io».

Villarosa si rivolse a me. «Il mercurio distrugge l'apparato riproduttivo».

Era doloroso vedere così tante persone colpite dal rilascio di mercurio nell'acqua, nel suolo e nell'aria. Trassi Villarosa in disparte, abbassai la voce e dissi: «Ho visto abbastanza. Andiamo».

Lui indicò una grande casa bianca arroccata sul fianco di una montagna. «La vedi?»

«Sì. Chi ci abita?»

«È la casa di Ramon Reyes. Vive nel lusso mentre la gente che lui contribuisce ad avvelenare soffre».

La droga che vendeva non faceva già abbastanza danni?

«Possiamo fare un giro a vederla?»

———

Mentre camminavo verso il mio hotel, lo stomaco mi brontolò. Era stata una giornata lunga e, sebbene la mia mente fosse in subbuglio, mi trascinavo. Dovevo mangiare e ispezionai le vetrine lungo la via principale. All'angolo c'era El Bar y Parrilla Cruz. Avrei preso qualcosa da un altro bar con griglieria.

C'era musica spagnola e divenne più forte quando aprii la porta. I miei occhi impiegarono un paio di secondi per abituarsi. Il bar malfamato era buio. Esitai prima di entrare.

L'aria era pesante, odorava di sigarette, alcol e puzzo di corpi. Una dozzina di uomini era appoggiata al bancone senza sgabelli e ogni tavolo era pieno. Voltandomi per andarmene, ebbi un ripensamento.

Vicino al retro della stanza, Rico, l'agente della CIA, era a un tavolo lungo il muro. Feci un passo verso di lui quando mi resi conto che l'uomo con cui era seduto mi sembrava familiare.

Poi mi venne in mente. Lanciai un'altra occhiata furtiva all'uomo e ne ebbi la conferma. Girando sui tacchi, mi voltai e mi precipitai fuori dalla porta.

Una volta fuori, attraversai la strada. Rimanendo nell'ombra, tenni gli occhi sulla porta del bar.

Ogni volta che si apriva, mi acquattavo dietro una fila di moto parcheggiate. Dopo aver atteso quaranta minuti, Rico uscì. Il ginocchio mi scricchiolò mentre mi abbassavo. Subito dopo che Rico mise piede sul marciapiede, Reyes lo seguì. Mi irrigidii. L'uomo legato ai cartelli stava parlando con Rico. Si spostarono sul lato dell'edificio.

Telefono alla mano, li inquadrai e premetti Registra.

Reyes si guardò intorno e frugò in tasca. Tese una spessa mazzetta di banconote. Rico prese i soldi e li sventagliò. Mi si serrò lo stomaco. L'agente della CIA era sul libro paga del cartello.

Il dolore al ginocchio si intensificò. Spostai il peso e persi l'equilibrio. Cercando di stabilizzarmi, allungai la mano verso la sella di una moto.

La moto si inclinò di lato, urtando quella accanto. Nel tentativo di impedirle di cadere, caddi seduto per terra e guardai l'effetto domino della fila di moto che crollava al suolo.

Mi tirai su in fretta mentre la reazione a catena terminava. Rico si stava dirigendo dritto verso di me. Mi infilai il telefono in tasca e dissi: «Ehi, Rico, sei tu?»

«Che ci fai qui?»

«Ho appena mangiato qualcosa. Tu che fai di bello?»

I suoi occhi si strinsero. «Le strade da queste parti sono pericolose. Un uomo può farsi male qui fuori».

«Sono solo inciampato, tutto qui». Risi sotto i baffi. «Chissà, forse il mio nuovo limite è una birra».

«È facile commettere errori quando non si conosce il territorio. Parti domani, vero?»

Come faceva a saperlo? «Sì».

Rico mi puntò un dito contro. «Stai attento, adesso. Alla gente di qui non piace che qualcuno, specialmente gli americani, ficchi il naso dove non dovrebbe».

Girò sui tacchi e si allontanò.

Arrancai fino all'hotel. Se la CIA era infetta, che possibilità avevamo? La palude della corruzione si era estesa ovunque.

Ogni mezzo isolato, mi guardavo alle spalle. Nessuno sembrava seguirmi, ma ero fuori dal mio ambiente, e c'era di mezzo un agente della CIA.

Il corridoio dello squallido hotel era vuoto. Corsi verso la mia stanza e sbattei la porta. Trascinai lì una sedia traballante, la posizionai sulle gambe posteriori e incastrai la spalliera sotto la maniglia. Tirai le tende e spensi la luce.

Seduto sul pavimento, dalla parte opposta del letto, presi il telefono per chiamare Mary Ann. La foto sulla schermata iniziale di Jimmy, Steve e Jessie mi fissava.

Tenendo gli occhi sulla fessura di luce sotto la porta, chiamai Mary Ann. Lì era un'ora avanti. «Ciao, Frank».

«Ehi, come stai?»

«Sono contenta che torni a casa. A che ora parti?»

«Verso le dieci del mattino. Dovrei essere a casa verso le cinque, ora tua».

«Non vedo l'ora. Come sta andando?»

«Vorrei poter dire meglio, ma è...» Due macchie scure interruppero la linea di luce gialla sotto la porta. Qualcuno era fermo davanti.

«Frank?»

Abbassai la voce. «Aspetta un attimo».

«Che succede? Perché sussurri?»

Chiunque fosse, provò la maniglia e se ne andò.

«Non stavo sussurrando».

«Certo che lo stavi facendo».

«Probabilmente è la linea o qualcosa del genere».

«Forse. Allora, come sta andando? Hai fatto quello che dovevi?»

«Per lo più, ma parleremo di tutto quando torno a casa. Come sta Jessie?»

Chiacchierammo finché un altro paio di piedi non si fermò vicino alla porta.

«Ehi, mi sono appena ricordato che devo fare una telefonata. Ci vediamo domani».

Dopo aver riattaccato, pensai di cambiare stanza o di trovare un altro posto dove stare. Ma mi stavano osservando e avrebbero saputo dove sarei andato.

Togliendo i cuscini dal letto, cercai di mettermi comodo sul pavimento, il più lontano possibile dalla porta. Sarebbe stata una lunga notte, ma stavo tornando a casa e avrei recuperato il sonno nel mio letto.

Riguardai più volte il video che avevo fatto di Rico e Reyes. Non c'era dubbio: a Rico era stata data una mazzetta di soldi.

Era corrotto. Accigliato, scossi la testa. I cartelli della droga ricevevano aiuto da un agente del governo degli Stati Uniti.

La corruzione si estendeva più in alto nella catena di comando della CIA? Erano coinvolte anche altre agenzie? Non c'era da meravigliarsi se gli sforzi per arginare l'ondata di droga che entrava nel paese erano falliti.

CAPITOLO TRENTAQUATTRO

Un uomo in motocicletta scese ronzando per la strada. Rallentò, fermandosi a un paio di lunghezze d'auto di distanza. Scavalcò la sella con una gamba. Aveva un rigonfiamento sul fianco; portava una pistola. Appoggiato alla moto, l'uomo si accese una sigaretta. Tirò fuori il telefono e fece una breve telefonata.

Mi allontanai di un paio di passi e controllai il cielo in attesa del mio passaggio per tornare a casa. Passarono minuti carichi di tensione e mi rilassai un po'. A meno che non intendesse spararmi mentre andavo verso l'aereo, quel tizio era lì solo per assicurarsi che me ne andassi.

Un puntino nel cielo si fece più grande. Un minuto dopo riuscii a vedere che era il mio aereo. Oscillava mentre scendeva a terra. Una nuvola di polvere si sollevò quando le ruote toccarono terra. Il mio battito cardiaco accelerò. Stavo per andarmene da quel buco.

Il velivolo si fermò. Il pilota scese mentre mi avvicinavo.

«Ehi, ci vorranno una ventina di minuti.» Agitò una carta di credito. «Dobbiamo fare rifornimento.»

«Posso aspettare a bordo?»

«Non c'è l'aria condizionata.»

«Vengo dal sud-ovest della Florida, ce la faccio.»

«Fai pure.»

Mi guardai alle spalle. L'uomo non si era mosso; era ancora appoggiato alla motocicletta.

Sull'aereo faceva caldo. Mi alternavo tra sedermi vicino a un finestrino per tenere d'occhio l'uomo e stare in piedi vicino al portellone aperto per prendere quel poco di brezza che c'era.

Finito il rifornimento, il pilota salì a bordo e tirò su la scaletta. Ce l'avrei fatta a uscire vivo dal Perù.

Era un volo di più di cinque ore. Una volta svanita l'euforia per la sopravvivenza, la mia mente tornò al caso. Il viaggio era stato pericoloso, e non avevo altro che labili tracce da seguire, fumose come spirali di fumo.

Avendo dormito per terra tenendo d'occhio la porta per gran parte della notte, ero a pezzi. Chiusi gli occhi e ripercorsi l'intero viaggio. Era impossibile che Mary Ann fosse venuta a sapere alcune delle cose che erano successe.

Cercando di capire il ruolo di Rico nel casino in cui mi ero cacciato, scivolai dentro e fuori da uno stato di dormiveglia. Mi svegliai di soprassalto. L'identità dell'uomo al bar che parlava con gli americani si fece più nitida. Era lui il tizio che gestiva la Santos Exportadora?

Frugai nel borsone, tirando fuori il portatile. Aprendolo, mi resi conto che il velivolo non aveva il Wi-Fi.

PARTE IV

NAPLES, FLORIDA

CAPITOLO TRENTACINQUE

Prima che potessi scendere dall'Uber, Mary Ann spalancò la porta di casa. Il suo sorriso da tappeto rosso mi diede la carica. Mi gettò le braccia al collo. «Sono così felice che tu sia a casa.»

La strinsi. «Anch'io.»

«Quella barba deve sparire, mi graffia la faccia.»

«Non preoccuparti, tra cinque minuti non ci sarà più.»

Entrando in casa, dissi: «Ah, che meraviglia l'aria condizionata.»

«Tra un'ora l'alzerai.» Sorrise e disse: «Com'è andato il volo di ritorno?»

Non era necessario che sapesse del viaggio turbolento. «Non troppo male.»

Misi giù il borsone mentre lei diceva: «Allora, com'è andata? Hai qualche pista concreta?»

«Non proprio, la situazione è molto più incasinata di quanto pensassi.»

«In che senso?»

«Siamo passati dal dare la caccia ai soldi della droga negli Stati Uniti alle miniere d'oro illegali e...»

«Miniere d'oro?»

«Potrebbe essere. L'unica cosa di cui sono certo è che è una faccenda ingarbugliata.»

«Ingarbugliata? Come?»

«Avrei dovuto dire complicata.»

«Significa la stessa cosa.»

«Davvero? Pensavo che ingarbugliata volesse dire, sai, tutta aggrovigliata, come in effetti è.»

«Com'era il tuo contatto? Ti ha portato in giro?»

«No. Ero da solo. Stava gestendo un'insurrezione.»

«Che tipo?»

«I comunisti stanno cercando di tornare e fomentano disordini. La CIA è preoccupata che si alleino con i cartelli.»

«Sembra un caos.»

«È pericoloso.»

Appena mi rotolò fuori di bocca, seppi che era stato un errore.

«È stato pericoloso lì?»

«Niente che non potessi gestire.»

Mise le mani sui fianchi. «E cosa hai dovuto gestire?»

Le volevo bene, ma non era facile essere sposato con un'ex detective. «Niente di che.»

Fece una smorfia. Non mi credeva. «Non saresti mai dovuto andare laggiù.»

«Dovevo andarci.»

«Giusto, sei l'unico che può salvare il mondo.»

«Non è così.»

«E allora com'è?»

«Qualcuno ha fermato gli spacciatori? No. Qualcuno ha preso i tizi che hanno ucciso Jimmy? No. Non posso semplicemente voltarmi dall'altra parte, Mary Ann. Questa faccenda è troppo vicina.»

«Lo so.» Sorrise. «Sei un brav'uomo, Frank. Ma non esagerare con questa storia. Niente più viaggi folli.»

La cinsi con le braccia. «Non preoccuparti, non vado da nessuna parte.»

«Non voglio che ti succeda niente. Abbiamo fatto la nostra parte, ora è il momento di goderci un po' la vita.»

La lasciai andare. «Lo so. Hai fatto altre ricerche per un viaggio?»

«Oh, ti piacerà. Non vedo l'ora di mostrarti.»

«Sembra fantastico. Sto morendo di fame. Ho mangiato un sacchetto di salatini così stantii che dovevano essere sull'aereo da quando i fratelli Wright inventarono il volo.»

Rise. «Ho preso del filetto mignon da Whole Foods. Accendo la griglia.»

«Ottima idea. Vado a farmi una doccia.»

L'acqua era una benedizione. La pressione dell'acqua in Perù era terribile. Mentre lasciavo che il getto mi colpisse il viso, i miei pensieri andarono all'uomo al bar con gli americani.

Appena sceso dall'aereo, controllai il sito web dell'azienda ed ebbi la conferma che il proprietario della compagnia di esportazioni era lo stesso uomo che si era incontrato con gli americani.

Qual era l'oggetto dell'incontro? La ditta di esportazioni era una copertura per il cartello? E se sì, cosa c'entravano gli americani?

Finita la doccia e la rasatura, indossai dei pantaloncini e una maglietta del dipartimento dello sceriffo. Presi il telefono e feci una chiamata.

Mi palpai la guancia; era liscia come il sedere di un bambino. «Bradley?»

«Ehi, Frank. È tornato negli Stati Uniti?»

«Sì. Sono arrivato poco fa.»

«Non vedo l'ora di sapere a che punto siamo con il caso.»

«Mi creda, volevo chiamarla, ma era troppo rischioso. Questa faccenda è molto più grossa di quanto pensassimo.»

«Non mi sorprende. Mi dica.»

«La chiamerò domani per raccontarle tutto nei minimi dettagli, ma per ora volevo vedere cosa poteva scoprire su un'azienda che credo possa essere centrale per il caso.»

«In Perù?»

«Sì. Santos Empresa Exportadora.»

«Cosa vuole sapere su di loro?»

«Tutto quello che può, ma in particolare, può scoprire cosa spediscono negli Stati Uniti e a chi?»

«Ho buoni contatti con la dogana e l'ufficio del censimento.»

«Ma dobbiamo mantenere la cerchia ristretta, il più stretta possibile. Mi sono imbattuto in un paio di cose in Perù che mi hanno sbalordito.»

«Del tipo?»

«Che ne dice del contatto della CIA?»

«Cosa c'entra?»

«Credo che sia sul libro paga del cartello.»

«Cristo. Sta scherzando?»

«Magari. Ecco perché mi preoccupa chi sa cosa.»

«Nessun problema. Con la mia autorizzazione di sicurezza, posso ottenere ciò di cui ho bisogno da solo.»

Mary Ann stava condendo la bistecca quando entrai in cucina. Alzò lo sguardo e disse: «Ti metti quella? Cosa, credi di essere di nuovo in servizio?»

«È solo una maglietta.»

Inclinò la testa. «Da quanto siamo sposati, Frank?»

«Ventidue anni. Ho superato il test?»

«In più siamo stati partner per più di un anno, e vuoi dirmi che è solo una maglietta?»

«Lo è.»

«L'avevo messa in fondo al tuo cassetto. Allora, che succede? Stai cercando di farmi capire che tornerai al lavoro?»

«No. Assolutamente no. Appena questo caso sarà chiuso, tornerò in panchina.»

«Tutta questa droga e questi soldi. Rassegnati, Frank, non puoi sistemare tutto.»

«Ho imparato che se affronti un problema, puoi risolverlo. Forse non risolverò tutto, ma lascerò il segno.»

Scosse la testa e prese il piatto con la carne. «Ricordati solo che non sei il salvatore.»

CAPITOLO TRENTASEI

La macchina Nespresso sputò le ultime gocce di caffè, e io portai la tazza nella veranda. Naples era verde come la giungla del Perù, solo più curata. Che fossi diventato troppo molle o civilizzato per vivere in un paese senza le comodità di tutti i giorni?

Il cellulare vibrò. «Buongiorno, Bradley.»

«Ehi, Frank. Come ti senti? Soffri il fuso orario?»

«Direi bene. Cosa hai trovato?»

«Ho indagato sulla Santos Exporting Company.»

«Già? Sono solo le otto del mattino.»

«Mi ci sono messo ieri sera. Dopo quello che ho trovato, non è stato facile resistere alla tentazione di chiamarti alle due di notte.»

Balzai in piedi. «Cosa hai scoperto?»

«Spediscono un paio di prodotti, perlopiù frutta, come l'uva, negli Stati Uniti, ma la maggior parte di ciò che esportano è oro.»

«Allora è lì il nesso.»

«Eh, già. Ma senti questa: sono andato indietro di due anni

e ho controllato i dati del censimento e della dogana. E indovina un po'?»

«Cosa?»

«Il loro volume d'oro, in termini di dollari, è salito del trecento per cento. Certo, il dato va corretto per il cambio. La valuta peruviana è stata svalutata e il prezzo dell'oro è salito, ma...»

«A chi spediscono l'oro?»

«A un paio di raffinerie.»

«Niente che salti all'occhio?»

«In che senso?»

«Riguardo alle aziende che ricevono l'oro.»

«Spediscono regolarmente un tonnellaggio significativo a due raffinerie nella zona di Miami. Una è la Miami Pure Refiners, e l'altra la Noble Metals.»

Miami era a sole due ore di distanza. «Dobbiamo controllarle.»

«Ho preparato un dossier su entrambe.»

Dossier? Tra il viaggio in Perù e questa storia, mi sembrava di essere in un'operazione di spionaggio. «Mandameli.»

«Sono già per strada. Ho anche messo insieme alcuni dati macroeconomici interessanti sul commercio dell'oro del Perù.»

«Grazie, Bradley.»

«Di cos'altro hai bisogno che faccia?»

«Ho un paio di idee, ma dammi il tempo di leggere quello che hai preparato.»

«Certo. Fammi sapere.»

«Grazie ancora. Ti aggiorno sul viaggio tra un po'.»

Mandai giù d'un fiato il resto del caffè e controllai il telefono. La sua email era arrivata. Preparai un'altra tazza e la portai insieme al portatile nello studio.

Bradley aveva allegato tre documenti: uno per ogni azienda e un rapporto sul commercio dell'oro tra il Perù e gli Stati Uniti.

Cliccando sul rapporto di sintesi, mi ripromisi di verificare dove altro il Perù spedisse oro.

Bradley era una manna dal cielo. Aveva incluso un grafico a barre che mostrava come le esportazioni peruviane verso gli Stati Uniti ammontassero a un miliardo di dollari nel 2023. Un aumento rispetto ai 300 milioni di dollari del 2022 e ai 200 milioni del 2021.

Mi appoggiai allo schienale. Quell'aumento vertiginoso era dovuto all'estrazione illegale? Forse avevano aperto una nuova miniera, o magari avevano intensificato la produzione in un sito già esistente. Annotai di controllare, poi aprii un'altra scheda.

La ricerca di nuove miniere d'oro in Perù non produsse alcun risultato. Si faceva menzione di una miniera che aveva cambiato proprietà e una frase che decantava i futuri piani di espansione della Barrick Gold, un altro operatore. Ma niente di nuovo. Riformulai la ricerca e riprovai. Ancora un buco nell'acqua.

Non era una prova scientifica, ma le uniche spiegazioni plausibili erano un drastico aumento della produttività delle miniere esistenti, o che l'oro in eccesso dovesse provenire da miniere illegali.

La mente mi riportò alle aree sfregiate che Villarosa mi aveva mostrato. Non avevo idea di quanto oro provenisse da quelle operazioni improvvisate. Cercai su Google quante miniere illegali ci fossero in Perù.

Fissando il numero novanta, provai a fare due calcoli. Presi una penna e divisi l'aumento di 700 milioni di dollari per settanta. Il risultato era un valore di oltre sette milioni di dollari in oro per miniera in un anno.

Aveva senso. Le miniere richiedevano macchinari, prodotti chimici e molta manodopera. E questo giustificava anche l'elevato numero di miniere. Perché distruggere l'ambiente in cui vivi se non puoi guadagnarci un sacco di soldi?

I cartelli erano coinvolti, o nel proteggere le miniere illegali dalle autorità o nel gestirle direttamente. Si trattava di un altro flusso di denaro sporco per le potenti organizzazioni criminali.

Afferrai il telefono e feci una chiamata. «Vorrei parlare con il signor Pembroke, per favore.»

«Chi devo annunciare?»

«Frank Luca.»

Dopo una breve attesa, il funzionario del Tesoro rispose. «Frank. Com'è andato il suo viaggio di ritorno?»

«Bene.»

«Il viaggio è stato proficuo? Ha fatto qualche progresso laggiù?»

«Sì, è per questo che la chiamo.»

«Cosa le passa per la testa?»

«Che tipo di tutele hanno gli Stati Uniti per impedire che l'oro estratto illegalmente entri nel paese?»

«Consideriamo le TCO una minaccia per la sicurezza nazionale.»

«TCO?»

«Organizzazioni criminali transnazionali.»

L'amore della burocrazia per gli acronimi non aveva fine. «Ah, giusto. Diceva?»

«La possibilità di riciclare metalli preziosi e diamanti estratti illegalmente è una minaccia per il sistema finanziario, per la stabilità dei paesi partner in cui avviene l'estrazione, nonché per il disastro ambientale che queste operazioni si lasciano alle spalle.»

«Come ci difendiamo dall'ingresso dell'oro negli Stati Uniti?»

«Sono state approvate diverse leggi per impedirlo. La dogana richiede la documentazione sull'origine dell'oro. Di recente ha intensificato la sorveglianza sulle spedizioni di gioielli, poiché ha trovato diverse spedizioni con dichiarazioni mendaci.»

«La documentazione può essere facilmente falsificata.»

«Vero, ma mi dicono che stanno esaminando queste cose più da vicino.»

«Mi chiedo se si stia facendo abbastanza.»

«L'oro è pesante. Contrabbandarne grandi quantità non è facile come, per dire, con i diamanti o il contante. Un milione di dollari in oro pesa circa ventitré chili.»

«È comunque fattibile.»

«E poi bisogna venderlo a qualcuno, su base continuativa. Oppure conservarlo da qualche parte e sorvegliarlo. È troppo difficile.»

«Conservarlo non ha senso. Perché rischiare di trasportarlo negli Stati Uniti se poi tutto quello che si fa è starci seduti sopra?»

«Sono d'accordo. A meno che non abbiano un contatto solido nel settore della gioielleria, sarebbe difficile riciclarlo.»

«Okay. Mi è stato d'aiuto. La terrò aggiornato. Ho una pista che intendo seguire.»

Riagganciai. Pembroke era una delle poche persone di cui mi fidavo nella capitale. Ma era a Washington, fuori dal mondo e con posizioni ormai superate, come troppi a D.C.

Se aveva ragione lui, avevo in mano un grosso zero. Cosa avrei detto alle famiglie riguardo alla mia promessa di ottenere giustizia per Jimmy e Frankie? Non avrei fatto una figuraccia: mi sarebbe colata addosso una frittata intera.

Mi appoggiai di nuovo allo schienale. C'era qualcosa qui, o era solo una perdita di tempo? Che il mio istinto si fosse smussato per colpa dell'età? Inspirando profondamente, afferrai il mouse e cliccai sul rapporto che Bradley aveva compilato sulla Noble Metals.

CAPITOLO TRENTASETTE

La raffineria Noble Metals, con sede a Miami, era in attività da trent'anni. Era una società privata il cui stabilimento si trovava a un miglio dall'aeroporto.

La più piccola delle vibrazioni mi percorse la nuca quando lessi che la raffineria si era ampliata due anni prima. Si stimava che l'ampliamento avesse raddoppiato la capacità della Noble.

L'aumento rispecchiava la crescita delle esportazioni di oro dal Perù agli Stati Uniti negli ultimi due anni. La sincronicità esisteva, ma fino a prova contraria, le coincidenze erano prove.

L'azienda era una società di proprietà di due fratelli, John e Cesar Medina. Avevano ereditato l'attività dal padre, morto sei anni prima.

Inserii i loro indirizzi su Zillow. Entrambi i fratelli vivevano a Star Island. Secondo gli annunci, avevano pagato entrambi più di sei milioni per le loro case e, curiosamente, entrambe le transazioni si erano concluse un anno prima.

Avrei scavato più a fondo, ma i fratelli Medina sembravano fare la bella vita.

Scorsi l'elenco dei dipendenti che Bradley aveva incluso. Ce n'erano trecento. Ma le registrazioni dell'IRS non fornivano alcun indizio.

I primi dieci clienti della Noble erano impressionanti. Insieme a tre aziende di gioielleria, erano elencate diverse società finanziarie. Ma due nomi saltarono all'occhio: lo United States Bullion Depository, meglio conosciuto come Fort Knox, e la Federal Reserve Bank of New York.

Non ero molto ferrato in materia finanziaria, ma non erano entrambe gestite dal Dipartimento del Tesoro? Andai su Google. La risposta generata dall'IA confermò che sia la banca sia il deposito erano sotto la giurisdizione del Dipartimento del Tesoro.

Leggendo che la banca di New York possedeva la più grande riserva d'oro del mondo e che la maggior parte di essa era detenuta per conto di governi stranieri, mi si insinuò nella mia mente l'idea che qualcuno, forse persino Pembroke, fosse coinvolto in una qualche sorta di macchinazione.

Scacciai quel pensiero, sostituendolo con la visione del caveau che si trovava cinque piani sotto l'edificio della banca a Manhattan. Qualcuno aveva mai provato a rubare i duecento miliardi di dollari in oro come avevano fatto nella serie di Netflix ambientata in Spagna?

Il sito web di Fort Knox diceva che conteneva la metà dell'oro di proprietà del governo degli Stati Uniti ed era sotto la US Mint, un altro braccio del Dipartimento del Tesoro.

La Noble vendeva oro a due unità di alto profilo del Dipartimento del Tesoro. Lo facevano tutte le raffinerie?

Cliccai sul documento compilato sulla Miami Pure Refiners. L'azienda era un'altra attività di famiglia, che risaliva agli anni '50. Era gestita da una sorella e un fratello, Faye e Jim Farber.

La loro raffineria si trovava a Hialeah, dietro un muro di cemento. Gli uffici dell'azienda erano nel lussuoso quartiere di

Brickell. La lista dei clienti della Miami Pure non offriva alcun chiarimento, a differenza di quella della Noble.

Andai sul loro sito e cliccai su un pulsante con la scritta "Cosa Facciamo". Una foto di quelli che sembravano pezzi di metallo grezzo e un'altra di luccicanti lingotti d'oro incorniciavano un paragrafo che recitava: *La Miami Pure Refiners lavora e purifica metalli preziosi estratti, grezzi e di scarto. Rimuoviamo le impurità e altri metalli utilizzando processi chimici, elettrolisi e fusione per separare i vari elementi. Successivamente, lo raffiniamo al livello di purezza desiderato, di solito definito in carati o finezza. Il metallo prezioso risultante viene poi fuso in lingotti o utilizzato per produrre monete, gioielli e altri prodotti.*

Era una cosa a cui non avevo mai pensato. Era difficile immaginare che i lingotti d'oro lucenti raffigurati provenissero dalle acque fangose lavorate nella foresta pluviale amazzonica.

Ma una cosa era chiara: una volta che l'oro era raffinato in lingotti, era impossibile da tracciare. Non c'era modo di sapere se provenisse da una miniera legale in Alaska o California, o da un'operazione illegale nella foresta pluviale peruviana. L'oro non era rintracciabile.

Cliccando su "Conosci il Management" arrivai a una pagina con le foto del team esecutivo e le loro biografie. Le persone ritratte sembravano avere la faccia pulita, ma anche Bernie Madoff l'aveva.

Tornai a leggere il rapporto che Bradley aveva preparato. Entrambe le società erano rimaste lontane dai guai con la legge, ma la Miami Pure Refiners era stata multata due volte negli ultimi dieci anni dall'OSHA per violazioni della sicurezza. Poteva aver messo a rischio i propri dipendenti, ma non tenni conto di quella mancata aderenza alle regole.

Chiusi la scheda e navigai verso il sito della Noble Metals. Era progettato meglio di quello della concorrenza. Una scheda contrassegnata come "Servizi Analitici" attirò la mia attenzione. La pagina a cui conduceva descriveva cinque diversi servizi offerti, compresi il saggio a fuoco per determinare la purezza di un lotto d'oro o di un gioiello.

Cliccai su "Conosci il Nostro Team". Le foto dei fratelli Medina con l'elmetto incorniciavano un banner in cima alla pagina. Quell'aspetto non si addiceva alle ville dei proprietari a Star Island. Scesi con lo sguardo. Il direttore finanziario era una donna dal sorriso smagliante. Sebbene avesse il cognome Medina, qualsiasi accusa di nepotismo era mitigata dalla sua laurea ad Harvard.

Nella biografia del responsabile del controllo qualità c'era un link in grassetto che faceva riferimento alla vincita di un premio come raffineria dell'anno. Seguii il link fino a una pagina piena di foto che si apriva con un proprietario che teneva in mano un piatto d'argento, simbolo del premio.

Scorsi le foto della cerimonia e dovetti guardare due volte. Un uomo in una foto di gruppo catturò la mia attenzione.

Ingrandendo l'immagine, rimasi a bocca aperta. «Porca puttana! Non ci posso credere!»

Mary Ann fece capolino nella stanza. «Frank? Che succede?»

«Niente. Devo controllare una cosa.»

Lei inarcò le sopracciglia e io dissi: «Dammi solo cinque minuti. Devo fare una telefonata.»

Mary Ann scosse la testa e si allontanò.

Mi alzai di scatto, chiusi la porta e composi un numero sul mio cellulare.

CAPITOLO TRENTOTTO

«Senti, credo di avere qualcosa in mano.»

«Davvero? Cosa?»

«Ricordi che ti ho detto di aver incontrato un paio di americani in un bar in Perù?»

«Sì. E allora?»

«Sono quasi certo che uno di loro lavora per una delle raffinerie su cui hai fatto il rapporto.»

«Davvero? Quale?»

«Noble Metals. E si stavano incontrando con il proprietario della Santos Exporting Company.»

«Cosa credi che signifìchi?»

«Ho un'idea, ma non ne sono ancora sicuro.»

«Potrebbe essere una cosa lecita. Magari hanno normali rapporti d'affari con...»

«Certo, e d'estate in Florida non piove mai.»

«Cosa?»

«Come possiamo identificare qualcuno da una foto sul loro sito web?»

«Ci sono un paio di modi. Nella peggiore delle ipotesi,

posso ottenere i registri della motorizzazione di tutti i dipendenti e confrontare le foto delle patenti con quella sul sito. Non sarà troppo difficile, visto che gli americani erano uomini, giusto?»

«Sì. Quanto ci vorrà?»

«Me ne occupo subito.»

«Okay, e quando lo identifichi, scopri qual è il suo ruolo alla Noble.»

Feci una pausa prima di fare una seconda telefonata. Era una questione delicata, e fidarsi di qualcuno poteva non solo mettere a repentaglio l'indagine, ma anche la mia vita. Qualcuno poteva avere il mio telefono sotto controllo.

Alzatomi, andai in cucina. «Mary Ann, mi fai usare il tuo telefono un secondo?»

«Perché?»

«Qualcuno sta evitando le mie chiamate. Magari se chiamo dal tuo rispondono.»

Me lo passò. «Fai pure.»

Portai il telefono nello studio e composi lentamente il numero del Dipartimento del Tesoro. Mentre aspettavo che George Pembroke rispondesse, valutai come affrontare l'argomento delicato.

La voce di Pembroke mi sorprese. «Pronto, Frank.»

«Salve, signor Pembroke.»

«Come procede il caso?»

«Volevo parlarle di una cosa. È estremamente confidenziale.»

«Cosa la preoccupa?»

«La linea è sicura?»

«Comincia a farmi preoccupare, Frank.»

«È un argomento estremamente delicato.»

«Può aspettare un giorno?»

«Immagino di sì.»

«Bene. Domani volo a Miami per un incontro con il ministro delle Finanze ecuadoriano. So che è appena tornato, ma può venire fin qui?»

«Sarebbe perfetto. Dove vuole che ci incontriamo?»

«Sono sicuro che conoscerà l'hotel Fontainebleau Miami Beach. Che ne dice di mezzogiorno? Pranziamo e parliamo.»

«Mi sembra un'ottima idea, ma vorrei assicurarmi di poter parlare in privato.»

«Possiamo parlare nella mia stanza, diciamo alle undici e mezza?»

«Grazie. Buon volo.»

Tornai in cucina e restituii a Mary Ann il suo telefono. «Ti va di fare un salto a Miami domani?»

«Domani? Perché?»

«Pembroke arriva in aereo e devo parlargli dell'agente della CIA corrotto. Possiamo farne una gita di un giorno o fermarci a dormire, se vuoi.»

«Non guiderò neanche per un metro sull'Alligator Alley.»

«Cosa? Tanto non la guidi mai.»

«Oh, dimenticavo, domani c'è l'evento di Youth Haven. Non posso venire.»

———

La mia avversione a pagare per il servizio di parcheggiatore mi costrinse a camminare per tre isolati fino all'hotel Fontaine-bleau. I miei occhi si spalancarono mentre mi avvicinavo. Se il posto fosse stato anche solo un po' più sfarzoso, avrebbe avuto bisogno di un tappeto rosso personale.

Una coppia di portieri con i guanti mi sorrise e aprì le porte. Un'ondata d'aria fredda al profumo di gelsomino mi avvolse. L'immagine di un funzionario governativo che alloggiava qui era, a dir poco, pessima.

Il personale era di prim'ordine; un minuto dopo aver comunicato alla reception che ero lì per incontrare Pembroke, un giovanotto curato in abito blu mi scortò al decimo piano. Un uomo che sembrava un taglialegna, in piedi fuori dalla porta del funzionario del Tesoro, mi controllò i documenti e mi fece entrare.

La suite offriva una vista mozzafiato sull'oceano Atlantico. Seduto su un divano grigio, Pembroke era al telefono. Terminata la chiamata, mi fece cenno di avvicinarmi.

Si alzò, porgendomi la mano. «Frank, piacere di vederla.»

«Piacere mio. Questo è un bell'hotel.»

«Uno dei miei preferiti. Le piacerà il cibo. Hanno una meravigliosa insalata di aragosta.»

A malapena mi trattenni dal commentare il fatto che un cosiddetto servitore dello Stato alloggiasse lì a spese dei contribuenti. «Sembra buono.»

«Allora, prima di scendere a pranzo, di cosa voleva discutere?»

«Come le ho accennato, è una questione estremamente delicata.»

Annuì cupamente.

Dissi: «Non c'è un modo semplice per dirlo, ma riguarda l'agente con cui mi ha messo in contatto in Perù.»

«L'agente della CIA?»

«Sì, Rico Fortuna.»

«Cosa c'entra lui?»

«Temo che sia compromesso.»

Pembroke accavallò le gambe. «E cosa glielo fa credere?»

«L'ho visto accettare una tangente dal cartello.»

«Ne è certo?»

«Sì. Guardi questo video.» Mi alzai. «Ne ho caricato una copia sul cloud, nel caso mi succedesse qualcosa.»

«Mi scusi, ma questo mi suona paranoico.»

Scrollando le spalle, gli mostrai il filmato che avevo girato.

Pembroke si passò una mano sul mento. «Forse sta conducendo un'operazione sotto copertura.»

«Ne dubito. Si è reso conto che ho assistito alla tangente e mi ha detto di guardarmi le spalle.»

«L'ha minacciata?»

«È così che l'ho interpretata. E sono stato seguito fino alla mia stanza, e c'era qualcuno fuori dalla porta. Mi hanno seguito persino all'aeroporto la mattina seguente.»

«Avrebbero potuto pedinarla per tutto il tempo in cui è stato nel paese come misura di sicurezza.»

«Magari fosse stato così, mi avrebbe fatto comodo un aiuto durante un incontro in una delle miniere d'oro illegali.»

Pembroke non commentò il pericolo corso. Ne era al corrente? Il Dipartimento di Intelligence del Tesoro lavorava con la CIA e l'FBI e aveva accesso a tutti i segreti e le operazioni del governo.

«Non sono sicuro di cosa si aspetti che io faccia con questa accusa.»

«Volevo che ne fosse a conoscenza e che magari informasse la sua controparte alla CIA.»

«Una cosa del genere potrebbe essere stata fraintesa. Potrebbero esserci diverse spiegazioni.»

«Dopo averlo osservato, credo di no. Ma certo, potrebbe essere un'operazione sotto copertura.»

Pembroke si frugò in tasca e tirò fuori un cellulare. «Mi scusi, devo rispondere.»

Si ritirò in camera da letto e chiuse la porta.

Mentre rimuginavo se chiedere che Rico venisse interrogato riguardo al pagamento, Pembroke uscì dalla camera.

«Mi dispiace, ma dovrò cancellare il pranzo. È sorto un imprevisto che richiede la mia attenzione.»

Era forse il modo diplomatico per liquidare qualcuno? Mi alzai di scatto e gli porsi la mano. «Certo. Capisco, nessun problema.»

Dopo avermi lasciato la mano, Pembroke digitò qualcosa

sul telefono, mi voltò le spalle e si allontanò. Me ne andai con più domande di quante ne avessi quando ero arrivato.

Uscii alla luce del sole e diedi un'occhiata alla spiaggia. Era affollata. Controllai il cielo. L'unica cosa nel cielo senza nuvole era un aereo in arrivo. Feci una pausa, pensando *perché no?*, e mi affrettai verso la mia auto.

CAPITOLO TRENTANOVE

Superai in auto il corpo di guardia e seguii le indicazioni per gli uffici direzionali e di marketing della Noble Metals. Miami era una città appariscente, ma vicino a quell'ingresso c'era un numero di auto di lusso superiore al solito. Forse era normale per i pezzi grossi che lavoravano con i metalli preziosi.

I burritos che avevo comprato da un furgoncino ambulante mi stavano tornando su. Non era il pranzo sfarzoso che mi ero immaginato con vista sull'Oceano Atlantico.

Non ero sicuro di cosa stessi cercando di ottenere, ma dato che Pembroke aveva disdetto, avevo circa due ore da giocarmi prima di tornare sull'altra costa.

Bradley aveva identificato l'uomo nella foto come Eric Barrio. Era il capo dell'ufficio acquisti della raffineria. Secondo il Dipartimento della Sicurezza Interna, Barrio si era recato in Perù e in Colombia dieci volte nel corso dell'ultimo anno.

Barrio era l'uomo che avevo visto nel bar e grill peruviano. Quando avevo accennato ai danni ambientali causati dall'estrazione illegale, lui e il suo compagno mi avevano troncato il discorso senza tanti complimenti.

O la Noble Metals faceva affari con una miniera in Perù, o voleva farlo. Non c'erano altre spiegazioni per viaggi così frequenti in Sud America. L'unica domanda era se le miniere fossero legali o meno.

Se stavano infrangendo la legge importando oro da miniere illegittime, avrebbero avuto bisogno di documenti per coprire le proprie tracce. Non sarebbe stato difficile per i peruviani emettere documenti falsi, ma i nostri esperti della scientifica sarebbero stati in grado di determinare se si trattava di una messinscena.

Mentre soppesavo l'idea di provare a convincere la dogana a effettuare una verifica sui documenti d'importazione della Noble Metals, una Mercedes bianca decappottabile entrò nel parcheggio.

Strizzai gli occhi. L'uomo al volante era Eric Barrio.

Mentre chiudeva la capote, uscii istintivamente dall'auto. Gettatami la giacca sulla spalla, mi incamminai verso l'edificio. Sarebbe bastato essere sbarbato, senza cappello e senza gli occhiali dalla montatura spessa che avevo indossato in Perù?

Calcolai il mio arrivo all'ingresso in modo da farlo coincidere con quello di Barrio.

In Florida era normale salutare un estraneo. «Buon pomeriggio».

Barrio rispose: «Buon pomeriggio».

Un passo davanti a lui, mi guardai alle spalle. «Sa se qui è necessario un appuntamento per vedere qualcuno?»

«Dipende da chi deve vedere».

«Volevo parlare con un certo Eric Barrio».

Si bloccò di colpo. «Riguardo a cosa?»

«Rappresento un paio di miniere d'oro in Sud America e stiamo cercando di diversificare, allontanandoci dal mercato indiano».

«Dove, laggiù?»

«La nostra fornitura principale proviene dalla Colombia,

ma ne abbiamo appena aperta un'altra in Perù. È la nuova fornitura che stiamo cercando di vendere negli Stati Uniti».

Annuì lentamente.

Aggiunsi: «Per entrare nel mercato, siamo disposti a essere flessibili sui prezzi».

Barrio mi squadrò. «Il Suo viso mi è familiare. Ci siamo già conosciuti?»

«No, ma molte persone pensano che io assomigli a George Clooney».

Annuì lentamente. «Dev'essere per quello. Come si chiama?»

Usai un alias. «Burt Freeman. E Lei è?»

«Come ha saputo della nostra azienda e di Eric Barrio?»

«Tramite un nostro contatto in Perù. Credo che il nome fosse Villa-qualcosa. È un aggregatore».

«Villarosa?»

«Sì, credo fosse proprio lui».

Sorrise e mi tese la mano. «Sono Eric Barrio».

«Oh, mio Dio, che coincidenza».

«Forse significa qualcosa».

«Lo spero. Il mio capo mi sta mettendo sotto molta pressione per trovare una sistemazione per questa nuova fornitura».

«Entri. Posso concederLe un paio di minuti. Se i prezzi sono competitivi, potremmo essere in grado di acquistarla noi».

Barrio tirò fuori una scheda di plastica e l'avvicinò a un lettore sul lato della porta. Digitò una manciata di numeri e la porta scattò, aprendosi.

«Dovete avere molte misure di sicurezza qui».

«Sì, specialmente nelle aree di lavorazione e stoccaggio».

Una donna vivace dietro al bancone della reception sorrise al nostro passaggio.

Barrio svoltò in un ufficio più piccolo di quanto mi fossi immaginato. «Eccoci».

Scivolò dietro a una scrivania carica di pezzi di metallo fuso. Afferrò un post-it dal telefono della scrivania e lo appallottolò.

«Questo è un complesso enorme. Ho visto che avete altri uffici».

«Sì. Li hanno costruiti un paio di anni fa. Qui dentro stavamo stretti».

«Dove prendete tutto l'oro per far funzionare questo posto?»

«Siamo in affari da molto tempo e abbiamo contratti con molti fornitori».

«Interessante».

«Allora, come possiamo aiutarLa, signor Freeman?»

«Burt, mi chiami pure Burt».

«D'accordo, Burt. Cosa ha in mente?»

«Come Le dicevo, ci stiamo espandendo e cerchiamo una sistemazione per la produzione di un nuovo progetto in Perù».

«Chi siete 'noi'?»

«Oh, Omega International».

Inclinò la testa. «Non conosco questo nome».

«Preferiamo mantenere un basso profilo».

«Da dove importate?»

«Beh, non abbiamo ancora fatto quasi nulla con gli Stati Uniti. Forniamo un tonnellaggio significativo all'India per la produzione di gioielli».

«Anche noi vendiamo lì».

«È un grande mercato, ma la direzione è preoccupata di avere tutte le uova nello stesso cesto. Se qualcosa va storto laggiù, siamo fregati. Voglio dire, con il prezzo dell'oro di questi tempi, mi sorprende che in India comprino ancora così tanti gioielli».

«È una questione culturale.»

«Lo so, ma a un certo punto mettere il cibo in tavola ha la precedenza sull'adornarsi.»

«È stato in Perù?»

«Non ancora, sono stato in Colombia un sacco di volte. E Lei?»

«Io sono sempre lì per tenere d'occhio la situazione. Tornerò laggiù tra due giorni.»

«Quanto tempo si ferma?»

«Una settimana.»

«È come la Colombia?»

«Il Perù ha molte più miniere illegali.»

«Il modo in cui ottengono l'oro non ha importanza, purché lo ottengano. Abbiamo avuto a che fare, diciamo, con ogni genere di produttori in Colombia.»

«Importare negli Stati Uniti è molto diverso dall'aggirare la dogana in India.»

«Siamo a conoscenza delle regole e dei documenti necessari per superare i controlli della dogana statunitense.»

«Dovremmo vedere un set di documenti d'esempio per considerare di procedere.»

«Non si preoccupi, le scartoffie non saranno un problema.»

«A condizione che sia così, tutto si riduce al prezzo e alla nostra capacità.»

«Siamo pronti a offrire uno sconto del venti per cento sul prezzo di mercato del metallo non raffinato.»

I suoi occhi si spalancarono. «È un'offerta aggressiva.»

«Dobbiamo esserlo a breve termine. Garantiremmo la riduzione per sei mesi.»

«Se potesse estenderla a un anno intero, sarebbe più facile da vendere ai nostri proprietari.»

«Un anno? Non so, dovrei verificare con la sede centrale, ma probabilmente potremmo aggiungere un mese o due.»

«Perché non si informa e poi mi fa sapere?»

«Lo farò.» Mi alzai e gli porsi la mano. «Grazie per avermi

ricevuto senza appuntamento. Devo essere onesto, sono venuto qui per tentare la sorte. Non mi aspettavo di vedere nessuno.»

«Piacere mio.»

«Contatterò la direzione non appena possibile e Le farò sapere al più tardi domani.»

CAPITOLO QUARANTA

Con la mente a mille, saltai in macchina e guidai per dieci minuti. Poco prima di immettermi sulla Route 828, accostai. Nutrivo dei sospetti su Pembroke, così chiamai Romney French. Dato che lavorava per la sicurezza nazionale, la cosa aveva perfettamente senso e mi avrebbe fornito una copertura se Pembroke avesse fatto domande.

French fu cordiale e accettò di seguire il piano che avevo raffazzonato.

Mentre sfrecciavo lungo l'Alligator Alley, ripensai all'incontro con Barrio. Era stato rischioso avvicinarlo, ma sembrava aver funzionato. Non disse nulla di esplicito, ma ero sicuro che la raffineria lavorava con miniere illegali.

A loro interessava solo fare soldi, e a Barrio importava unicamente lo sconto, oltre al fatto che le scartoffie dovessero essere in regola. Mi pervase un senso di malinconia; era un altro esempio di come si potesse svendere la propria etica.

Un'ora dopo, una volta arrivato a Naples, avrei chiamato Barrio. Mi era sembrato uno che non avrebbe perso tempo a fare controlli su di me finché non avessimo avuto un accordo, ma non potevo correre il rischio. Dovevo dirgli che qualcuno si era già accordato per comprare la nuova fornitura di oro grezzo e che non avevo nulla da vendere alla Noble Metals.

Mi suonò il cellulare: era Bradley.

«Ehi, Bradley.»

«Ciao, Frank. Puoi parlare?»

«Certo. Sto tornando da Miami in macchina.»

Evitando di dirgli che Pembroke mi aveva liquidato, lo misi al corrente della visita alla Noble Metals.

«Wow. Non posso credere che tu ci sia andato. Non ti ha riconosciuto?»

«No. Per tutto il tempo in Perù ho avuto la barba, ho portato occhiali finti e il cappello di Jimmy.»

«Jimmy?»

«Il figlio della mia vicina, quello che è stato ucciso.»

«Giusto. E poi ti ha visto fuori contesto.»

«Decisamente. Allora, perché mi hai chiamato?»

«Non è niente di che. Non è paragonabile a quello che hai appena fatto tu.»

«Dimmi.»

«Volevo farti sapere che la donna alla guida è stata arrestata oggi.»

«Quale donna alla guida?»

«Carioca, quella che abbiamo seguito oltre il confine.»

«Si è rimessa subito al lavoro?»

«Sì, e trasportava il triplo rispetto a quando l'abbiamo seguita noi.»

«Era già stata arrestata una volta, no?»

«Sì.»

«Terzo strike.»

«No. È stata accusata del primo reato e visto che noi non l'abbiamo mai accusata quando l'abbiamo seguita oltre il confine, questa è la seconda violazione.»

«Possiamo ancora sporgere denuncia contro di lei per l'attraversamento. Abbiamo le prove video.»

«Immagino di sì.»

«Possiamo. Mandami il video della nuova violazione. Devo pensarci su.»

Con la mente che girava a pieno regime, il viaggio passò in fretta. Accostai nel mio vialetto e chiamai Barrio. Quando gli dissi che la nuova fornitura di oro era già stata promessa, mi rispose di tenerli in considerazione per il futuro.

Mary Ann non era a casa. Mi cambiai e portai il portatile fuori nel lanai. Cliccai sulla mail di Bradley. C'erano due allegati. Cliccai su quello del video.

Lo schermo si riempì con il filmato dell'attraversamento del confine. L'immagine si strinse su una Honda bianca. Era una coupé che sembrava una Civic. I contrabbandieri forse credevano che le auto piccole non avrebbero attirato l'attenzione, ma una guardia la fece uscire da una lunga fila di veicoli in attesa di passare in Messico.

Un paio di agenti si avvicinarono alla macchina e la conducente scese. La riconobbi subito. Con le spalle curve, arrancava dietro la guardia come se il terreno fosse coperto di colla. La Toyota fu fatta passare attraverso la macchina Vacis e indirizzata in un'area coperta dove sarebbe stata ispezionata fisicamente.

Bradley aveva inviato anche le immagini delle radiografie. Due aree grigio scuro riempivano entrambi i pannelli posteriori.

La dogana perquisì gli scomparti, sequestrando venti milioni in contanti.

Inviai un'email a Bradley chiedendogli di controllare con la DEA. Sarebbe stato interessante vedere se nelle comunicazioni del cartello ci fossero chiacchiere sul sequestro e l'arresto.

Riflettendo sull'idea che mi era venuta, emersero nuove possibilità. Se avesse funzionato, mi avrebbe fornito una leva che avrei potuto usare da qualche parte. Con così tanti elementi in movimento in questo caso, era impossibile prevedere quando avrebbe potuto rivelarsi cruciale.

Mentre davo gli ultimi ritocchi a una mail per Pembroke, notai Mary Ann attraverso le porte scorrevoli. Premetti invio ed entrai in casa.

«Ehi, com'è andata?»

«Bene. Hanno raccolto così tanti soldi. È stato incredibile. Qualcuno ha pagato cinquemila dollari per due biglietti di Taylor Swift.»

«Che follia.»

«Com'è stato il pranzo?» chiese lei.

«Non sono mai riuscito a mangiare al Fontainebleau. È sorto un imprevisto e Pembroke se n'è dovuto occupare.»

«Oh, e cosa ha detto dell'agente della CIA?»

«Non molto. Spero solo che Pembroke sia stufo di sentire cattive notizie.»

«Potrebbe essere quello. Voglio dire, chi vorrebbe mettersi contro la CIA?»

Scrollando le spalle, dissi: «Ti va di uscire per una pizza o qualcosa del genere?»

«Non ho molta fame, ma se vuoi andare, io prenderò un'insalata.»

«Sì, andiamo. Possiamo provare quel posto nuovo, Trulli Pasta e Pizza, su Trail Boulevard.»

«Okay.»

«Perché non ci rilassiamo un po' a bordo piscina?»

«Devo passare da Connie; mi ha chiamata due volte.»

«Che succede?»

«Ha avuto un paio di giornate difficili. Mettere via alcune delle cose di Jimmy non è la cosa più facile da fare.»

Sbattendo la mano sul tavolo, sbottai: «Non avrebbe mai dovuto affrontare questa merda.»

«Calmati, Frank.»

«Calmarmi? Sto correndo da tutte le parti cercando di ottenere giustizia per Jimmy e Stevie.»

«È stata una tua scelta, Frank, e lo sai. Nessuno ti ha chiesto di fare niente.»

«Non potevo starmene seduto in spiaggia mentre ci attaccavano.»

«Non essere così melodrammatico.»

«Melodrammatico? Non hai appena detto che non potevi stare con me perché dovevi andare da Connie?»

«Non sono io il nemico, Frank, e tu non sei qui per salvare il mondo.»

CAPITOLO QUARANTUNO

«Buon pomeriggio, signor Pembroke.»

«Salve, Frank.»

«Cosa posso fare per Lei, signore?»

«Ci sono due cose su cui volevo aggiornarLa. Prima di tutto, ho parlato con Romney. Ha detto che Lei lo ha contattato per una verifica.»

«Oh, sì. Ho pensato che non ci fosse bisogno di coinvolgerLa, dato che lavora per la Sicurezza Interna.»

Fece una pausa prima di dire: «La dogana ha accettato di collaborare. Le invierò le informazioni sul Suo contatto, e da lì potrà occuparsene Lei.»

«È fantastico, signore. La ringrazio.»

«In futuro, si assicuri di venire da me.»

«Sì, signore.»

«Ora, riguardo a quella Anna Carioca. È in stato di fermo e abbiamo fornito al pubblico ministero le prove per accusarla della violazione iniziale. Domani comparirà in giudizio. Dato il numero di arresti e il pericolo di fuga che rappresenta, sono certi che non le verrà concessa la cauzione.»

Mi sembrò che fosse passato un anno da quando, all'inizio di tutta quella storia, l'avevamo lasciata attraversare il confine con il Messico. «Quanto tempo abbiamo prima che venga processata?»

«Non lo so, ma i tribunali federali sono oberati, quindi è improbabile che accada presto. Tuttavia, non lascerei passare troppo tempo.»

«Dov'è detenuta la Carioca?»

«Al momento, in una struttura di detenzione a Brownsville, in Texas, ma domattina verrà trasferita a San Antonio.»

«Chi è incaricato di interrogarla?»

«Non ho quest'informazione, ma farò in modo che Le venga inoltrato il fascicolo.»

«Sarebbe perfetto.»

«Speriamo che Lei riesca a cavarci qualcosa. Voglio passare all'operazione Adams.»

«Ce la sto mettendo tutta, signore.»

«È tutto quello che posso chiederLe. Ci sentiamo presto.»

«Grazie, signore.»

Pembroke aveva una doppia personalità, alla Dr. Jekyll e Mr. Hyde. I leader dovevano essere dei punti di riferimento, resistere alle tensioni quotidiane, ma Pembroke andava contro-corrente. Sperai che non giocasse a poker.

———

Scorrendo il menù, dissi: «Sai che qui la pasta dovrebbe essere ottima?»

«Pensavo che prendessi la pizza.»

«Sono indeciso. La pasta viene dall'Italia. Lì usano un grano diverso, non è lo stesso che troviamo noi. Ecco perché ne mangiano così tanta e non ingrassano mai.»

Mary Ann sorrise. «Non devi giustificare quello che vuoi ordinare.»

«Non sto giustificando niente, è vero.»

«Lo so, ti ricordi quella guida che avevamo a Roma? Ha detto che mangiava pasta tutte le sere della settimana. Il lunedì pasta e fagioli, il martedì con le verdure, il mercoledì al sugo, e così via.»

Ridemmo entrambi. Dissi: «Ed era magrissimo.»

«Forse il grano c'entra qualcosa, ma se vuoi la mia opinione, è una questione di controllo delle porzioni.»

Il cameriere si avvicinò. Mary Ann ordinò un'insalata e io chiesi le pappardelle alla bolognese.

Dissi: «Allora, come stava Connie?»

Mary Ann disse: «Ha bisogno di staccare un po'. Forse la porto a Marco Island per una giornata. Andremo in spiaggia o qualcosa del genere.»

«Andateci domani.»

«Sei sicuro? Non volevi iniziare a guardare le nuove piastrelle per la piscina?»

«Può aspettare. Tanto domani torno a Miami.»

«Di nuovo? Sei appena tornato da lì.»

«Credo di essere sulla pista giusta e sto lavorando con la dogana su una cosa.»

«La dogana? Sul contrabbando di droga?»

Abbassai la voce. «No, stiamo indagando su una parte dell'oro che entra nel paese.»

«Dal Perù?»

«Sì, ma da miniere illegali gestite dai cartelli.»

«Sarà meglio che tu non torni in Perù, Frank.»

———

Era giunto il momento di parlare con Paul Casella, il responsabile del caso Carioca. Secondo il fascicolo ufficiale, Casella era un investigatore esperto che aveva passato la maggior parte della sua carriera a occuparsi di casi di droga.

Chiamai il numero che Pembroke mi aveva fornito. Rispose una voce roca: «Casella.»

«Salve, signor Casella, mi chiamo Frank Luca. Sono in missione speciale per la DEA e il Dipartimento del Tesoro e volevo parlarLe di Anna Carioca.»

«Okay, signor Luca. Mi dica.»

«Quando l'ha interrogata, ha rivelato il nome di qualcuno più in alto nella catena di comando?»

Lo sentii tirare una boccata di sigaretta. «No, non lo fanno mai.»

«Beh, potrebbe farlo se facciamo pressione.»

«I corrieri preferiscono farsi cinque anni dietro le sbarre piuttosto che fare la spia sul cartello.»

«Capisco, ma l'accuseremo di due capi d'imputazione, ciascuno punibile con cinque anni.»

Casella disse: «Non so se basterà.»

«L'accuseremo anche di riciclaggio. Ha movimentato più di centomila dollari due volte in un anno, e questo comporta una pena di dieci anni di reclusione. Potrebbe rischiare vent'anni di prigione. Credo che la Carioca parlerà quando si troverà di fronte a quella che potrebbe essere una vita intera dietro le sbarre.»

«Normalmente questo basterebbe a chiudere la faccenda, ma i cartelli sono riusciti a spaventare a morte la gente.»

«Lo so: minacciano di uccidere le famiglie di chiunque li tradisca.»

«Esatto.»

«Mi faccia un favore, ci parli e mi faccia sapere.»

«Lo farò.»

«Cerco un nome o due, ma niente di basso livello. Non voglio il tizio con cui trattava Lei; voglio il Suo capo.»

«Le starò addosso e vedrò cosa mi dice, signor Luca. Ma non si faccia troppe illusioni.»

CAPITOLO QUARANTADUE

«JD?»

Lui sorrise. «Sono io». Ci stringemmo la mano e lui indicò l'auto col pollice. «Salta su».

«Grazie per essere venuto».

«Nessun problema. Se avessimo il personale, faremmo più ispezioni sul campo».

«Ogni quanto esci?»

«Una volta ogni due mesi. Sei di New York?»

«Sì. Pensavo di aver perso l'accento».

Fece una risatina. «Ripensaci. I miei si sono trasferiti qui quando avevo dieci anni, quindi io l'ho perso».

«Praticamente sei un nativo».

«Lo so. Non riesco a credere a quanto sia cresciuta la Florida del Sud. È incredibile».

«Già, la voce si è sparsa».

Lui annuì. «Allora, dimmi, cosa c'è dietro questo audit alla Noble Metals?»

Lo misi selettivamente al corrente.

Disse: «Sei stato in Perù?»

«Sì. È stato uno spettacolo impressionante. Tutta l'estrazione mineraria illegale ha distrutto un'area più di dieci volte più grande di Miami».

«Davvero?»

«Sì. La foresta pluviale sta subendo un impatto pesantissimo».

«Ho sempre voluto visitare l'Amazzonia. Hai visto il film *Anaconda*?»

«No. Di che parla?»

«Oh, devi vederlo. Un cacciatore pazzo prende in ostaggio una troupe cinematografica. Vuole catturare il serpente più grande del mondo».

Sembrava una stupidaggine hollywoodiana, e non avevo il minimo interesse a guardarlo.

Disse: «Eccoci arrivati».

Mentre svoltava in un passo carrabile, sprofondai nel sedile. Sebbene Barrio dovesse trovarsi in Sud America, non si poteva mai essere sicuri. Sottolineai: «Quell'ingresso è per gli uffici marketing e direzionali. Fai il giro dell'edificio, vedrai l'altra porta».

Un paio di furgoni blindati entrarono rombando nel parcheggio mentre JD mostrava il suo tesserino alla telecamera. Colsi un tanfo di diesel mentre la porta si apriva con un ronzio. Entrammo. JD annunciò: «Siamo della Dogana degli Stati Uniti».

L'addetta alla reception era agitata. «Uhm, un attimo. Chiamo il mio superiore».

«Gli dica che siamo qui per un audit dei vostri registri d'importazione».

Venne fuori una donna in tailleur pantalone scuro. «Buongiorno, signori. Sono Evelyn Rose, la direttrice dell'ufficio. Come posso aiutarvi?»

JD spiegò che dovevamo visionare sei mesi di registri relativi alle loro importazioni dal Perù. La signora ci fece accomodare in una piccola sala conferenze.

Trascorsero dieci minuti e la porta si aprì. Entrarono la direttrice e un giovane con una bracciata di cartellette. «Ecco la prima serie di fascicoli. C'è qualcosa di specifico che state cercando? Forse potremmo facilitarvi il compito».

JD rispose: «Va bene così, li esamineremo da soli».

Esaminammo quella serie e le altre che ci portarono. Da ciascun fascicolo estraemmo la fattura e il certificato d'origine e ne facemmo delle copie. La documentazione riguardava quattro fornitori: Pan American Silver, Internacional Gold, Precious Internacional e Casa de Gold.

Il più grande fornitore per quella serie di fascicoli era la Pan American Silver. JD separò i loro fascicoli e ne scelse cinque a caso. Chiese la documentazione che attestava il pagamento dell'oro grezzo descritto nei documenti di spedizione.

La direttrice tornò con le copie dei bonifici inviati dalla Noble Metals. JD le prese e disse: «In questi fascicoli mancano le copie del modulo FinCEN 105».

Il suo volto si rabbuiò alla menzione della dichiarazione antiriciclaggio. «Davvero? Non so dove li tengano».

«Le normative prevedono che vengano prodotti su richiesta, se non sono insieme ai documenti d'entrata».

«Verifico con l'ufficio spedizioni. Si occupano loro delle pratiche di sdoganamento».

«Grazie». Le porse il suo biglietto da visita. «Me li mandi. Non più tardi di domani».

«Lo faremo».

«Okay, questo è tutto. Abbiamo finito».

Una volta risaliti sul suo Bronco, dissi: «Cosa ne pensi?»

«A parte il FinCEN 105, la documentazione sembra in regola, ma i documenti falsi sono uno stratagemma comune per coprire le proprie tracce. Rintracceremo i bonifici, vedremo chi ha ricevuto i fondi e partiremo da lì».

«Posso chiedere al Dipartimento del Tesoro di rintracciare i bonifici».

«Fai pure».

«Controllerai i fascicoli che hanno inviato alla dogana per vedere se i documenti FinCEN erano con le pratiche di sdoganamento?»

«È tutto elettronico. Ormai richiediamo raramente i documenti cartacei per una spedizione».

«Quindi, non hanno mai presentato un FinCEN?»

«Probabilmente no. Sanno che le sanzioni per una dichiarazione mendace arrivano fino a una multa di mezzo milione di dollari e una condanna a dieci anni di prigione».

Appena salii sulla mia auto, fotografai i bonifici, assicurandomi che i dettagli e i dati della transazione fossero chiari. Li inviai a Bradley e lo chiamai per essere sicuro che avesse capito l'urgenza.

L'Alligator Alley era deserta e viaggiai a ottanta miglia all'ora. Sentivo che eravamo sull'orlo di una svolta.

———

Il sole stavaper spuntare dalle cime degli alberi mentre io e Mary Ann eravamo nel bel mezzo della nostra passeggiata mattutina. Il mio telefono squillò. Avevamo una regola non scritta: non toccare i telefoni mentre facevamo attività fisica.

Lo tirai fuori. Era Bradley. «Uhm, devo rispondere. Stiamo...»

Lei non fece una piega, dimostrando ancora una volta di essere la persona migliore. «Rispondi pure, Frank».

«Bradley, che succede?»

«Abbiamo rintracciato i bonifici, tutti e cinque».

«E?»

«Nessuno di loro è andato alla Pan American Silver».

Mi bloccai di colpo. «Chi ha preso i soldi?»

«Sono andati a tre diverse banche colombiane, ma il beneficiario era un'entità chiamata Pan Am Enterprises, non Pan American Silver, come diceva la documentazione».

«Gesù».

«E ora viene il bello. Ho fatto delle verifiche su di loro, ma non riesco a trovare nulla».

Mary Ann era un isolato più avanti.

«Questi bastardi si stanno prendendo gioco di noi».

«Cosa vuoi fare? Andare contro la Noble Metals?»

«Non ancora. Non possiamo allarmarli più di quanto non lo siano già».

«Questo significa che l'oro proviene probabilmente da miniere illegali».

«Sembrerebbe di sì. Mi chiedo quanti cartelli stiano riciclando denaro in questo modo».

«Hai messo insieme i pezzi, Frank. È stato un ottimo lavoro».

«Non significa ancora nulla, quindi non festeggiare».

«Ci arriveremo».

«Devo pensare alla nostra prossima mossa. Ti chiamo più tardi».

Mettendo il cellulare in tasca, corsi e raggiunsi Mary Ann.

«Hai salvato il mondo?»

«Andiamo, è importante».

«Sto solo scherzando, Frank. Cos'è successo?»

«Il cartello sta comprando l'oro grezzo che esce dalle miniere illegali e lo spedisce alla raffineria dove sono stato, a Miami».

«Sei andato in una raffineria?»

«Sono andato con la dogana a controllare le loro carte».

«Oh. Sono confusa su cosa stia succedendo».

«Potrei sbagliarmi su una o due cose, ma stanno comprando l'oro grezzo con i contanti della droga che vendono negli Stati Uniti. Poi vendono l'oro alla Noble Metals, che raffina l'oro, trasformandolo in lingotti, ed è pulito come uno specchio; non si può risalire alla sua provenienza».

«Oh mio Dio. In realtà è un modo piuttosto intelligente per riciclare denaro».

«Lo è, e vuoi sentire una cosa pazzesca?»

«Dimmi pure».

«Il governo degli Stati Uniti ne sta comprando un sacco».

«Cosa? Com'è possibile?»

«È vero. La Noble vende lingotti d'oro raffinato al governo, e parte dell'oro estratto illegalmente si trova a Fort Knox e nella Federal Reserve».

«A dir poco imbarazzante».

«Vero? Non solo proviene da miniere illegali che stanno distruggendo la foresta pluviale, ma aiuta anche a ripulire il denaro sporco che è servito a comprarlo».

«Certe cose non te le puoi inventare. È disgustoso, così corrotto».

«Capisci perché sto cercando di porre fine a questa merda? Sta rendendo i cartelli sempre più forti. Stanno comprando potere politico, proprio qui, negli Stati Uniti».

«Non sono sicura di quello».

«Invece è così. È difficile rinunciare al tipo di denaro di cui stiamo parlando. Sta corrompendo troppi funzionari delle forze dell'ordine, inclusa la DEA».

«Spero che tu non lo dica in giro. La gente penserà che sei pazzo».

«Pazzo? Allora dimmi come ha fatto il Pescatore a uscire dal paese? Non appena lo abbiamo messo nel mirino, è svanito nel nulla».

CAPITOLO QUARANTATRÉ

Appena Casella salutò, cominciò a tossire. Attesi, ma l'accesso di tosse continuò. Tra un colpo di tosse e l'altro, disse: «Io... io... La richiamo.»

Mentre mi chiedevo se i fumatori si rendessero conto che la tosse era un segnale, e pure brutto, il mio telefono si illuminò. Era lui.

«Salve, sta bene?»

«Sì, mi è andato qualcosa di traverso.»

La racconti come vuole, amico. «Oh. Che succede?»

«Beh, oggi ho avuto una conversazione interessante con Anna Carioca.»

«'Interessante' mi piace. È pronta a scambiare informazioni?»

«Uh, 'interessante' non era la parola migliore da usare. Non vuole rivelare i nomi dei suoi superiori.»

«Le ha detto che rischia un minimo di dieci anni, se è fortunata?»

«Certo. Sanno che se parlano sono spacciati.»

«È così sicura di sopravvivere a dieci anni di prigione?»

«La Carioca ha accennato al fatto che gli avvocati che

rappresentano le persone per cui lavorava le avrebbero ottenuto un accordo migliore.»

«È consapevole che questo caso coinvolge alcuni dei più alti funzionari del Dipartimento del Tesoro?»

«Non ho mai fatto nomi, ma le ho detto che il riciclaggio di denaro era una priorità del governo federale.»

«Vale la pena fare un altro tentativo con lei?»

«Onestamente, credo che stia sprecando il suo tempo. È terrorizzata.»

«Ha figli?»

«Nessuno di cui siamo a conoscenza.»

Mentre valutavo cosa fare, Casella disse: «Senta, ho passato tutta la mia carriera qui. Ho perseguito uno stadio pieno di persone di questo tipo. Dia retta a me, sta sprecando il suo tempo. Dovrebbe lasciar perdere.»

«Non so...»

«La Carioca andrà in prigione, per quanto tempo lo deciderà il giudice. Ma noi faremo pressione perché non le consentano di scontare le pene contemporaneamente.»

«Mi dia un giorno per pensarci su.»

CAPITOLO QUARANTAQUATTRO

Cliccai sul link che mi fornì e concessi al portatile il permesso di usare l'audio e la videocamera. Si aprì una finestra. Era l'inquadratura video di me stesso.

Il collo sembrava flaccido, facendomi apparire più vecchio di quanto volessi ammettere. Avevo letto che cambiare l'angolazione della videocamera poteva togliere diversi anni.

Mentre armeggiavo con l'inquadratura, si aprì un'altra finestra. Era Bradley. «Ehi, Frank. Vedo che ti sei collegato. Funziona tutto bene?»

Invece di chiedere se ci fosse un filtro per farmi sembrare più giovane, dissi: «Sì. Grazie».

«Bene. Casella dovrebbe collegarsi da un momento all'altro. Mi metto in muto e spengo la videocamera. Se hai bisogno di me, mandami un messaggio».

«Grazie ancora».

Risuonò un segnale acustico e il volto di Casella riempì un altro riquadro video. «Salve, Frank. Sono qui con Anna Carioca e il suo avvocato, Benito Juarez».

Ci scambiammo i saluti e l'avvocato di Carioca disse: «Ha richiesto lei la riunione, quindi a lei la parola, signor Luca».

Carioca appariva più minuta di quanto fosse nei video alla frontiera. Mentre si tormentava un'unghia, dissi: «Grazie per avermi ascoltato. Ora, le accuse contro la signora Carioca sono quanto di più grave ci possa essere. Siamo certi che otterremo una condanna per tutti e tre i capi d'imputazione».

L'avvocato disse: «Intendiamo opporre una strenua difesa e crediamo che almeno una delle accuse verrà a cadere prima dell'inizio del processo».

«È libero di contestare le accuse, ma siamo fiduciosi che reggeranno».

«Mi permetto di dissentire, ma riserverò le nostre argomentazioni per le istanze che sottoporremo al giudice».

«Signor Juarez, mi perdoni se sarò diretto, ma la spavalderia non aiuterà la signora Carioca. Abbiamo prove inconfutabili che la sua cliente è coinvolta in attività di riciclaggio, infrangendo diverse leggi. Ciò che aiuterà la signora Carioca è accettare di fornire informazioni su chi le ha ordinato di commettere i reati».

«Senza ammettere alcuna delle infrazioni, la signora Carioca non vuole collaborare con coloro che l'hanno messa qui».

«Avrà un minimo di dieci anni».

«Se, *se* verrà condannata».

«Signora Carioca, crede onestamente che sopravvivrebbe dieci anni in un carcere di massima sicurezza?»

Lei guardò il suo avvocato, sussurrando: «Credo di sì».

Dissi: «Signora, mi scusi, ma fisicamente parlando, Lei è un fuscello. Come si difenderebbe da alcune delle persone più violente del pianeta?»

«Presenteremmo un'istanza alla corte».

«Signor Juarez, le assicuro che i più alti livelli del governo degli Stati Uniti sono determinati a porre fine al sistema in cui era coinvolta la sua cliente. Faranno più pressione possibile per assicurarsi che sconti una pena severa».

Carioca si afflosciò sulla sedia.

Juarez le diede una pacca sul braccio e disse: «Ipoteticamente, se una persona in una situazione simile dovesse decidere di collaborare, cosa le offrireste?»

«Se fornisce informazioni concrete sui membri di alto livello del cartello per cui lavorava, la faremmo entrare nel programma federale di protezione dei testimoni. In questo modo, sarà al sicuro dalle persone su cui ci darà informazioni».

«Le accuse verrebbero fatte cadere?»

«Sì. A condizione che collabori pienamente».

«Qualcuno dovrebbe testimoniare?»

«È possibile, ma questo è da vedersi».

Juarez si chinò verso Carioca, sussurrandole all'orecchio. Carioca scosse la testa e rispose sussurrando.

Juarez si girò verso la videocamera. «Avremmo bisogno che la protezione fosse estesa a sua madre e sua sorella».

«Dove si trovano?»

Carioca disse: «Vivono in Texas».

«Forniteci i loro contatti. Se ci darete ciò di cui abbiamo bisogno, otterremo un ordine di protezione che coprirà tutte e tre».

«Mi permetta di conferire con la mia cliente».

«Certo».

Juarez disattivò l'audio della riunione video e si strinse a Carioca. Il linguaggio del corpo mi disse che stava per raggiungere un accordo. Il suo avvocato scosse la testa e le diede una pacca sulla spalla. Riattivò l'audio.

«D'accordo. Siamo disposti a collaborare se le accuse verranno fatte cadere e se verrà assicurata la custodia protettiva per la signora Carioca, sua madre e sua sorella».

«Ha la mia parola, avvocato, a patto che identifichi gli uomini che gestiscono le operazioni del cartello La Familia nello stato della Florida. Non vogliamo pesci piccoli. Ci serve un pezzo grosso che riporti direttamente ai leader del cartello messicano e abbia responsabilità nei loro confronti. Possiede queste informazioni?»

Carioca annuì.

«Bene. Ci dica chi sono e cosa fanno, e avremo un accordo».

Carioca cominciò a parlare. Ci fece due nomi: Javier White ed Ernesto Carmen. La interrogai sui rapporti e lei fornì quelle che parevano informazioni incriminanti.

Avevo abbastanza materiale su cui lavorare e conclusi la riunione su Google dicendo: «Grazie. Verificheremo le informazioni che ci avete fornito e ci faremo sentire. Nel frattempo, daremo istruzioni alle autorità carcerarie di tenere la signora Carioca separata e al sicuro dalla popolazione carceraria generale».

Chiusi la finestra di dialogo e chiamai Bradley.

«Wow, Frank. Ottimo lavoro. Sei stato duro al punto giusto ed è crollata».

«Vedremo se le informazioni che fornirà saranno valide».

«Non sapevo che avessi ottenuto il permesso di offrirle un accordo di immunità e protezione. Quello ha davvero chiuso la partita.»

«Beh, non ce l'ho ancora. Non volevo allargare il numero di persone al corrente di ciò che stavo facendo.»

«Probabilmente è una buona idea, ma pensi che lo otterrai?»

«Conosci il vecchio detto: "meglio chiedere perdono che permesso".»

«Già, e il punto è che abbiamo i nomi. Quindi, se non la fanno entrare nel programma di protezione dei testimoni, non importa.»

«A me importa. Ho dato la mia parola.»

«Oh, certo. Capisco, ovviamente.»

«Bene, ora ci servono più informazioni possibili su Javier White ed Ernesto Carmen.»

«Se sono così importanti come li ha fatti sembrare Carioca, la DEA saprà di loro.»

«Non possiamo coinvolgere la DEA.»

«Temi una fuga di notizie?»

«Sì. Non abbiamo abbastanza carte in mano da rischiare che questi due vengano avvisati.»

«Potrei controllare se abbiamo qualcosa su eventuali indagini interagenzia.»

«Fallo, ma assicurati di non lasciare tracce. Comportati come se gli unici di cui possiamo fidarci fossimo noi due.»

«Nessun problema. Cos'altro possiamo fare?»

«Ho un vecchio contatto che potrebbe essere in grado di aiutarci. Vedrò cosa dice.»

CAPITOLO QUARANTACINQUE

«Federal Bureau of Investigation. Come posso aiutarla?»

«L'agente speciale Haines, per favore.»

«Chi devo annunciare?»

«Frank Luca.»

Dopo una breve attesa, Haines rispose: «Frank, come diavolo stai?»

«Bene. E tu?»

«Il solito. Come sta Mary Ann?»

«Sta bene. È in buona salute ed è più impegnata di quando lavorava.»

«Fantastico. Allora, come ti va la pensione?»

«Non c'è male, ma mi sono annoiato un po', e forse avrai sentito degli omicidi legati alla droga che abbiamo avuto qui.»

«Sì, ho sentito che era La Familia.»

«Lo era. E sono stato in missione speciale per il Dipartimento del Tesoro.»

«Davvero? Sei tornato in azione?»

«È complicato, ma, e non lo dico alla leggera, l'assassino ha ricevuto una soffiata dalla DEA e io ero legato al ragazzo. Sentivo di dover fare qualcosa, capisci?»

«Assolutamente, capisco. A volte, prenderla sul personale è quello che ci vuole.»

Era difficile credere di aver giudicato male quell'uomo la prima volta che ci eravamo incontrati. Feci un risolino. «Beh, Mary Ann direbbe che sono ossessionato dall'idea di assicurare questi delinquenti alla giustizia. La verità è che ha ragione.»

«Come posso aiutarti?»

«Cerco informazioni su due uomini: Javier White e un certo Ernesto Carmen. Entrambi questi cretini lavorano per il cartello de La Familia.»

«Cosa hai scoperto finora?»

«Abbiamo in custodia una persona, una "mula" che sposta contanti per il cartello, e sta parlando. Metteremo lei e due familiari sotto protezione.»

«Cerchi una conferma di quello che ti sta dicendo?»

«Quello e qualsiasi altra cosa tu possa avere.»

«Lasciami fare delle verifiche e ti richiamo.»

«Dev'essere super discreto. Non posso permettere che questi tizi spariscano nel nulla.»

«I miei nulla osta sono appena un gradino sotto il massimo livello. Farò tutto da solo e includerò un mucchio di altre ricerche per far sembrare il tutto un'indagine ad ampio raggio, se qualcuno dovesse controllare.»

«Lo apprezzo davvero.»

«Nessun problema, Frank. Ho circa un'ora prima di una riunione. Vediamo cosa riesco a scovare.»

«Sono in debito con te.»

«Non ringraziarmi ancora.»

Riattaccando, pensai a quello che Haines aveva detto sul prenderla sul personale. Era vero, ed era una cosa che cercavo di evitare quando lavoravo agli omicidi. Bisognava concentrarsi solo sull'assassino.

Il problema con questo caso era che c'erano troppi cattivi. Non c'era dubbio che volessi prendere il Pescatore, ma non era solo. Qui c'erano spacciatori, riciclatori di denaro, minatori illegali che distruggevano la foresta pluviale e agenti delle forze dell'ordine e politici corrotti.

Invece di concentrarmi su una persona, stavo combattendo una bestia a più teste. Una cosa del genere richiedeva un esercito.

Nella mia vecchia vita, una volta che un assassino era dietro le sbarre, la giustizia era fatta. In questo caso, se fossi riuscito in qualche modo a incastrare il Pescatore e uno o due riciclatori, il cartello avrebbe continuato a operare. Dovevo ripensare a cosa fosse una vittoria, o quella storia mi avrebbe divorato vivo.

———

Appena rinnovato, il Turtle Club era strapieno. Un mio amico lavorava ancora al bar e si era assicurato che il nostro tavolo fosse sulla spiaggia.

Era impossibile non ricordare che era il posto dove avevo conosciuto una donna di nome Kayla. Era di Chicago e, all'epoca, io e Mary Ann eravamo solo colleghi.

Andammo subito d'accordo e pensai che Kayla fosse una persona speciale. Poi, al nostro primo appuntamento ufficiale, collassai nel bagno di La Playa. Era cancro alla vescica. Me ne fecero una nuova e guarii. Fu un incubo, ma portò me e Mary Ann a diventare una coppia.

Io e Mary Ann stavamo sfogliando il menù quando una donna si avvicinò al nostro tavolo. Mary Ann me la presentò. Loro due frequentavano dei corsi in una palestra.

Mentre chiacchieravano, il mio telefono vibrò. Era l'agente della dogana con cui ero andato alla Noble Metals. Dicendo a Mary Ann che andavo in bagno, uscii di corsa dalla terrazza e risposi mentre attraversavo la sala da pranzo.

«Ehi, JD, come stai?»

«Bene. Hai un minuto?»

Uscendo dall'ingresso del ristorante, dissi: «Certo. Che succede?»

«Abbiamo controllato i fornitori della Noble Metals e sembrano essere tutte società di comodo. Tutte e quattro sono state create a poche settimane dalle prime spedizioni a loro nome, e il proprietario di tutte risulta essere Rosario Castro.»

«Lo stesso tizio sta dietro a tutti i loro fornitori?»

«È quello che abbiamo scoperto. Scommetto che, se cerchiamo più a fondo, scopriremo che sono state create molte altre società per evitare di attirare l'attenzione.»

«Sappiamo qualcosa di questo tizio, Castro?»

«Non ancora. Faremo pressione sulla Noble Metals e vedremo cosa riusciamo a tirare fuori.»

«Aspetta un attimo prima di farlo, finché non avrò modo di vedere chi è Rosario Castro. Dev'essere un prestanome per qualcuno, e ho un'idea di chi ci sia dietro a tutto questo.»

«Ok, fammi sapere.»

«Ti faccio sapere.»

Interruppi la chiamata e ne feci un'altra al mio amico dell'FBI, Haines.

Rispose, dicendo: «Sai, Frank, la maggior parte della gente di New York City ha almeno un briciolo di pazienza.»

Facendo una risatina sprezzante, dissi: «No, questa è una cosa diversa, una novità.»

«Cosa c'è?»

«Ho un altro nome per te, Rosario Castro. Puoi indagare su di lui? Sta dietro a un paio di società di comodo che spediscono oro grezzo dal Perù a una raffineria di Miami.»

«È collegato agli altri due su cui mi hai chiesto di indagare?»

«Non direttamente, ma questo caso è un'idra.»

«Va bene. Non ho ancora finito, ma ho trovato un paio di

casi interessanti che coinvolgono gli uomini su cui mi hai chiesto di indagare.»

«Cosa hai trovato?»

«Ti richiamo quando ho finito.»

Di nuovo quella parola: interessante. L'ultima volta che l'avevo sentita, il mio morale era salito alle stelle per poi crollare quando Casella aveva detto che la Carioca non avrebbe collaborato. Ora Haines l'aveva tirata in ballo riferendosi agli uomini che la Carioca aveva identificato.

Non poteva essere altro che una buona notizia per il caso. O no? La Carioca aveva bisogno di un accordo, o sarebbe rimasta in carcere per un minimo di dieci anni. Non poteva mentire. Non aveva senso cercare di fregarci. Ma, d'altra parte, non era dietro le sbarre perché era intelligente.

La variabile impazzita era il cartello. I cimiteri erano pieni di prove della loro spietatezza nel cercare vendetta.

Invece di riporre il telefono, feci una chiamata.

«Papà?»

«Sì, tesoro.»

«Va tutto bene?»

«Sì, volevo solo salutarti.»

«Oh, sto lavorando.»

«Scusa, volevo solo sapere come stavi.»

«Tutto bene. Ti chiamo più tardi.»

Mi infilai in bagno prima di tornare sulla terrazza del Turtle Club. Mary Ann stava guardando il telefono. Sollevò la testa e la scosse.

Mentre tiravo fuori la sedia, disse: «Hai chiamato Jessica?»

«Sì, volevo solo sentirla.»

«Sai che sta lavorando.»

«Me n'ero dimenticato.»

Inarcò le sopracciglia. «Che succede, Frank?»

«Niente. Non posso chiamare mia figlia?»

«Ci ha detto, a entrambi, che il suo capo non vuole che riceva telefonate personali.»

Presi il menù. «Probabilmente prenderò il panino col pesce. Tu cosa prendi?»

CAPITOLO QUARANTASEI

Afferratolo insieme a un caffè freddo, li portai fuori nella lanai, dove Mary Ann stava leggendo, e mi accomodai su una chaise longue. Dieci minuti dopo, chiusi il libro di scatto. Voltavo le pagine, non leggevo.

Mary Ann disse: «Cosa c'è che non va? Pensavo che Churchill ti piacesse».

Posai il libro e presi il caffè freddo. «Infatti».

«Devi imparare a rilassarti. E il caffè non aiuta».

Una goccia di condensa cadde dal bicchiere sulla mia maglietta. «Sto bene, aspetto solo un'importante telefonata da Haines».

«E allora? Leggi o rilassati finché non chiama. Stare sulle spine non lo farà chiamare prima».

Il telefono vibrò. Glielo sventolai davanti. «Visto? Ha funzionato. Sta chiamando Haines».

Mi precipitai dentro e risposi. «Cosa hai scoperto?»

«Tu vai dritto al punto, eh?»

«Scusa, sono solo un po' in ansia per questa faccenda. Ho paura che questi bastardi mi facciano sparire».

«Ti sto solo prendendo in giro, Frank».

«Lo so, scusa, sono teso».

«Capisco, allora, ecco cosa ho tirato fuori dai fascicoli. Javier White non ha precedenti, ma dieci anni fa Ernesto Carmen è stato arrestato per possesso. Ha ricevuto una condanna con sospensione della pena».

«Sì, questo lo so già».

«Immaginavo. Okay, ci sono due indagini in corso, e White e Carmen sono menzionati in entrambe. Una è un'inchiesta dell'FBI sulla presenza di La Familia nel paese. L'agenzia stima che ci siano almeno tremila membri del cartello che operano negli Stati Uniti. Finora abbiamo identificato oltre duemilacinquecento membri. Una volta terminata, abbiamo in programma di lanciare delle contromisure».

«Perché aspettano di scoprire chi sono tutti quanti? Questa gente si sta radicando sempre di più nel paese ogni giorno che passa».

«Non le faccio io le regole, ma probabilmente vogliono stabilire quanto sia grande la minaccia prima di impiegare le risorse».

Rispettavo Haines, ma parlava come un politico. Era la stessa cosa che succedeva ogni volta che si metteva in discussione un'istituzione: facevano quadrato per proteggersi. Forse era scritto nel nostro DNA.

«Fantastico, i ragazzi muoiono mentre i burocrati fanno riunioni».

«Andiamo, Frank, sai bene che non è così. Questo problema della droga non è nato dall'oggi al domani, e ci vorrà molto tempo per mettere in ginocchio i cartelli».

«Più aspettiamo, più loro si radicano e diventano potenti sul nostro territorio. Se si rafforzano ancora, diventeremo un paese del terzo mondo dove la maggior parte dei politici e delle forze dell'ordine sono corrotti».

«Per quanto mi riguarda, questa è un'esagerazione assurda e un insulto agli uomini e alle donne con cui lavoro».

«Sono l'unico a pensare che questa cosa debba essere affrontata con urgenza?»

«Credimi, il traffico di narcotici è una priorità assoluta, specialmente perché minaccia la nostra sicurezza nazionale».

«Beh, allora perché nessuno si comporta come se lo fosse?»

«Frank, sto cercando di aiutarti, davvero, ma se attacchi l'agenzia mi rendi le cose difficili».

«Ho la massima stima di te e mi dispiace che tu ti sia offeso, ma è così che la vedo. Non sarei tornato in servizio se avessi creduto che ci fosse un sistema credibile per affrontare il problema della droga».

«Senti, per rispetto nei tuoi confronti e considerando che sono morti dei ragazzi che conoscevi, ti darò quello che ho su White e Carmen, ma finisce qui».

A denti stretti, dissi: «Cosa hai?»

«Javier White possiede un piccolo studio di contabilità a Punta Gorda, dove vive. È nato in Messico, ha sposato un'americana ed è diventato cittadino dieci anni fa. Crediamo che ricicli denaro per La Familia, usando un paio dei suoi clienti che hanno attività in contanti. Si ritiene che a fare da tramite sia stato suo fratello, Tonino, che è un membro del cartello La Familia e opera da Sonora».

Prendendo appunti più in fretta che potevo, chiesi: «Ha figli?»

«Tre figlie sotto i dieci anni».

«E Ernesto Carmen?»

«Gestisce il canale della cocaina dalle Caroline fino alla Florida. Risulta essere il proprietario di una ditta di autotrasporti chiamata Galactic Freight. Trasporta elettrodomestici per un sacco di rivenditori diversi».

«Comodo».

«Nessuno ha detto che questa gente sia stupida».

«Immagino che trasporti la droga nei suoi camion insieme alle consegne legittime».

«È quello che ci ha detto un informatore».

«Una copertura quasi perfetta. E la sua vita privata?»

«È sposato con cinque figli».

«Cinque?»

«Hai sentito bene. Carmen vive a Port Charlotte e la ditta di autotrasporti è a North Port. Ha anche un'amante che va a trovare almeno due volte a settimana. La donna, di nome Estelle Blicker, vive a South Venice».

«Non mi sorprende. A chi rispondono White e Carmen? A qualcuno negli Stati Uniti?»

«Non lo sappiamo per certo, ma sembra che chiunque sia, si trovi in Messico».

«Abbiamo messo sotto controllo le loro comunicazioni?»

«Sì, ma finora non hanno prodotto nulla. I membri di La Familia sono un gruppo diligente come pochi che abbiamo incontrato. Sono molto disciplinati».

Ciò combaciava con lo status quasi da setta di cui mi aveva parlato l'analista della DEA quando ero arrivato a Washington. Avevo costruito una carriera sulla consapevolezza che, prima o poi, tutti commettono un errore o prendono una scorciatoia. Che La Familia fosse una bestia completamente diversa?

«Nessuno è imbattibile».

«E Rosario Castro è un membro della Familia. È nato in Messico e si sposta in Sud America. Il suo ultimo indirizzo conosciuto era in Colombia. È un noto riciclatore di denaro».

«Ha senso».

«Questo è tutto quello che ho».

«Okay, grazie, lo apprezzo».

«Nessun problema. Senti, Frank, sei un ottimo poliziotto, ma dovrai tenere a bada le emozioni se vuoi fare la differenza».

Mugugnai un ringraziamento, riattaccai e uscii dallo studio. Mentre aprivo il frigo per prendere una bottiglia d'acqua, Mary Ann entrò dalla lanai.

«Con chi stavi litigando?»

«Non era un litigio».

«Non raccontarmela. Sono entrata per usare il bagno e stavi urlando».

«Non stavo urlando, ero solo un po' agitato».

«Ti verrà un infarto o qualcosa del genere se continui così».

«Sto bene».

«Mi dici sempre di stare attenta allo stress. Sai, vale anche per te».

«Stai tranquilla, Mary Ann. Era solo una telefonata che si è un po' scaldata».

Scosse la testa e si diresse verso la camera da letto padronale.

Dissi: «Vado a fare una passeggiata».

Mentre mi infilavo le scarpe da ginnastica, cercai di concentrarmi su ciò che Haines aveva scoperto su White e Carmen. Quello che aveva detto Carioca sembrava essere vero. Quale sarebbe stata la mia prossima mossa?

CAPITOLO QUARANTASETTE

L'altra opzione era aspettare e tenerli d'occhio. L'FBI e la DEA parevano avere un'operazione in corso incentrata su La Familia, ma unirmi a loro era qualcosa che non avrei preso in considerazione. Giravano semplicemente troppi soldi per essere sicuri che nessuno passasse informazioni ai cattivi.

Avviare un'indagine separata avrebbe incontrato resistenza, ma Pembroke promise che mi avrebbe appoggiato in qualunque cosa avessi proposto. Non potevo fare una cosa del genere da solo. Mi servivano rinforzi. Persone di cui potessi fidarmi. Bradley era uno di questi. Derrick si sarebbe unito all'impresa?

Mentre pensavo al mio ex collega, il telefono vibrò. Mi aspettavo quasi che fosse Derrick. Era Paul Casella, l'investigatore capo del caso Carioca.

«Ehi, Paul, come sta?»

«Non bene.»

Le mie spalle si irrigidirono. «Che succede?»

«Hanno rapito la sorella di Carioca.»

«Cosa? Chi?»

«Dobbiamo presumere che sia stata La Familia.»

«Maledizione! Quando è successo?»

«La notte scorsa.»

Dissi: «Le stanno facendo pressione per impedirle di testimoniare».

«Non c'è dubbio. Il suo avvocato, Juarez, mi ha lasciato un messaggio pochi minuti fa.»

«Si tirerà indietro.»

«La stanno avvertendo; se collabora, probabilmente sua sorella e sua madre verranno uccise.»

«Avremmo dovuto metterle sotto protezione fin dal primo giorno.»

Casella disse: «Non avevamo motivo di farlo. Carioca ci aveva detto che avrebbe scontato la pena».

«Non appena aveva accettato durante la videochiamata, avremmo dovuto prelevare la sua famiglia.»

«Sarebbe stato molto insolito. E non ne avevamo l'autorizzazione.»

«Il cartello è arrivato a lei.»

«Come? Nessuno sapeva dell'offerta a parte noi.»

«È stato Juarez. O ha passato lui l'informazione, o La Familia è arrivata anche a lui.»

«Crede?»

«Deve essere così.»

«Frank, vuole che parli con Juarez?»

«Cosa crede che dirà? Mi lasci riflettere. Facevo affidamento sulla testimonianza di Carioca.»

«Devo ammettere che mi ha sorpreso che abbia accettato di parlare, in primo luogo. I cartelli hanno praticamente messo a tacere tutti.»

«Beh, spero si renda conto che si farà un bel po' di galera.»

«Aspetterò a formalizzare le accuse. Mi faccia sapere cosa vuole fare con Juarez, se vuole fare qualcosa.»

Riattaccai e sbattei un pugno sulla scrivania. C'era odore di sconfitta nell'aria.

Il mio piano stava andando a rotoli. Il cartello aveva rapito la sorella di Carioca. Rapire la gente per strada in Messico era una tattica che i criminali usavano con fin troppa frequenza.

Solo che questo rapimento non era avvenuto in Messico, ma in Texas. Se mai ci fossero stati dubbi sui limiti di ciò che il cartello era disposto a fare per proteggersi, erano svaniti.

Afferrai il telefono e feci una chiamata. «Jessie, sono papà.»

«Ciao, papà. Come stai?»

«Bene. E tu? Cosa stai facendo?»

«Sono appena uscita dalla palestra. Ho seguito due corsi con i pesi. Sono stati tosti, ma mi ha fatto bene allenarmi.»

«Sembra divertente.»

«Lo è stato.»

«Dove vai adesso?»

«Sto andando alla macchina. Vado a casa a farmi una doccia.»

«Stai attenta.»

«Uh, aspetta un attimo, papà. Ehi, che stai facendo? No! Fermi! Non...»

Scattai in piedi. «Jessie! Che sta succedendo?»

La linea cadde.

Corsi fuori dallo studio. «Mary Ann! Mary Ann!»

«Che succede?»

«È successo qualcosa a Jessie!»

«Cosa?»

«Le stavo parlando e credo che qualcuno l'abbia rapita o qualcosa del genere.»

«Rapita? Chi? Perché dici così?»

«Ero al telefono con lei e... Dobbiamo chiamare il 911 e denunciare la cosa.»

«Dimmi cos'è successo!»

Il mio cellulare vibrò. Era il numero di Jessie. «Pronto?»

«Scusa, papà. Stavano per portarmi via la macchina e sono arrivata un attimo prima che la agganciassero.»

«Oh, grazie a Dio stai bene.»

«Certo che sto bene. Perché sei così preoccupato?»

Non potevo dirle che il cartello era una possibile minaccia. «Stavi urlando, e poi è caduta la linea, e sai...»

«Non dovresti preoccuparti tanto, papà. So badare a me stessa.»

Non volli dirle quello che dice ogni genitore: aspetta di avere figli tuoi. «Lo so, è solo che... comunque, lascia perdere. La macchina è a posto?»

«Sì. Erano a due secondi dall'agganciarla.»

«Per un pelo. Devi fare attenzione a dove parcheggi.»

«Non c'era nessun cartello che lo vietasse.»

«Avresti vinto in tribunale, ma ci sarebbe voluto tempo.»

«Sto per tornare a casa, vi chiamo più tardi.»

«Okay, guida con prudenza.»

Mary Ann sfoggiava un sorriso da vincitrice alla lotteria.

Feci spallucce. «Credo di essermi fatto prendere un po' dal panico.»

Lei ridacchiò. «Un po'?»

«Come se a te non fosse mai capitato di reagire in modo esagerato.»

Mi diede un bacetto sulla guancia. «Sto solo scherzando.»

Le cinsi la vita con un braccio. «Ti va di scherzare sul serio?»

Sorrise. «Vedremo. Ora devo passare da Connie.»

«Non può aspettare?»

Si allontanò da me. «Non si dice che l'attesa sia il miglior preliminare?»

«Mi stai uccidendo.»

Prese la borsetta e si diresse verso la porta. «Ci vediamo tra un'ora o due.»

«Non so se riesco ad aspettare così tanto. Potrei venire da Connie e trascinarti a casa.»

Lei ancheggiò e uscì.

Tornai nello studio, sapendo di avere qualcosa da attendere con ansia. Mi sedetti in poltrona e chiusi gli occhi. Carioca ci aveva piantati in asso. Cosa si poteva fare senza il suo supporto?

Le idee affioravano e io le scacciavo. Usare il subconscio era qualcosa che stavo imparando a fare. A volte, cercavo di non risolvere attivamente un problema, ma di osservare le possibili soluzioni. Una cosa del genere non sarebbe passata all'accademia, ma ogni tanto funzionava.

Mi balenò l'idea di far cadere le accuse contro Carioca. Avremmo potuto seguirla. No, non c'era alcun vantaggio. Il cartello si sarebbe chiesto cosa stava succedendo.

Carioca non ci aveva dato quello che volevamo, ma ci aveva parlato di Javier White ed Ernesto Carmen. Il mio piano più grande per arrivare al Pescatore dipendeva da Carmen. E White poteva darci informazioni sul riciclaggio. Ma senza Carioca, come potevo prenderli?

Una volta che il cartello avesse saputo che Carioca non era più una minaccia, avrebbe rilasciato sua sorella. E se avessimo aspettato una settimana dopo il suo rilascio prima di prendere in custodia Carioca e la sua famiglia? A quel punto Carioca avrebbe collaborato?

Mentre un'idea prendeva forma, i miei occhi si spalancarono. Era audace e pericolosa. Persone innocenti avrebbero potuto essere uccise. Era un piano complicato, ma avrebbe potuto funzionare.

CAPITOLO QUARANTOTTO

Non era ancora chiaro perché Pembroke avesse reagito in quel modo nell'hotel Fontainebleau quando gli dissi che Rico, l'agente della CIA, era corrotto. Mancanza di fegato nell'andare allo scontro frontale con la CIA, genuina delusione nei confronti dell'agenzia o qualcosa di più sinistro? Mantenere l'operazione segreta sarebbe stata una sfida anche per qualcuno ai vertici della struttura di comando.

Fino all'incidente di Rico, si era mostrato il più accomodante possibile. Era grazie a Pembroke se avevo una possibilità di prendere il Pescatore e di assestare un colpo al riciclaggio di denaro del cartello.

L'altra opzione era dura da mandar giù: chiedere aiuto a Haines. Ingoiare una bella dose di umiliazione per ciò che gli avevo detto sarebbe stato doloroso. Il rovescio della medaglia era che Haines si sarebbe fatto in quattro per assicurarsi che non ci fossero fughe di notizie, per dimostrarmi che mi sbagliavo.

Invece di chiamare l'ufficio dell'FBI, composi il numero di cellulare di Haines. «Frank? È tutto a posto?»

«Sì. Chiamo per una cosa delicata e ho pensato che il tuo cellulare fosse l'opzione migliore.»

«Frank, l'FBI ha i suoi problemi, come ogni organizzazione, ma la corruzione non è così diffusa.»

«Lo so e, prima di tutto, volevo dirti che mi dispiace per quello che ho detto. Sono stato fuori luogo e, ehm, ho lasciato che la frustrazione parlasse per me.»

«Scuse accettate. Ora, dimmi cosa sta succedendo.»

«Ho bisogno del tuo aiuto. Mi rendo conto che è chiedere molto, ma mi servono quattro squadre, con veicoli, e dobbiamo muoverci in fretta.»

«Qual è l'operazione?»

Gli esposi il piano che avevo architettato e Haines aderì immediatamente.

Dopo averlo ringraziato, riattaccai e feci una chiamata a Casella.

Il responsabile del caso Carioca rispose al primo squillo. «Paul Casella.»

«Ciao, Paul, sono Frank Luca.»

«Ciao. Che c'è?»

«Voglio parlare con l'avvocato della Carioca, Juarez.»

«Non credo che farai cambiare idea a nessuno.»

«Voglio solo parlargli.»

«Vuoi che organizzi una chiamata su Zoom?»

«Sì, per favore. Voglio che il fulcro della chiamata sia tentare di convincerlo a influenzare la Carioca affinché collabori.»

«Stai sprecando il tuo tempo, amico mio.»

«Forse, ma lo devo ai ragazzi che hanno perso la vita: fare un altro tentativo.»

Casella sembrava un uomo tutto d'un pezzo, ma non c'era motivo di correre più rischi del necessario.

«Credo che tu stia sprecando il tuo tempo, ma va bene, ci proveremo.»

«Grazie. Devo fare rapporto sulla nostra situazione, quindi puoi organizzarla il prima possibile?»

«Certo. Se Juarez è disponibile, la facciamo tra un'oretta o giù di lì. Ti faccio sapere.»

«Sarebbe perfetto.»

La riunione su Zoom fu fissata per le quattro del pomeriggio, ora mia. Non ero superstizioso, ma l'orario era un buon presagio.

Mary Ann era in veranda. Misi la testa fuori dalla porta scorrevole a vetri. «Devo essere di ritorno per una chiamata alle quattro. Che ne dici se andiamo a pranzo fuori, al Nosh on the Bay?»

«A pranzo?»

«Perché no? È una giornata bellissima e possiamo sederci fuori.»

Si guardò l'orologio. «Ok. Dammi venti minuti. Voglio fare una doccia al volo.»

«Fai con comodo.»

Rientrò in casa proprio mentre il mio telefono emetteva un suono. Era un messaggio di Haines: *È tutto pronto. Abbiamo quattro squadre pronte a partire.*

Gli dissi che lo avrei chiamato verso le cinque.

Parcheggiai sotto il Naples Bay Resort e sbucammo vicino al porto turistico.

Mary Ann disse: «Mi piace come sta il bianco.»

«Non so, quando gli edifici erano di colori diversi, sembrava di essere a Portofino o qualcosa del genere, come se fossimo in vacanza.»

«Che ne sai tu? Non sei mai stato sulla Riviera Ligure.»

«Beh, che ne dici se ci andiamo? Sei stata così buona con me, con questo caso e tutto il resto.»

«Devi andare da qualche parte?»

«Forse, ma non è per questo che lo dico.»

Lei alzò gli occhi al cielo. «Posso sopportare un sacco di cose, se poi vuoi farti perdonare con dei viaggi.»

Indicai un grosso yacht. «Purché tu non ne voglia uno di quelli.»

«Neanche per idea. Ma quando saremo a Portofino, potremo fare una crociera di un giorno su uno di quelli.»

«Affare fatto.»

Ci fecero accomodare a un tavolo all'aperto. Mary Ann disse: «È carino qui. Dovremmo fare cose del genere più spesso.»

Aveva ragione. Ma non prima che questo caso fosse chiuso. «Portofino e pranzi eleganti, stai diventando una donna dalle grandi pretese.»

«Mai. È una delle cose di cui vado fiera. Abbiamo avuto la fortuna di avere più soldi di quanti avremmo mai pensato, ma non abbiamo davvero cambiato il nostro stile di vita.»

«Non c'è motivo di farlo. Voglio dire, cosa c'è di meglio di una scarola e fagioli per cena?»

Dividere quattro piattini fu il pranzo perfetto. Erano deliziosi, tanto da farmi desiderare di averne di più. Ma il tempo stringeva.

Mentre tornavamo alla macchina, Mary Ann mi prese la mano. La mia mente era alla chiamata con Juarez, ma le lanciai qualche allusione per ricordarle che erano passati troppi giorni dall'ultima volta che eravamo stati intimi.

Quando tornammo a casa, mi ritirai nello studio e chiamai Bradley. Girando intorno alla mia scrivania, gli esposi il mio piano.

Disse: «Wow. Sembra fantastico.»

«Avrò bisogno che Lei faccia una delle sue magie. Voglio vedere cosa succede in tempo reale.»

«Metterò le risorse in posizione e Le fornirò i link.»

«Grazie. Ehi, mi dispiace che sia tutto così all'ultimo minuto, ma io...»

«Capisco, voleva mantenere una cerchia ristretta.»

«Le cose si stanno evolvendo rapidamente. Ora devo collegarmi per la chiamata con Juarez.»

Mi sporsi in avanti e cliccai per partecipare alla chiamata su Zoom. Paul Casella stava parlando con Juarez. Disse: «Bene, Frank si è unito alla chiamata.»

«Salve, signori. Prima di iniziare, volevo solo ringraziarLa, signor Juarez, per aver accettato di parlare con così poco preavviso.»

«Nessun problema. Sono curioso di sapere perché ha richiesto questa riunione.»

«A essere onesto, volevo vedere se potesse convincere la signora Carioca a riconsiderare il suo rifiuto di onorare l'accordo di patteggiamento.»

«Le ho parlato a lungo ed è ferma sulla sua posizione.»

«E questo perché sua sorella è stata rapita?»

«È preoccupata per le ripercussioni di qualsiasi testimonianza che dovrebbe dare sulle attività di Javier White ed Ernesto Carmen.»

«C'è stato uno sviluppo che relegherebbe la signora Carioca a un ruolo di supporto.»

«Che sviluppo?»

«Sia il signor Carmen che il signor White stanno collaborando con un'indagine congiunta della DEA e dell'FBI.»

Juarez esitò prima di dire: «Mi definisca il termine 'collaborazione'.»

«Stanno parlando, fornendo dettagli sulle attività del cartello La Familia. La funzione della sua cliente sarebbe di collaborazione, per supportare la loro testimonianza.»

Juarez socchiuse gli occhi. «Se è sicuro che non sarebbe lei a fornire le prove fondamentali, posso parlarle di nuovo.»

«Ne sono certo. Ho avuto modo di vedere le trascrizioni

delle conversazioni che i nostri uomini hanno avuto con il signor Carmen e il signor White. Sono prove potenti e dettagliate.»

«Va bene, le parlerò.»

«Non aspetti troppo. Le cose si stanno muovendo molto velocemente in questo caso. Non vorrei che perdesse l'opportunità.»

«la andrò a trovare domani mattina.»

«Va bene. Mi faccia sapere. Buona giornata, signori.»

Lasciai la videoconferenza e afferrai il telefono. Prima che potessi finire di comporre il numero, mi chiamò Casella. Rifiutai la chiamata, scrivendogli in un messaggio che gli avrei parlato più tardi. Lui rispose: *Che diavolo sta succedendo?*

Haines rispose al primo squillo. Dissi: «È tutto pronto. Fai muovere i tuoi uomini.»

«Sarà fatto.»

«Di' loro che sto arrivando.»

CAPITOLO QUARANTANOVE

Parcheggiato nel retro del parcheggio di un Walmart, vidi due furgoni blu scuro entrare. Saltai giù dalla macchina. I portelloni posteriori del secondo veicolo si aprirono. Mi arrampicai dentro e partimmo di scatto.

Un uomo con le cuffie calate sul collo mi tese la mano. «Tom Mortar.» Ci stringemmo la mano e lui mi presentò una donna seduta a una console. «Questa è l'agente speciale Dorothy Main.» Indicò il posto di guida. «E Vic Belair è al volante.»

Dissi: «È un piacere essere con voi. Questa è una missione importante e vi ringrazio di avermi permesso di aggregarmi.»

«Piacere nostro.» Indicò un posto su una panca che correva lungo la fiancata del furgone. «Quelle cuffie sono per lei.»

Mi sedetti e afferrai le cuffie appese a un gancio. «Qual è l'orario di arrivo previsto?»

«Sette minuti.»

Pochi minuti dopo il furgone rallentò e svoltò in una strada residenziale. Mortar disse: «Okay, ci stiamo avvicinando all'obiettivo.»

Il buio calava rapidamente e i lampioni nel quartiere di

Candler Park, dove abitava Carmen, erano già accesi. La strada era silenziosa e non c'era nessuno fuori dalle case vicine.

Il furgone di testa si fermò davanti a casa di Carmen. Noi ci arrestammo a un vialetto di distanza. Guardando attraverso il parabrezza, vidi due agenti balzare fuori dal veicolo di testa.

Con la scritta FBI che campeggiava sul retro delle loro giacche a vento, si avvicinarono alla porta d'ingresso. Mi sporsi in avanti.

Una lingua di luce gialla delineò le sagome degli agenti quando la porta si aprì, ma loro coprirono la visuale di chiunque avesse risposto al campanello. L'agente a sinistra si chinò. Doveva essere uno dei cinque figli di Carmen.

Un minuto dopo, una donna si affacciò alla porta. Mortar disse: «Abbiamo la conferma che è la moglie di Carmen. Stanno entrando.»

Gli agenti entrarono in casa e la porta si richiuse. Espirai e chiesi a Mortar: «Cosa dice? Collabora?»

Lui si tolse la cuffia da un orecchio. «Le hanno detto che lei e i bambini sono in pericolo e devono andarsene subito. Voleva chiamare suo marito, ma l'hanno convinta che il cartello stava monitorando le loro telefonate.»

«Quindi, hanno accettato?»

Lui alzò un dito in aria e annuì. «Sta organizzando i bambini per andarsene.»

Cinque lunghi minuti dopo la porta si aprì. Un agente faceva da apripista. La signora Carmen teneva per mano due dei suoi figli e gli altri tre la seguivano in fila come anatroccoli.

I portelloni posteriori del furgone di testa si aprirono. Gli agenti aiutarono la famiglia di Carmen a salire.

Mortar fece un pollice in su e disse nelle cuffie: «La spesa è a bordo.»

Strinsi un pugno. «Ottimo lavoro! Quanto ci vorrà prima che arrivino alla casa sicura?»

«Venticinque minuti circa.»

«Perfetto. Adesso aspettiamo la seconda parte.»

«Ci metteremo in posizione mentre li portano via.»

Il mio cellulare vibrò. Era Haines.

«Aspetti, potrebbe essere importante.»

Risposi al telefono e Haines disse: «Carmen ha appena finito di parlare con Charro Esperanza, che sappiamo essere un sicario del cartello La Familia.»

«Ci siamo. Cosa gli ha detto?»

«Gli ha detto che è stata convocata una riunione e che si aspettavano la presenza di Carmen.»

Juarez, l'avvocato di Carioca, aveva riferito al cartello quello che avevo detto sulla collaborazione di Carmen e White. «Carmen ha detto che ci sarebbe andato?»

«Sì.»

«Com'è sembrata la conversazione? Normale?»

«Sì, molto pacata. Esperanza non è uno stupido.»

«Dove si incontrano?»

«Al Boulevard Industrial Park di Opa-locka.»

«Probabilmente hanno intenzione di torturarlo.»

Haines disse: «O quello, o ucciderlo sul colpo. Ho cercato il posto su Google e, se esiste un luogo perfetto per un omicidio, è proprio questo.»

«A che ora si incontrano?»

«Alle dieci di stasera.»

«Okay. Mi faccia sapere cosa succede con White.»

Parcheggiammo il furgone dall'altra parte della strada rispetto al parcheggio della Galactic Freight. Dei camion erano accostati in retromarcia a sei delle dieci baie di carico. Svolgeva un volume decente di affari legittimi per coprire il traffico di droga in cui Carmen era coinvolto.

Mortar disse: «Non possiamo correre rischi, dobbiamo indossare i giubbotti antiproiettile.»

Ne presi uno da un gancio e mi allacciai il giubbotto. Presi un binocolo e misi a fuoco un Escalade bianco parcheggiato vicino agli uffici della compagnia di trasporti. Il numero di targa confermò che era il veicolo di Ernesto Carmen.

Un SMS trillò. Era un video. Lo guardai. Con la coda dell'occhio vidi un autoarticolato uscire in retromarcia da una baia. Si diresse verso l'uscita.

Dissi: «Quel camion sta trasportando uno di quei container che vanno sulle navi.»

Mortar guardò e disse: «Sì, quella è la MSC, Mediterranean Shipping Company.»

«Oh, pensavo potesse provenire dal Sud America.»

«È una compagnia globale. Ha anche navi da crociera.»

«Come fa a sapere così tanto su di essa?»

«Abbiamo fatto una crociera un paio d'anni fa su una delle sue navi e mi sono informato.»

«Fa servizio per il Sud America?»

«Sì. Questo me lo ricordo. Perché me lo chiede?»

«Spero che il cartello non stia diventando troppo audace. Potrebbe spostare grandi quantità di droga negli Stati Uniti con uno di quelli.»

«La dogana li beccherebbe.»

«Non ne sia così sicuro. Controllano solo l'uno per cento circa del carico in arrivo.»

«Pensavo fosse intorno al venti per cento.»

«No. Aspetti, quello sembra Carmen che esce dalla porta.»

Mortar usò il suo binocolo. «È lui. Sta salendo in macchina.»

Dissi: «Okay, è ora dello show. Dobbiamo stare attenti. Partiamo dal presupposto che Carmen sia armato e pesantemente.»

I fanali posteriori della macchina di Carmen si accesero. Fece retromarcia uscendo dal parcheggio.

Mortar disse: «Okay, si entra in gioco.»

CAPITOLO CINQUANTA

Rallentammo mentre ci avvicinavamo al semaforo all'angolo. Carmen suonò il clacson quando il giallo diventò rosso. Ci fermammo.

Il mio battito cardiaco accelerò. Guardai Mortar e chiesi: «Pronto?»

Lui annuì. «Facciamolo».

Mortar aprì i portelloni posteriori e scendemmo. Carmen era a testa bassa, intento a guardare il telefono. Ci avvicinammo, mostrando i nostri distintivi, proprio mentre lui alzava la testa.

«Apra la portiera e metta le mani sul volante!»

Lui obbedì.

«Scenda!»

«Non ho fatto niente».

«Scenda!»

Mise le gambe fuori dall'auto e si alzò.

«Dov'è il suo telefono?»

Fece un cenno col mento verso l'auto.

«Si giri».

Lo perquisii. «Non ha niente addosso».

Mortar gli posò una mano sulla spalla. «Venga con noi».

«Non posso lasciare la mia auto in mezzo alla strada».

«Ce ne occuperemo noi».

«Ma è ancora accesa».

Dissi: «Salga sul furgone».

Socchiuse gli occhi.

«Se vuole rivedere la sua famiglia, salga sul furgone. Adesso!»

«Non osare minacciarmi, amico».

«Non è una minaccia, è la sua nuova realtà. Ora, salga sul furgone».

Con le narici dilatate, Carmen si trascinò fino al furgone. Salimmo e lui disse: «Dove stiamo andando?»

Dissi: «Questo dipende da lei».

«Cosa volete?»

«Guardi questo». Gli mostrai il telefono e avviai il video.

Sgranò gli occhi. «Dove cazzo sono?»

«Sono in un posto sicuro».

«Avete rapito la mia famiglia?»

«No, li abbiamo tratti in salvo».

Fece un respiro profondo ma non disse nulla.

«Sappiamo che La Familia sta venendo a prendere lei e la sua famiglia».

«Questa è una stronzata».

«Ah sì? La riunione di stasera? Se ci va, la massacreranno».

«Non so di cosa sta parlando».

«Il cartello crede che li abbia traditi. Ha due possibilità. Può tornare nella sua auto e a casa sua, che è vuota. Se insiste, riporteremo indietro la sua famiglia, ma sarete tutti morti entro un giorno».

Lui chiuse gli occhi. «Oppure?»

«Può aiutarci».

«Non sono un infame».

«Quello che conta è che il cartello pensa che lo sia».

«Come diavolo possono crederlo?»

«Ciò che conta è che lo credono. Se vuole rischiare, è libero di andarsene e vedere se riesce a convincerli».

«State bluffando».

«Senta, tre diverse agenzie stanno monitorando La Familia. Abbiamo diverse intercettazioni attive e abbiamo sentito parlare di una fuga di notizie. Poi li abbiamo sentiti dire che l'avrebbero messo a tacere. Sono stati menzionati il suo nome e altri due. Quando abbiamo sentito la chiamata che ha ricevuto da Esperanza, siamo entrati in azione per salvare la sua famiglia».

Scosse la testa. «No, no. È una follia. Non ho tradito nessuno».

«Come ho detto, non ha importanza, ma se vuole correre il rischio, faccia pure. Ci faccia solo sapere cosa vuole che facciamo con la sua famiglia».

«Voglio parlare con mia moglie».

«Non le permetterò di parlare con sua moglie, ma posso fare una videochiamata in diretta per dimostrarle che sta bene».

«Perché non posso parlare con mia moglie?»

«Perché non è lei al comando, ma noi. Se vuole vederli, faccio una chiamata».

Lui annuì.

Mandai un messaggio e tolsi la suoneria al telefono. Il cellulare vibrò. Tesi lo schermo in modo che Carmen potesse vederlo. Il figlio più piccolo era seduto in grembo a sua moglie e gli altri quattro bambini guardavano la TV.

Terminai la videochiamata e dissi: «Allora, ha intenzione di cooperare?»

«Voglio un avvocato».

«Se insiste, la nostra offerta di custodia protettiva per lei e la sua famiglia svanirà» – schioccai le dita – «in un attimo».

«Non potete farlo. Ho i miei diritti».

«Mi dispiace, ma non ha diritto alla custodia protettiva. Tutto quello che stiamo dicendo è che, se collabora, lei e la sua famiglia entrerete nel programma di protezione testimoni».

«È una stronzata. Voi mi state fregando. Voi sbirri siete tutti uguali».

«Dovrebbe ringraziarci per aver salvato la sua famiglia. Se non stessimo conducendo una sorveglianza, lei e i suoi figli sareste...»

«Mi serve tempo per pensarci».

«Non ha tempo; il cartello sta venendo a prenderla».

Si prese la testa tra le mani. «Non capisco, amico. È un casino. Non ho fatto niente».

«Quello che ha fatto è stato distribuire droga. Lo sappiamo noi e lo sa anche lei. La distribuzione, su questa scala, le costerà decenni dietro le sbarre, e io darò la caccia a ogni singolo suo bene: la casa in cui vive la sua famiglia, le sue auto, la sua banca...»

«Okay, okay! Lo farò, ma dovete garantirmi che i miei figli saranno al sicuro».

«Lei ci dice tutto quello che sa, e lei e la sua famiglia avrete nuove identità e sarete trasferiti in un luogo sicuro».

―――――

Portammo Ernesto Carmen in una casa sicura. Era vicino allo stadio dove giocavano i Dolphins. Lo avrebbero trasferito la mattina dopo, ma mi serviva qualcosa da lui prima che venisse interrogato dalla DEA e dall'FBI.

Dopo aver mangiato delle pizze, i tre agenti cominciarono a giocare a carte. Feci cenno a Carmen di seguirmi nella camera da letto sul retro.

Chiusi la porta alle mie spalle e dissi: «Si sieda».

Carmen si sedette sul letto. «E adesso? Cosa vuole?»

«Cerco un'informazione specifica e, se me la dà ora, le assicuro che potrà parlare con sua moglie».

«Davvero?»

«Sì, ma solo per cinque minuti».

«E i miei figli? Devono essere spaventati».

«Se mi aiuta, le lascerò salutarli velocemente».

«Ho bisogno di vederli e dire loro che andrà tutto bene. Non voglio che abbiano paura».

«Questo dipenderà da lei. E comincerà col dirmi chi gestisce la rete di spaccio nel sud-ovest della Florida per La Familia».

«Ci sono un sacco di persone coinvolte».

«Chi sono i pezzi grossi?»

Lui chinò la testa.

Gli strinsi la spalla. «Andrà tutto meglio per lei se parla. Uscirà da questo giro e le verrà data una nuova possibilità nella vita con la sua famiglia».

Aggrottò la fronte.

«Chi gestisce il sud-ovest della Florida per loro?»

«Farro Acuna; lo chiamano Cherdo».

Cherdo voleva dire maiale in spagnolo, ma il nome non mi diceva niente. «Dove opera?»

«A Fort Myers».

«Dove, di preciso?»

«C'è un autolavaggio proprio vicino a un Sam's Club. Credo si chiami Crystal Clear».

Una processione di auto forniva una comoda copertura per lo scambio di droga.

«È da lì che Acuna distribuisce?»

«Sì, c'è un edificio dove fanno cose come il lavaggio dettagliato e trasferiscono la merce lì dentro».

Merce? Quei delinquenti erano come i politici, cambiavano nome alle cose per darsi una parvenza di legittimità.

«Di quale territorio è responsabile Acuna?»

«Sono abbastanza sicuro che vada da Sarasota giù fino a Naples».

«Cosa sa di un certo Emmanuel Ruiz?»

«Non lo conosco».

«Non conosce Manny Ruiz?»

«No».

«E il Pescatore?»

«Non mi dice niente».

«Ne è sicuro?»

«Sì, non so chi sia. Perché? È importante?»

«Manny Ruiz, alias il Pescatore, gestiva tutti gli spacciatori nelle contee di Lee e Collier».

«Ehi, io non conosco tutti questi tizi. Sapevo solo che tutti erano contenti di come stava andando. C'era molta crescita. Diventava sempre più grande».

«Mi parli di Acuna».

«Cosa vuole sapere di Cherdo?»

«Tutto quello che sa di lui».

CAPITOLO CINQUANTUNO

Nel 2003 fu rilasciato con quattro anni di anticipo, essendo stato un cosiddetto detenuto modello. Una volta uscito, Acuna andò a lavorare per suo padre, che possedeva l'autolavaggio. Lo ereditò otto anni dopo, nel 2011, alla morte del padre.

Volevo più informazioni su Acuna, ma avevo paura di chiamare i miei contatti all'ufficio dello sceriffo della contea di Lee, nel timore che gli arrivasse una soffiata.

Acuna viveva a Cape Coral con la sua seconda moglie, Marta, e suo figlio di ventitré anni, Ferdinand. La loro era una modesta casa in stile Key West, del valore di settecentomila dollari.

Indagai sulla moglie quarantenne, Marta. Non aveva precedenti penali ma, stranamente, c'erano nove proprietà a suo nome. Secondo i registri fiscali della contea di Lee, le case erano state acquistate a partire dal 2018. Il valore complessivo degli immobili di sua proprietà era di quindici milioni di dollari. Su nessuno di essi gravava un'ipoteca.

Come suo padre, Ferdinand aveva dei precedenti. Poiché era minorenne, il fascicolo relativo a uno dei capi d'accusa era secretato. Indagando sulla data dell'incidente, scoprii l'arresto di due persone al Crystal Clear Car Wash, avvenuto quello stesso giorno. Tale padre, tale figlio: gli arresti erano avvenuti per spaccio di marijuana.

Dai registri risultava un altro arresto. In quel caso, il figlio di Acuna, Ferdinand, era stato fermato due anni prima durante una retata antidroga a Lehigh Acres. Nella sua deposizione affermò che era solo andato a trovare un amico e stavano giocando ai videogiochi.

Fu rappresentato da un prestigioso studio legale e le accuse furono ridotte tramite patteggiamento. Ferdinand non passò un solo giorno dietro le sbarre e gli fu concessa la libertà vigilata per tre anni.

Non c'erano proprietà intestate al figlio, ma sul suo certificato di nascita Joan Flannery Acuna era indicata come madre. Acuna e la sua prima moglie avevano divorziato un anno dopo che Acuna Sr. era finito in prigione.

Mi venne un'idea. Appoggiandomi allo schienale della sedia, riflettei su come procedere. Dopo un minuto, feci una telefonata per controllare un documento. Sorrisi mentre mi leggevano le informazioni.

———

La TV era accesa quando entrai in casa. Entrai in punta di piedi nel salotto. Mary Ann dormiva sul divano. Presi il telecomando e spensi quella scatoletta infernale.

Mary Ann si svegliò con un gemito. Borbottò: «Che ore sono?»

«Le undici passate. Stai bene?»

Prese il telefono dal tavolino. «Sono le dodici meno un quarto. Dove sei stato?»

«Stavamo pedinando una persona a Fort Myers.»

Abbassò la testa e chiuse gli occhi. «Sono preoccupata che tu possa farti male.»

«Non ti preoccupare. Sto attento.»

«Voglio che tutto questo finisca.»

«Anch'io. Siamo vicini a ottenere giustizia per Jimmy e Steve. Andiamo a letto.»

Fece una smorfia. «Mi fa un male cane la guancia destra.»

Era la sclerosi multipla che si stava riacutizzando. «Quando è cominciata?»

«La scorsa settimana, quando eri a Miami.»

«Non hai detto niente?»

«Eri impegnato.»

«Hai chiamato il dottore?»

«No.»

«Perché no? Sai che dobbiamo tenere la situazione sotto controllo.»

«Non è così grave.»

«Hai appena detto che ti fa un male cane.»

Fece spallucce.

La mia assenza era il motivo per cui non si sentiva bene. Si preoccupava per me, e questo le causava stress. I medici ci avevano avvertito che lo stress era un fattore scatenante per la sclerosi multipla.

Le presi due Tylenol extra-forte. Porgendole un bicchiere d'acqua, le dissi: «Domattina chiamiamo il dottore.»

Prese il bicchiere ma non disse nulla. Soffriva più di quanto desse a vedere.

Quando finì di prendere le pillole, le dissi: «Lascia che ti aiuti ad andare a letto.»

Nessuno di noi due si addormentò per molto tempo. Lei soffriva e io rimbalzavo tra la sua salute, il mio senso di colpa e quello che avrei dovuto fare l'indomani.

Fissammo un appuntamento dal medico per l'una del pomeriggio. Era a malapena il tempo necessario per un'andata e un ritorno a Fort Myers. Sciacquai la tazza del caffè e la misi in lavastoviglie.

«Ci vediamo più tardi.»

«Non vieni con me dal dottore?»

«Certo. Devo solo sbrigare una cosa prima.»

«Dove vai?»

Le diedi un bacetto sulla guancia. «Vicino all'aeroporto.»

Il traffico sull'interstatale non era troppo intenso. Presi l'uscita dopo l'aeroporto, svoltai su Daniels Parkway e mi diressi a ovest. Arrivai alla Route 41 e la presi in direzione nord.

Superato il centro di addestramento al volo, apparve l'insegna del Sam's Club. Svoltai a sinistra subito dopo il discount e poi di nuovo a destra. Rallentai quando la mia destinazione apparve in vista.

C'erano tre auto in coda per il Crystal Clear Car Wash. Le superai e parcheggiai di fianco a un edificio sul retro della proprietà. Un'insegna rossa e blu elencava i servizi di lavaggio auto offerti.

Un uomo pesantemente tatuato in jeans strappati mi venne incontro. «Ha un appuntamento?»

«Sì, ma prima devo parlare con Farro.»

«È impegnato.»

Mi voltai e mi diressi verso il corridoio che i clienti usavano per vedere la propria auto mentre veniva lavata. «Io e Cherdo ci conosciamo da un pezzo.»

Qualcuno stava pagando il lavaggio. Giocherellai con i deodoranti per auto finché la cassiera non si liberò. Mi avvicinai alla signora in vestaglia dietro il bancone e dissi: «Salve.»

Accennò un mezzo sorriso. «Ha lo scontrino?»

«Devo vedere Farro.»

«Non è qui.»

Le mostrai il mio tesserino dell'agenzia e sussurrai: «Gli dica che riguarda la sua ex moglie.»

«Le è successo qualcosa?»

«Mi dispiace, signora, devo parlare con il signor Acuna.»

La cassiera mi studiò prima di scendere dallo sgabello. Si diresse pesantemente verso una porta appena fuori dall'area di vendita. La cassiera bussò, sussurrò qualcosa ed entrò. Passò un lungo minuto prima che riemergesse.

Indicò la porta. «Ha detto di entrare.»

«Grazie, signora.»

Aprii la porta. L'ufficio di Acuna era adornato con poster di calcio e una foto gigante del fuoriclasse del Miami, Lionel Messi.

Acuna, con i capelli bianchi, era in piedi dietro una scrivania di metallo. «Che cos'è successo a Joannie? Sta bene?»

«Può sedersi, sta bene.»

Panciuto, Acuna si lasciò cadere su una sedia. «Allora, che cos'è successo?»

Mi sedetti su una delle sedie di fronte alla sua scrivania. «Niente. In realtà sono qui per suo figlio.»

Acuna scattò in piedi. «Che cazzo sta succedendo qui?»

CAPITOLO CINQUANTADUE

«Si sieda, signor Acuna, e ne parliamo con calma.»

«Che succede a Ferdy?»

«Suo figlio sta bene. Per il momento.»

«Cosa dovrebbe significare?»

«Che se collabora, starà bene.»

«Senta, non so chi sia lei né di cosa stia parlando.»

Mi sporsi in avanti. «Sono un agente speciale del Dipartimento del Tesoro, della Sicurezza Interna e della DEA. So tutto di lei e de La Familia.»

Acuna fece scivolare la mano giù dalla scrivania.

«Se sta cercando un'arma, amico, farebbe l'errore più grande della sua vita.»

Rimise le mani sulla scrivania.

Dissi: «Non sono qui per qualcosa che lei o suo figlio abbiano fatto.»

Prese il telefono. «Chiamo il mio avvocato. Questa è...»

«Lo metta giù. Possiamo risolvere questa cosa tra di noi.»

«Pago già parecchio. Ma sono sempre disposto a, uhm, oliare gli ingranaggi per far sparire un problema.»

Qualcuno bussò alla porta.

Acuna disse: «Cosa c'è?»

«Tutto bene, capo?»

«Sì, torna al lavoro!»

Mi guardò. «Allora, quanto vuole?»

«Non sono i soldi che cerco.»

«Sì, è quello che dicono tutti.»

Abbassando la voce, dissi: «Voglio che mi aiuti a prendere uno degli spacciatori con cui lavora.»

Lui sorrise e scosse la testa. «Siete proprio incredibili, voi.»

«Sono serissimo, Cherdo. Lei mi aiuterà a prendere il Fisherman.»

Batté le palpebre. «Non so di chi stia parlando.»

«Andremo molto più spediti se la smette con queste stronzate. Lei conosce Manny Ruiz, e mi aiuterà a riportarlo negli Stati Uniti.»

Si schiarì la gola. «Anche se lo conoscessi, perché dovrei fare una cosa del genere?»

Non riuscii a trattenere un sorriso. «Perché se non lo fa, suo figlio torna in prigione.»

«La smetta con queste stronzate. Non può minacciarmi con idiozie del genere.»

«Oh, non è una minaccia, signor Acuna, è una promessa. Farò revocare la libertà vigilata a suo figlio.»

«Non può fare una cosa del genere così, dal nulla. I miei avvocati si opporranno.»

«Non è dal nulla, ha violato i termini della sua libertà vigilata.»

«Non è vero.»

Preparai un video sul telefono e premetti play. «Ecco suo figlio che esce dal Sandbar in Cleveland Avenue. Noti l'orario: sono le 00:37. Se non ricordo male, deve essere a casa per le undici.»

«Che razza di gioco sta facendo?»

«Oh, mi creda, signor Acuna, questo non è un gioco. Sono

serio come la morte. Se non mi aiuta, le prometto che suo figlio tornerà in galera.»

«Ci opporremo.»

«Se vuole rischiare e vedere se un giudice sorvolerà sulla violazione, faccia pure. Ma le posso dire che non funzionerà, specialmente quando parleremo al Suo Onore di lei e de La Familia.»

«Non so di cosa stia parlando. Non so nemmeno cosa sia La Familia.»

Passai allo spagnolo. «Vamos, Cherdo. Hemos estado escuchando, sabemos lo que estás haciendo por Ernesto Carmen y los demás.»

Impallidì quando menzionai le intercettazioni e il suo capo, Ernesto Carmen.

«Ha capito male, signore. Non sono invischiato con nessuno. Ho lasciato quella vita molto tempo fa.»

«Lei non mi conosce, ma io so tutto di lei. Per esempio, le proprietà che ha intestato a sua moglie. E posso dirle due cose che può portarsi nella tomba: la prima è che se non collabora, suo figlio tornerà in prigione...»

«Lei non può...»

Alzai un palmo. «Stia zitto e mi ascolti. Come ho detto, gli farò revocare la libertà vigilata, non c'è alcun dubbio. L'altra cosa è che, se aiuterà a far uscire il Fisherman dal Messico, questa sua faccenda che gestisce dal suo centro di detailing rimarrà tra noi due.»

«Come faccio a sapere se posso fidarmi di lei?»

«Non può saperlo. Ma ho lavorato a lungo per l'ufficio dello sceriffo della contea di Collier. Può verificare con i suoi contatti.»

Annuì lentamente.

Alzandomi, dissi: «Devo denunciare la violazione del coprifuoco entro quarantotto ore. Lei ha tempo fino a domani, a quest'ora.»

Dopo avergli dato il mio numero di cellulare, gli dissi che potevamo incontrarci in un luogo neutrale e me ne andai.

Tornai sulla Route 75 e mi diressi a sud. Cinque minuti dopo, il traffico iniziò a rallentare fino a quasi fermarsi. Avevo meno di un'ora per arrivare a casa. Uscii a Corkscrew Road e presi Oaks Parkway fino a Imperial. Andavo a rilento, ma era meglio dell'interstatale.

Entrando dal garage, gridai: «Sono a casa!»

Mary Ann era sulla mia poltrona reclinabile. «Bene. Com'è andata?»

«Bene. Tu come ti senti?»

«Un po' meglio.»

Significava che stava ancora male. «Hai mangiato qualcosa?»

«Non me la sento.»

«Devi mangiare qualcosa. Posso prepararti qualcosa prima di andare.»

«Magari prendo una barretta proteica.»

«La prendo io.»

Ne presi una dalla dispensa, aprii l'involucro e gliela porsi. «Mangiala tutta.»

«La mangerò in macchina.»

————

La dottoressa entrò di fretta nell'ambulatorio. «Scusate l'attesa.»

Mary Ann disse: «Non si preoccupi.»

Ma io mi preoccupavo. Perché i medici la facevano sempre franca quando facevano aspettare così tanto i pazienti?

«Come si sente, Mary Ann?»

«Non molto bene negli ultimi due giorni.»

La visitò, dicendo: «E i suoi livelli di stress?»

«A posto.»

Ero già stato rimproverato per essermi intromesso, ma dovevo dire: «Siamo stati sotto stress: due ragazzi, nostri vicini, sono morti di recente.»

«È terribile. Eravate legati a loro?»

Mary Ann annuì.

«So che è difficile, ma deve gestire il lutto al meglio delle sue possibilità.»

«L'ho fatto. Anzi, sto reagendo bene: aiuto una nostra vicina che è rimasta vedova e, per quanto sia sconvolgente, non mi butto affatto giù.»

«Sta facendo gli esercizi? Il nuoto?»

«Sì, tutti i giorni.»

«È cambiato qualcos'altro?»

Lei si strinse nelle spalle.

«Cosa c'è?»

«Beh, Frank è stato via spesso. Ha accettato un incarico speciale.»

Ed eccoci qui. Avrei voluto strisciare fuori dalla stanza.

CAPITOLO CINQUANTATRÉ

Il Margaritaville Beach Resort di Fort Myers, con i suoi colori bianco e blu oceano, faceva al caso nostro.

Io e Mary Ann avevamo guardato il sole tuffarsi nel Golfo del Messico dalla Sunset Terrace del resort. Era successo ore prima rispetto al nostro arrivo, e oggi, mentre l'orologio batteva mezzogiorno, le zone della spiaggia e della piscina si stavano affollando, ma la terrazza era poco occupata.

Ispezionai la zona e scelsi una delle sedie Adirondack blu allineate lungo una parete che offriva un'ampia visuale.

Una brezza costante e l'ombra mi fecero desiderare di aver indossato una T-shirt sotto la camicia.

Con indosso un fedora di paglia, Acuna entrò con passo tranquillo sulla terrazza, grande quanto un campo da football. Mi alzai, agitando il braccio. Lui annuì e si avvicinò.

Gli aloni scuri sotto le ascelle rovinavano la camicia gialla che indossava. Disse: «Questo posto è enorme. Sembra un po' commerciale».

«Fa parte della nuova Fort Myers. Stanno costruendo così tanto che tra cinque anni probabilmente non riconosceremo più Fort Myers Beach».

«Non so se sia una buona cosa».

«È discutibile, ma deve ammettere che la maggior parte degli edifici e delle case aveva bisogno di un serio ammodernamento».

«Una volta, da ragazzino, venivo spesso da queste parti. La vita era più semplice, allora».

Repressi la ramanzina che avrei voluto fargli, sul fatto che allora c'erano meno droga e criminalità e che lui era parte del problema. Invece, dissi: «Per quanto mi piaccia fare un tuffo nel passato, dobbiamo venire al sodo».

Si accigliò. «Sto correndo un grosso rischio. Se Lei dovesse mancare alla Sua parola... per me sarebbe la fine».

Un gruppo di adolescenti chiassosi si riversò sulla terrazza, diretti al Tiki Bar dal tetto di paglia.

«Ha la mia parola. Sto cercando un solo uomo. Non è stato detto niente a nessuno sul Suo conto. E non lo sarà, ma sappia che Lei e il resto della Sua banda siete sotto stretta osservazione da molto tempo».

«Osservazione di chi? Della DEA? Cosa può dirmi al riguardo?»

«Non ha fatto nulla per meritare il mio aiuto». Mi tolsi gli occhiali da sole. «Allora, ha intenzione di collaborare?»

«Okay, va bene, ho capito. Senta, ci ho pensato, ma non so come far venire Manny negli Stati Uniti».

«Ho un paio di idee. Da quanto so, voi ragazzi viaggiate parecchio».

«È vero, ma ci sono alcuni di noi, sa, un po' più grandi, a cui non piace tanto andare in giro».

«Ma Lei quest'anno è già stato in Messico cinque volte».

Si guardò intorno. «I capi, ehm, insistono per fare affari di persona. Sa, sono della vecchia scuola».

La Familia era disciplinata. Fare le cose di persona, in luoghi che controllavano, limitava le possibilità che le forze dell'ordine venissero a conoscenza dei loro piani.

«Vede Manny Ruiz quando è lì?»

Acuna annuì. «Oh sì, quasi ogni volta che vado. L'organizzazione insiste che tu incontri tutti quelli che ti fanno rapporto. Vogliono che passi del tempo con loro, che costruisca dei rapporti. Insomma, è per questo che la chiamano La Familia. Abbiamo una cultura».

Sì, una cultura di morte. «Ho sentito dire che funziona come una setta».

«Non direi, ma hanno delle regole e, francamente, sono dei maniaci al riguardo».

Fui tentato di chiedergli quale fosse la regola sull'omicidio e sulla distruzione di vite con la loro droga. «È vero che non permettono a nessun membro di drogarsi?»

«Sì, se ti beccano a fare uso di droga, sei fuori, o, sa, peggio».

«Quando è previsto il prossimo incontro?»

«Tra una settimana».

«Cosa fate una volta finita la parte lavorativa degli incontri?»

«Socializziamo un po', e poi c'è sempre una grande festa, sa, un barbecue, e molti ragazzi vanno in quad o a cavallo per il ranch. A volte un paio dei nuovi arrivati fanno un po' i turisti».

Narcoturismo? «Che rapporto ha con Manny Ruiz?»

«Senta, ho imparato molto tempo fa come andare d'accordo con tutti».

Per sopravvivere a una lunga permanenza in prigione, dovevi farlo per forza. «Le sto chiedendo specificamente di Ruiz».

«Andiamo d'accordo. Conosce il giro e sarebbe andato molto più lontano, ma il ragazzo ha un caratteraccio e non è bravo a delegare».

Il cartello usava tattiche aziendali per gestire le proprie attività illecite. «Delegare? Cos'altro mi dirà, che La Familia ha un dipartimento di risorse umane?»

«È gestita come qualsiasi altra azienda. Abbiamo migliaia di associati».

Mi trattenni dal prendere il calcio della pistola e spaccargli un ginocchio. «Concentriamoci su come prendere Ruiz, o Suo figlio passerà il Natale come ospite dello Stato della Florida».

Il viso di Acuna si arrossò.

Dissi: «Riesce a convincere Ruiz a passare del tempo da solo con Lei?»

«Ne sono abbastanza sicuro. Perché?»

«E a convincerlo a fare una gita in un'altra città o sulla costa, magari un giorno o due in spiaggia, o da qualche altra parte?»

«Non so. Potrebbe essere difficile evitare che qualcuno si unisca a noi».

«Dovete essere solo voi due».

«Okay. Ma non so come convincerlo...»

«Gli dica che ha intenzione di comprare un piccolo ranch da usare quando andrà in pensione. Gli dica che vuole che lo veda. Pensa che ci cascherà?»

«Probabilmente. Inoltre, se gli chiedo di fare qualcosa, dato che sono il suo capo, deve farlo per forza. È così che funzioniamo».

«Bene. Trovi una zona a circa duecento miglia di distanza dal ranch de La Familia. Un posto desiderabile, così non si insospettirà».

CAPITOLO CINQUANTAQUATTRO

Chiamai JD, l'agente doganale che lavorava alla parte del caso relativa alla Noble Metals. «Frank, sono JD. Come stai?»

«Abbastanza bene, che succede?»

«Ho monitorato tutte le pratiche di sdoganamento presentate dalla Noble Metals.»

Quando la gente aveva informazioni che volevi, ti costringeva a tirargliele fuori con le pinze. «E cosa hai scoperto?»

«C'è un container carico d'oro in arrivo da Callao, in Perù. È già in mare.»

«Sei sicuro?»

«Il loro spedizioniere doganale ha presentato i documenti per lo sdoganamento, e indovina un po'?»

«Dimmi e basta.»

«Il venditore, secondo i documenti, si trova allo stesso indirizzo di due delle società fittizie che hanno usato in passato.»

«Come fai a sapere tutte queste cose?»

«Gli importatori sono tenuti a dichiarare il venditore, e lo spedizioniere della Noble lo ha dichiarato usando un codice MID.»

«Cos'è un MID?»

«Un codice identificativo per il fornitore.»

«Hai detto che è in mare. Dov'è il container adesso?»

«L'arrivo a Miami è previsto tra tre giorni.»

«La Noble di solito non paga il fornitore dopo aver ricevuto l'oro?»

«Esatto, saggiano l'oro per controllarne la qualità prima di inviare il pagamento.»

«Dobbiamo fermarlo. Non voglio che il cartello riceva più soldi di quanti ne abbia già.»

«Hanno ricevuto un'autorizzazione allo svincolo per la spedizione.»

«Com'è possibile? Non è ancora arrivato.»

«È così che funziona. Posso far revocare l'autorizzazione e richiedere i documenti cartacei. Se risultassero falsi, sarebbe una frode e potremmo sequestrare il carico.»

«Quanto tempo ci vuole?»

«Dovrebbe essere veloce. Lo spedizioniere doganale che usano per lo sdoganamento ha la documentazione.»

«Pensi che diranno alla Noble che c'è un problema?»

«Non dovrebbero, non subito. Richiediamo i cartacei ogni tanto, per tenere onesti gli importatori.»

Era davvero così sprovveduto il governo? JD stava aiutando, e mi sforzai di non criticare la politica di fare controlli solo ogni tanto.

«Okay, grazie, fammi sapere quando avrai i documenti.»

———

Era un continuo frenare e accelerare mentre procedevo a passo d'uomo lungo l'Alligator Alley. Il traffico stava mandando a monte i miei piani. Volevo parlare con alcune persone per vedere se riuscivo a trovare un appiglio per fare pressione su Barrio, il venditore della Noble Metals.

Una volta raccolte le informazioni, il mio piano era indossare un microfono. Avrei fatto un'offerta e avrei indotto Barrio ad accettare consapevolmente di comprare oro grezzo da una miniera illegale collegata a un cartello. Con la registrazione, l'avrei costretto a collaborare. Era rischioso. A parte l'unica volta in cui l'avevo incontrato, non avevo gettato basi sufficienti per essere sicuro che credesse a chi fingevo di essere.

Mi diedi una pacca sul fianco. La Glock era rassicurante, ma c'erano in gioco centinaia di milioni. Chissà che tipo di potenza di fuoco aveva quella gente.

Pagare un pedaggio ancora mi irritava, ma mi buttai sulle corsie express per evitare una coda e mi diressi verso Coconut Grove. Venti minuti dopo, mi feci strada verso il lungomare. Mary Barrio viveva al Residences at Ritz Carlton.

Non c'ero mai stato dentro ed ero curioso di vedere come fosse. Mary Barrio viveva in un appartamento con tre camere da letto al diciannovesimo piano. Uno con due camere, al decimo piano, era in vendita a oltre tre milioni di dollari. Quanto valeva questo?

La reception mi accolse come un re. Dopo aver chiamato la signora Barrio, l'addetto mi indirizzò a una fila di ascensori.

Mary Barrio aprì la porta un secondo dopo che ebbi suonato il campanello. La sua postura da marine contrastava con l'ampio sorriso che mi offrì. Ci stringemmo la mano e la seguii dentro.

La baia di Key Biscayne luccicava in lontananza. «Ha una vista magnifica.»

«È quello che ci ha attratti. Ci è voluto un po' per abituarsi a vivere in un grattacielo, ma ci siamo adattati.»

«Da quanto tempo abita qui?»

«L'abbiamo comprato circa due anni fa.»

Dopo l'impennata dei prezzi. «Grazie ancora per avermi ricevuto.»

«Non mi sorprende che Eric sia nei guai.»

Non avevo detto molto più del fatto che stavamo indagando sulla Noble Metals. «Ha accennato qualcosa a suo marito?»

«No. È più di una settimana che non parlo con lui.»

«Capisco che siate separati. Da quanto tempo siete sposati?»

«Stiamo insieme da quattordici anni, sposati da dodici.»

«Posso chiederLe cosa ha causato la vostra separazione?»

«Eric non è più l'uomo di cui mi sono innamorata. È cambiato completamente.»

«In che modo?»

«In realtà è iniziato quando ha ottenuto la promozione e ha cominciato a viaggiare. So che non è facile essere sempre in giro, ma ha iniziato a bere e, non so, era suscettibile. Aveva degli umori neri, e io gli chiedevo cosa stesse succedendo e lui semplicemente non si apriva. Non è che non ci abbia provato, ma dopo un anno, mi sono arresa e gli ho detto che volevo il divorzio.»

«Faceva altro oltre a bere?»

«Una volta, mentre facevo il bucato, ho trovato un sacchettino di plastica con della polvere bianca nei suoi jeans. Sapevo che era cocaina e, quando ho messo Eric alle strette, ha detto che era stata una cosa di una volta, che non gli piaceva e così via.»

«Gli ha creduto?»

«No. Ma non c'erano segni evidenti che facesse uso di droghe, però beveva, e pesantemente.»

«Pensa che il lavoro l'abbia cambiato?»

«Assolutamente. Voglio dire, i soldi facevano comodo, altrimenti non avremmo potuto permetterci questo posto. Ma cosa sono i soldi se non si è felici? Insomma, guardi Hollywood.»

Il Dalai Lama non avrebbe potuto trovare un'analogia migliore.

«Viaggiava spesso in Sud America?»

«Sì. E quasi ogni volta, si ubriacava fino ad addormentarsi quando tornava a casa.»

«Le ha mai detto cosa faceva quando andava in Perù o in Colombia?»

«Glielo ho chiesto, ma mi rispondeva che non avrei capito. Gli ho detto di provare e, una volta, tutto quello che ha detto è stato che aveva a che fare con gente difficile, pericolosa. Ho cercato di farglielo approfondire, ma si chiudeva a riccio.»

«Eric ha mai fatto qualcosa di losco?»

«No, non ha mai avuto problemi in tutto il tempo che l'ho conosciuto.»

«Eppure, presume che ora sia nei guai.»

Lei si strinse nelle spalle. «Beh, dal suo modo di bere capivo che stava cercando di fuggire da qualcosa, e poi ha chiamato Lei. Non ci è voluto molto per mettere insieme i pezzi. Allora, mi dica, cosa ha fatto?»

La signora era sulla buona strada per una laurea in psichiatria. «Mi dispiace, ma non posso parlare di un'indagine in corso.»

«Quindi è una strada a senso unico?»

Mi alzai. «Le sono grato per il tempo che mi ha dedicato.»

———

Era un bel vantaggio parcheggiare sottoterra; l'interno della mia auto era ancora fresco. Svoltando verso l'uscita, ripensai a ciò che aveva detto la signora Barrio.

Uscii alla luce del sole e inforcai gli occhiali da sole. Prima di arrivare al semaforo, decisi di cambiare la tattica che avrei usato con Eric Barrio.

CAPITOLO CINQUANTACINQUE

Mentre guardavo le barche passare e aspettavo l'arrivo di Barrio, ripassai mentalmente la telefonata che gli avevo fatto prima di guidare fino a Miami. L'acquirente della Noble Metals era stato esitante quando gli avevo chiesto di incontrarci, ma si era convinto quando gli avevo detto che ne sarebbe valsa la pena.

Il Rusty Pelican sorgeva su palafitte affacciate sulla Baia di Biscayne. Offriva una vista magnifica sulla zona di Brickell a Miami. Mentre pensavo che a Naples ci servivano più ristoranti sul lungomare, Barrio scostò una sedia.

Mi alzai, tendendogli la mano. «Questo posto ha una vista incredibile.»

«Ce ne sono di migliori più avanti a Key Biscayne, ma ci vogliono altri venti minuti di strada.»

Si avvicinò una cameriera. Ordinai un bicchiere di vino della casa e Barrio chiese una tequila.

Dissi: «Come vanno gli affari?»

«Bene.» Sorrise, poi aggiunse: «Ma potrebbero sempre andare meglio.»

«O si cresce, o si muore.»

«Hai detto bene, amico. Ma non è facile continuare a fare sempre di più ogni anno. C'è un sacco di pressione.»

«Beh, o aumenti il volume o ottieni margini migliori su quello che fai.»

«I nostri margini sono buoni, ma la direzione dice che si può sempre migliorare.»

La cameriera gli posò il drink sul tavolo. Barrio si scolò il goccio di tequila e ne chiese un altro prima che lei mettesse giù il mio bicchiere di vino.

Presi un minuscolo sorso e feci una smorfia. «Questo vino è terribile.»

«Hai ordinato la porcheria della casa. Prendi una bottiglia di qualcosa di buono. Si vive una volta sola.»

«Non fa niente, ho avuto problemi di stomaco.»

«Lo stress fa male alla pancia, amico.»

«Il mio di solito è di ferro, ma nelle ultime due settimane…»

Arrivò il suo secondo drink. Barrio picchiettò sul bicchierino prima di tracannarlo. Fece scorrere l'indice sul bordo del bicchiere vuoto. «Allora, cosa volevi dirmi?»

«Vuoi un altro drink?»

«Certo, perché no?»

Feci un cenno alla cameriera e ordinai. Chinandomi in avanti, abbassai la voce. «Senti, so che sei sotto pressione per produrre risultati.»

«E tu mi faciliterai le cose?»

«Dipende da come vedi le cose.»

«Cosa dovrebbe significare?»

«A breve termine potrebbe essere dura, ma a lungo termine, ne uscirai molto meglio.»

«Amico, ti piace parlare per indovinelli, vero?»

Una cameriera si avvicinò rapidamente e posò la sua tequila.

Barrio trascinò il bicchierino verso di sé e io dissi a bassa voce: «Non rappresento fornitori d'oro e il mio nome non è Burt Freeman.»

«Cosa? Ma che cazzo stai dicendo?»

«Mi chiamo Frank Luca e sono un agente federale.»

Sbatté le palpebre prima di ringhiare: «Figlio di puttana.»

«Stai calmo.»

Scolò il drink e scattò in piedi. «Ci si vede in giro.»

«Siediti, o te ne pentirai.»

Sibilò: «Cosa vuoi?»

«So che ricicli denaro per il cartello.»

«No, sono stronzate.»

«Non lo sono, e lo sai. Ti ho visto in quel bar-ristorante in Perù.»

Scosse la testa. «Viscido verme.»

Mi sporsi verso di lui. «Primo, se c'è un viscido verme qui, sono i narcotrafficanti che stai aiutando, e secondo, sono la tua unica ancora di salvezza. Se collabori con me, starai bene.»

Scosse il capo. «Non posso crederci. Ho bisogno di un altro drink.»

Ne ordinai un altro per lui e dissi: «Mi dici tutto quello che sai e non ti succederà niente.»

Si strinse la radice del naso. «Questa è una brutta storia, amico. Non posso crederci.»

«Non è così grave come pensi. Tu aiuti noi e noi aiutiamo te.»

«Ah sì? E le mie fottute bollette? Chi le pagherà quando verrò licenziato?»

«Troverai un altro lavoro.»

«Non con lo stesso stipendio.»

«I soldi erano sporchi, ecco perché guadagnavi così tanto. Se fossi onesto con te stesso, lo ammetteresti.»

«Cosa succederà all'azienda se ti aiuto? Voglio dire, le persone con cui lavoro, molti di loro sono persone normali, brave persone che non hanno fatto niente di male.»

«Se non erano coinvolti, non hanno nulla di cui preoccuparsi.»

Arrivò il drink e Barrio lo trangugiò. «Daranno tutti la colpa a me, amico. No, non posso farlo.»

«L'alternativa è molto peggio. Se non collabori, andrai in prigione, e l'azienda e chiunque abbia partecipato al riciclaggio pagherà un prezzo commisurato a ciò che ha fatto. Mi dispiace dirlo, ma qui non hai vere alternative.»

Espirò. «Devo pensarci. Non riesco nemmeno a elaborare tutto questo. Prima mia moglie mi lascia, e ora questo?»

«Andrà tutto bene.»

«Sì, certo.»

«Capisco che stai attraversando un periodo difficile.»

«Periodo difficile? Mi sta crollando il mondo addosso.»

Mi alzai. «Senti, pensaci su e ti chiamerò tra un giorno o due.»

Scosse la testa. Mentre mi allontanavo, lo sentii gridare per chiedere un altro drink.

Ruttai mentre aprivo la portiera della macchina. Mentre un po' d'aria calda sfuggiva, osservai l'area circostante; la gente si godeva il sole, l'acqua e la sabbia. Gli unici due a non divertirsi eravamo io e Barrio.

Stavo facendo progressi, ma distribuire salvacondotti mi irritava. Non era il mio normale modus operandi, ma l'immunità era un potente incentivo.

CAPITOLO CINQUANTASEI

«L'intermediario della Noble Metal ha caricato i documenti e indovina un po'?»

Ci risiamo, proprio come faceva Derrick. «Cosa? Dimmi.»

«Falsi come un politico.»

Feci un risolino. «Così male, eh?»

«Già, il certificato di origine è fasullo. La miniera indicata non esiste nemmeno. Però hanno compilato un FinCEN.»

«Come risultato del fatto che li hai messi alle strette.»

«Esatto, ma ora abbiamo la prova che hanno falsificato una dichiarazione.»

«Hai intenzione di sequestrare la spedizione in arrivo?»

«Assolutamente.»

«Non sarebbe meglio lasciargliela ricevere e poi piombare lì dopo che ne hanno preso possesso?»

«Potremmo farlo.»

«Ci darebbe un paio di giorni per pensare a come gestire il tutto. Sto lavorando su Barrio, l'acquirente della Noble.»

«Preparo i documenti di sequestro; devono essere firmati. Così saranno pronti quando la nave attraccherà.»

«Mi sembra un buon piano. E io continuerò a stare addosso a Barrio.»

«Pensi di riuscire a convincerlo a collaborare?»

«Questo è l'obiettivo.»

«Lo so, ma pensi che abboccherà?»

«Sì, sono sicuro che collaborerà. Non ha scelta.»

«Sarebbe fantastico. Fammi sapere come va e se posso essere d'aiuto.»

CAPITOLO CINQUANTASETTE

Premei il pulsante e il caffè per la mia seconda tazza cominciò a scorrere. Quando ero in servizio, erano giornate come queste che rendevano la lotta per la giustizia degna di essere combattuta. Una volta che Barrio avesse iniziato a parlare, saremmo stati sulla buona strada per chiudere uno dei rubinetti da cui i cartelli facevano scorrere fiumi di denaro.

Allacciandosi la cintura della vestaglia, Mary Ann disse: «Buongiorno».

«Giorno».

Infilai una capsula nella macchina Nespresso, le misi la tazza sotto e avviai l'erogazione.

«Grazie. Non so se te ne eri ricordato, ma stamattina non posso venire a camminare. Ho una lezione di yoga con Connie».

«Sì, lo so. Io vado a fare una passeggiata appena finisco. Ho una giornata impegnativa oggi».

«Che succede?»

«Barrio, il venditore o acquirente o quel che è, accetterà l'accordo che gli ho offerto».

«Devi andare a Miami?»

«Forse non oggi, ma domani di sicuro».

«Non vedo l'ora che questo caso sia chiuso e archiviato».

«Tieni duro. Il traguardo è in vista».

«Lo spero».

«Lo è, non preoccuparti. Presto faremo le valigie per l'Italia».

«A proposito, ero su TripAdvisor e volevo mostrarti alcuni degli itinerari che hanno. Un paio sembrano interessanti».

«Mi sembra un'ottima idea. Quando torni, gli diamo un'occhiata».

Avevo percorso appena tre isolati che la maglietta era già tempestata di macchie di sudore. Feci un cenno a una vicina che portava a spasso il suo bichon e controllai il telefono. Nessun messaggio da Barrio.

Barrio era un'altra persona che aveva ceduto all'avidità. Aveva ottenuto il lussuoso appartamento al Ritz-Carlton, ma aveva perso la moglie ed era sul punto di perdere la libertà. Aveva anche solo considerato il rovescio della medaglia quando aveva messo da parte la sua etica?

Svoltando l'angolo sulla nostra strada, scrutai uno dei laghi del nostro quartiere in cerca di alligatori. Non ce n'erano. Il telefono vibrò. Doveva essere Barrio.

Tirandolo fuori, notai che erano le 8:07 del mattino. Non era Barrio, ma JD, l'agente della dogana.

«Ehi, JD. Che succede?»

«Ehi, Frank. Che tu ci creda o no, mi hanno tolto dal caso».

«Quello della Noble Metals?»

«Esatto. Mi stanno riassegnando a una squadra che lavora su contraffazioni di capi firmati in arrivo».

«Aspetta un attimo. Non capisco. Cos'è successo?»

«Quando sono arrivato stamattina, il capo mi ha voluto vedere e mi ha detto che ero stato riassegnato. Sono rimasto sorpreso anch'io».

«Ha detto perché?»

«Ha detto che avevano bisogno di aiuto per una rete di contraffazione a cui stavano dando la caccia».

«Oh, andiamo! Danno la caccia alle borse firmate invece che alla droga?»

«Non lo so».

«Non c'è da stupirsi se abbiamo una crisi nazionale. È ridicolo».

«Stai calmo, Frank. Il tipo che prende il mio posto è un bravo ragazzo».

«Chi? Chi ha preso in carico il caso?»

«Jason Wiley».

«Da quanto tempo è alla dogana?»

«Non da molto, forse un anno o due, ma è in gamba».

«Devo avere a che fare con un novellino?»

«Lascia che ti dia il suo numero diretto».

Mi salvai in rubrica il contatto del nuovo arrivato e riattaccai.

Mary Ann stava uscendo dal vialetto quando tornai a casa. Mi tolsi la maglietta in lavanderia e chiamai Barrio.

Squillò cinque volte prima di passare alla segreteria telefonica. Dove diavolo era? Mi diressi verso il bagno padronale per farmi una doccia. Dovevo darmi una calmata, in più di un senso.

———

Appena mi vestii, chiamai Barrio. Nessuna risposta. Di nuovo. Tirai fuori un bagel dal freezer e lo infilai nel microonde. Fissai il piatto che girava. Questo caso era proprio come quel piatto, girava in tondo senza andare da nessuna parte.

Dato che mia moglie non era a casa, presi un barattolo di marmellata di fragole e ne ricoprii il bagel. La bella sensazione svanì prima ancora che finissi di mangiarlo.

Dopo essermi lavato i denti, chiamai di nuovo Barrio.

Quando scattò la segreteria, dissi: «Sono Frank Luca. Mi richiami. Se non La sento, farò emettere un mandato di arresto nei Suoi confronti».

Scorrendo i contatti, trovai quello nuovo che mi aveva dato JD. Selezionai il numero.

«Sono Jason Wiley. Chi parla?»

«Frank Luca. Sono l'agente speciale che ha lavorato con JD sul caso Noble Metals».

«Oh, salve. Piacere di conoscerla».

«Ho bisogno di sapere a che punto siamo con il caso Noble Metals».

«Stavo giusto per prendere il fascicolo di quel caso».

Feci un respiro profondo prima di dire: «Senta, non ci conosciamo e mi rendo conto che questo caso Le è appena piovuto tra capo e collo, ma deve mettersi al passo immediatamente.»

«Ho una scrivania piena di altre indagini. Non posso semplicemente mollare tutto. Devo...»

«O mi aiuta o vado avanti da solo. La chiamo tra un paio d'ore. Legga il fascicolo e mi faccia sapere se ci sta o no.»

Camminando nervosamente per casa, cercai di dare un senso al fatto che non riuscivo a contattare Barrio e che JD era stato tolto dal caso Noble Metals. C'era qualcosa di più grande che si muovesse dietro le quinte? Qualcuno stava cercando di far deragliare l'indagine?

Poteva essere paranoia, ma chi poteva dare ordini alla dogana? Faceva parte della Sicurezza Nazionale, e Romney French, l'uomo che avevo conosciuto il primo giorno si era vantato della portata dell'unità investigativa dell'agenzia. Era plausibile, ma perché adesso? Avrebbero potuto fermare tutto prima.

E Barrio. Perché non aveva risposto alle mie chiamate? Mi resi conto che poteva semplicemente stare prendendo tempo, non evitandomi. Non era mai facile ammettere un reato grave e tradire i propri colleghi.

Faceva parte della natura umana evitare di affrontare la realtà. Ma gli avevo dato una scadenza. Pensava che me ne sarei andato?

Feci una telefonata.

«Buongiorno, Noble Metals. Come posso aiutarla?»

«Eric Barrio, per favore.»

«Mi dispiace, ma il signor Barrio non è in ufficio.»

«Quando è previsto il suo rientro?»

«Non lo so, ma non lo vedo da due giorni.»

Fui colto da un brutto presentimento mentre riattaccavo. Era successo qualcosa a Barrio? Il cartello lo aveva raggiunto? Era morto? O era fuggito?

CAPITOLO CINQUANTOTTO

«Signora Barrio? Sono Frank Luca, ci siamo conosciuti nel suo appartamento l'altro giorno.»

«Sì, certo. Cosa posso fare per Lei?»

«Ha parlato con suo marito?»

«È successo qualcosa a Eric?»

«Quando è stata l'ultima volta che gli ha parlato?»

«Più di una settimana fa. Che succede?»

«A questo punto, non sono sicuro che sia successo qualcosa, ma non ha risposto alle mie chiamate.»

«Spero che non abbia fatto nessuna stupidaggine.»

«Cosa intende dire?»

«Sa, era in un brutto periodo e... oh Dio, ti prego, spero di no.»

«Crede che possa essersi tolto la vita?»

«Non so cosa credere, ma è da un anno che non è più lui.»

«Okay. Niente panico. Mi lasci fare qualche indagine e La richiamerò.»

Il suicidio non era mai la risposta a nessun problema. Se Barrio si sentiva giù, speravo con tutto me stesso che avesse cercato aiuto. Era folle sperare che si fosse fatto ricoverare da qualche parte per ricevere assistenza.

Avevamo i mezzi per rintracciare le persone. Feci un'altra telefonata. «Bradley, sono Frank.»

«Ehi, come va?»

«Sembra che Eric Barrio sia in fuga o che gli sia successo qualcosa.»

«Stai scherzando?»

«Magari. Gli ho lasciato diversi messaggi. Non è andato al lavoro e sua moglie non ha sue notizie.»

«Uh-oh.»

«Non voglio saltare a conclusioni, anche se sono un campione olimpico in questo, ma temo che qualcuno l'abbia raggiunto per metterlo a tacere.»

Bradley ridacchiò. «Pensi che si spingerebbero a tanto?»

«Stiamo parlando di centinaia di milioni di dollari. Sì, penso che sia una possibilità concreta che sia stato ucciso. O forse si è ucciso lui.»

«Posso ottenere un mandato subito. Controllo i suoi tabulati telefonici. È il modo più rapido per scoprire se è vivo e dove si trova.»

«Fallo pure. Se hai problemi a ottenerlo, fammelo sapere.»

«Non ne avrò. Lo faccio firmare adesso e ho dei contatti interni alle compagnie telefoniche.»

Dopo aver riattaccato, chiamai di nuovo la Noble Metals. «Salve, sono Frank Luca, ho chiamato prima per Eric Barrio.»

«Sì, ricordo.»

«Eric lavorava con un altro uomo, viaggiavano insieme. Non ricordo il suo cognome, ma il suo nome era Matt.»

«Signore, penso che dovrebbe parlare con la direttrice dell'ufficio, Evelyn Rose. Attenda, gliela passo.»

Era la donna che avevamo incontrato durante la revisione. Rispose: «Sono Evelyn.»

«Salve, signora Rose, sono Frank Luca. Ero all'ispezione doganale con JD.»

«Salve, signor Luca. Come posso aiutarLa?»

«Sto cercando Eric Barrio. Sa dove potrebbe essere?»

«Mi dispiace, ma non lavora più qui.»

«Si è licenziato?»

«No, e non solo Eric. Gli acquirenti e l'intero reparto spedizioni sono stati licenziati.»

«Per via della revisione?»

«Sì, viste le violazioni scoperte, gli avvocati hanno detto che dovevamo farlo.»

I legali stavano giocando a una versione comune del gioco delle colpe, addossando la responsabilità al personale di livello inferiore per proteggere i proprietari e i dirigenti. Ero sicuro che gli avvocati fossero pezzi grossi e costosi.

———

Tenni d'occhio l'orologio. Una volta passate due ore, feci una telefonata.

«Dogana. Sono Jason Wiley.»

«Salve, Jason, sono Frank Luca. Sono l'agente federale che stava lavorando al caso Noble Metals.»

«Sì, so chi sei. Che c'è?»

«Hai esaminato il fascicolo Noble?»

«Non ancora. Come ho detto, la mia scrivania è sommersa di casi...»

«Hanno un container che sta per attraccare. È pieno d'oro proveniente da una miniera illegale. JD stava per sequestrare il container. A che punto sei con questa faccenda?»

«Me ne occuperò. Se mi dai il tempo.»

«Quando? Non possiamo lasciarci sfuggire questa occasione.»

«Darò un'occhiata a che punto siamo e ti richiamerò. Qual è il tuo numero, di nuovo?»

A denti stretti gli diedi il mio numero di cellulare e riattaccai.

Sentivo il polso martellarmi nelle orecchie. Digitai furiosamente sulla tastiera del telefono.

«Dipartimento del Tesoro.»

«Signor Pembroke. Gli dica che è l'agente speciale Frank Luca.»

«Un attimo, signor Luca. Controllo se è disponibile.»

Mentre attendevo, ebbi la brutta sensazione che Pembroke avrebbe evitato la chiamata.

«Pronto, Frank. Come sta?»

«A essere sincero, non sto molto bene.»

«Che succede?»

Gli raccontai che JD era stato tolto dal caso Noble Metals.

«Beh, non mi abbatterei per questo. Le agenzie spostano spesso il personale per far fronte alle necessità più urgenti.»

«Capisco, ma questo è un caso grosso e temo che non venga gestito come lo stava facendo JD.»

«Non si preoccupi, la dogana ha una panchina lunga.»

Mi sedetti sul bordo della sedia. «Beh, sembra che ci abbiano messo un novellino e, a sentir lui, è sommerso dai casi e non ha nemmeno ancora letto il fascicolo.»

«Una delle cose che mi piacciono di Lei, Frank, è che è impaziente. Vuole che le cose accadano in fretta. Il governo si muove lentamente, ma sono sicuro che l'agente che si occupa del caso lo porterà avanti.»

Avevo meno fiducia di lui. «Stiamo parlando di riciclaggio di denaro su larga scala da parte dei cartelli. Non possiamo fare in modo che diano la priorità al caso?»

«Sono consapevole della gravità, Frank. Quanto a interferire nella gestione delle operazioni quotidiane della dogana, è una cattiva idea e non credo che la situazione giustifichi un intervento.»

«Spero che abbia ragione, signore.»

«Mi faccia un favore e dia al nuovo agente la possibilità di mettersi al passo.»

«Lo farò. La terrò informato su come si evolverà la situazione.»

Pembroke riattaccò senza salutare. Mi era capitato di interrompere delle chiamate prima del previsto e l'avevo archiviato come un errore. Ma ripensando alla nostra conversazione, mi convinsi che Pembroke fosse seccato per la mia telefonata.

Lo rispettavo e avevo bisogno di lui come alleato. Presi il telefono per scusarmi quando squillò.

«Ehi, Bradley, posso richiamarti?»

«Uh, questa è una cosa importante.»

«Che succede?»

«Non ci crederai mai.»

CAPITOLO CINQUANTANOVE

«Smettila di girarci intorno e dimmi che diavolo hai scoperto.»

«Scusa. Sono riuscito a ottenere i tabulati telefonici di Eric Barrio dalla Verizon.»

«Risulta vivo?»

«Assolutamente: ha fatto diverse chiamate negli ultimi due giorni.»

«Dov'è?»

«Secondo i dati delle celle telefoniche, pare che sia a Weston, in Florida.»

«Voglio sapere con chi ha parlato. Scopriremo dove si nasconde.»

«Immaginavo che lo volessi, quindi ho preso tutto.»

«Sei il migliore, Bradley. Scusa se ti ho aggredito, ma ero furioso con Pembroke. Si è rifiutato di fare pressioni sulla dogana per la Noble...»

«Frank, non ci crederai: è una follia.»

Ci risiamo. «Cosa?»

«Secondo i tabulati di Barrio, ha chiamato Pembroke.»

Balzai in piedi. «Cosa? Non è possibile. Sei sicuro che fosse George Pembroke?»

«Sì. Ho controllato i dati di fatturazione del numero. È un cellulare intestato a George Pembroke all'indirizzo del Dipartimento del Tesoro di Washington.»

«Quando è stata fatta la chiamata?»

«Due giorni fa.»

«Era il giorno in cui ho incontrato Barrio e gli ho detto che doveva collaborare.»

«Questo ha senso.»

«No, tutta questa faccenda non ha alcun senso. Pembroke è quello che ha approvato la missione, in primo luogo.»

«Beh, sono sicuro che non pensava che sarebbe andata a finire così.»

«Accidenti, hai ragione. Chi avrebbe mai pensato che si sarebbe arrivati all'oro illegale acquistato dal governo degli Stati Uniti?»

«Cosa ci guadagna lui?»

«Soldi, che altro sennò?»

«Come pensi che sia coinvolto?»

«Probabilmente ha fatto entrare Noble come fornitore per l'oro che il Tesoro acquista. Magari intasca una parte di ogni spedizione.»

«Dovremmo frugare un po', vedere se riusciamo a trovare i soldi di Pembroke.»

«Possiamo provarci, ma sono sicuro che li avrà seppelliti in qualche paradiso fiscale come le Isole Cayman.»

«Probabile.»

«O magari ha dei lingotti d'oro conservati in un paio di posti. Non sono rintracciabili.»

«Cosa faremo?»

«Devo pensarci molto bene. Probabilmente abbiamo una sola possibilità.»

«Okay. Fammi sapere cosa posso fare.»

«Stanne certo. E, ehi, non dire a nessuno quello che hai scoperto.»

Lo stomaco mi si stava stringendo. Crollai su una sedia. Che diavolo stava succedendo?

Ripensare alle mie interazioni con Pembroke accrebbe le mie preoccupazioni. Quasi fin dal primo giorno c'erano stati segnali che avevo ignorato. Da dove era partita la telefonata minatoria? E che dire di Rico, l'agente corrotto della CIA? Pembroke liquidò le prove della sua corruzione. Scelse Rico nel tentativo di controllare la mia missione.

Poi, al mio ritorno dal Perù, sollevai la preoccupazione che l'oro venisse usato per riciclare denaro della droga, ma Pembroke la scartò.

Supporre che fosse una brava persona perché aveva raggiunto una posizione di vertice al Dipartimento del Tesoro fu un errore. Un grosso errore. Era troppo tardi?

Mi sentivo come su una zattera che andava sempre più alla deriva. Era ora di remare il più velocemente possibile e di tornare alle basi.

La motorizzazione dello Stato del Maryland riportava un indirizzo di Pembroke ad Annapolis. Facendo un controllo, scoprii che si trovava all'interno di una comunità recintata conosciuta come Downs on the Severn. Era un quartiere di lusso con due porti turistici e un sacco di servizi.

Zillow sosteneva che la casa di Pembroke fosse valutata a tre milioni di dollari. Una casa costosa per un funzionario pubblico. Indagai su sua moglie, Patricia. Veniva da una famiglia ricca da generazioni. Soldi così vecchi che avevano bisogno del deambulatore.

Mi sorprese scoprire che sia il padre che il nonno di Pembroke erano stati in politica. Suo nonno era arrivato a vicecapo della legislatura di Washington. Ma il padre di Pembroke lo superò, dirigendo il Dipartimento del Bilancio e della Gestione del Maryland. La posizione perfetta per creare uno schema. Ancora una volta, tale padre, tale figlio.

Controllando i registri immobiliari, scoprii che c'erano tre proprietà intestate a Pembroke e a sua moglie. Ma questo era solo nel Maryland. Ed era chiaro che Pembroke era un maestro dell'illusione.

Il suo falso personaggio, unito alla sua conoscenza di tutto ciò che era finanziario, garantiva che la sua ricchezza fosse mascherata meglio di Venezia durante il Carnevale.

Era deprimente, e fare qualcosa al riguardo sembrava impossibile. Ero essenzialmente da solo, a combattere quella che equivaleva a una corruzione a livello di sistema. Era Davide contro Golia, solo che io non avevo nemmeno la fionda.

Passando in rassegna gli attori del caso, valutai i miei alleati e mi venne un'idea. Non volendo commettere lo stesso errore fatto con Pembroke, ricorsi ai fondamentali e indagai su di lui in anticipo.

――――

Mary Ann percorse il corridoio ed entrò in cucina. Mi guardò. «Cosa c'è che non va, Frank?»

Aveva un istinto incredibile, e la cosa mi fece sentire bene. «Cosa te lo fa dire?»

«Sei seduto al tavolo della cucina. E l'unica volta che lo fai è quando mangi.»

La detective in lei non se n'era mai andata. «Ho bisogno della tua opinione.»

«Certo. Che succede?»

«Ho scoperto che Pembroke è corrotto.»

«Cosa? L'uomo a capo del Dipartimento del Tesoro è corrotto?»

«Sì.» Le raccontai delle chiamate con Barrio, l'acquirente di oro illegale, e del fatto che la dogana sembrava insabbiare il caso contro la Noble Metals.

«È semplicemente incredibile. Sei davvero inciampato in qualcosa di grosso, qui.»

«Già. Il problema è che non so cosa fare.»

Mi prese la mano. «Lo capirai, lo fai sempre.»

«Ma se vado contro Pembroke, lui reagirà, e ha un sacco di potere. Posso lasciar perdere il caso di riciclaggio, ma non voglio mettere a repentaglio la cattura del bastardo che ha ucciso Jimmy. Il fatto è che non riesco proprio a lasciar perdere la parte del riciclaggio.»

«Capisco.»

«Sono avido? Dovrei concentrarmi solo sull'assassino, prendere il Pescatore e andare sul sicuro?»

«Prendere il Pescatore è senza dubbio la cosa più importante e la ragione per cui ti sei fatto coinvolgere. Giusto?»

«Sì. Devo prenderlo.»

«E quando lo farai, riuscirai a lasciar perdere la parte del riciclaggio di denaro e Pembroke?»

Feci spallucce. «Credo di sì.»

«Andiamo, Frank. Sappiamo entrambi che non ci riusciresti mai. Ti roderebbe dentro. Saresti infelice.»

«Hai ragione, ma dovrei trovare un modo per conviverci. Non voglio portare in casa più stress di quanto non abbia già fatto. Non ti fa bene.»

«Sto bene. Non preoccuparti per me. Sbriga i tuoi affari.»

Mi alzai e la strinsi tra le braccia. «Sei la migliore. Non posso credere a quanto sia fortunato.»

«Su questo hai ragione!»

«No, seriamente, grazie per appoggiarmi al mille per cento.»

Le parlai dell'uomo che stavo pensando di chiamare per chiedere aiuto.

Disse: «Quindi, temi che lui e Pembroke possano essere d'accordo?»

«Sì.»

«Penso che ci sia una piccola possibilità. Ma come dici

sempre, più persone conoscono un segreto, più è probabile che non rimanga un segreto.»

«Questo è vero. Se è pulito, questo è il mio piano.»

CAPITOLO SESSANTA

Tirai fuori il cellulare dalla tasca. La foto sulla schermata principale con Jimmy, Steve e Jessie mi fissava. Fu una decisione facile.

«Ufficio Investigativo della Sicurezza Interna. Come posso aiutarla?»

Esitai prima di dire: «Romney French, per favore. Sono l'Agente Speciale Frank Luca».

«Resti in linea, signore».

Mentre aspettavo in linea, era difficile non chiedersi se, saputo che ero al telefono, Romney avesse chiamato o mandato un messaggio a Pembroke.

«Signor Luca, come sta? È passato troppo tempo».

«Sì, è vero. Va tutto bene per Lei?»

«Dipenderebbe dalla sua definizione di "bene"».

Stava cercando di fare il simpatico o alludeva a qualcosa? «C'è qualcosa che dovrei sapere?»

«Niente in particolare. Perché ha chiamato?»

Gli raccontai ciò che avevo scoperto sulle chiamate tra Pembroke e Barrio.

Fece una pausa prima di dire: «Questo è preoccupante, ma

potrebbe esserci una spiegazione plausibile per cui si sono sentiti. Forse sono parenti, acquisiti o cose del genere».

«È al corrente che l'investigatore capo del caso Noble Metals è stato rimosso?»

«No. Quando è successo?»

«Circa un giorno fa. E il nuovo agente è un pivello. Ho la sensazione che sia tutto orchestrato».

«Questo è preoccupante sotto diversi aspetti. Potrebbe essere stata una svista, ma avrebbero dovuto informarmi».

«Credo sia stato intenzionale, signore».

«Presumo che non abbia chiamato solo per informarmi».

«Esatto. Ho bisogno del Suo appoggio».

«Con la Noble Metals?»

«Indirettamente, sì. Ma ora la faccenda è più grossa, e ho un'idea che potrebbe funzionare».

«Vorrei sentirla».

———

Esaminando i tabulati telefonici di Barrio, mi concentrai su una serie di chiamate che avevano agganciato determinate celle telefoniche. Erano state instradate in un'area ai margini delle Everglades.

Consultando una mappa, mi fu chiaro che Barrio si nascondeva nella città di Weston o in quella di Southwest Ranches. Afferrai il telefono.

«Pronto».

«Signora Barrio, sono il detective, ops, l'Agente Speciale Frank Luca».

«Sì. Salve».

«Ha avuto notizie di Eric?»

«No. Che cosa sa?»

«Si trova a Weston o a Southern...»

«Sua madre viveva a Weston. Le comprò un appartamento

lì due anni fa, ma dopo la sua caduta, la trasferì più vicino a noi».

«Qual è l'indirizzo dell'appartamento?»

«Oh, devo cercarlo, ma il complesso residenziale si chiama Lakeview».

«Grazie, apprezzo il Suo aiuto».

«Un attimo».

Mi diede l'indirizzo.

«Grazie. Senta, per favore non dica a Suo marito che l'ho chiamata, se dovesse parlargli».

«Non lo farò. Sarà arrestato?»

«No. Al momento è in possesso di informazioni relative a un'indagine su vasta scala, e abbiamo bisogno del suo aiuto».

«Bene, spero che aiuti. Sa, Eric... voglio dire, è cambiato, ma in fondo è ancora una brava persona».

«A proposito, conosce un certo George Pembroke?»

«Pembroke? No, non credo».

CAPITOLO SESSANTUNO

Mary Ann era al telefono. Dissi: «Esco per un po'. Torno tra un paio d'ore».

Lei allontanò il ricevitore dall'orecchio. «Dove?»

«Barrio è a Weston. Vado a trovarlo».

«Da solo?»

«Sì, è avido, non pericoloso».

«Sei sicuro?»

«Sì, al mille per cento. Non possiede armi da fuoco».

«Stai attento».

«Ci vediamo più tardi».

«In bocca al lupo».

Per quel caso avevo percorso la Alligator Alley più volte di quante non ne avessi fatte quando Derrick e io cercammo e trovammo un'enorme quantità di denaro nascosta in un altro caso di droga. Mi accodai al traffico che viaggiava a ottanta miglia all'ora.

Weston era una cittadina elegante, vicina sia a Fort Lauderdale che a Miami. Il centro era curatissimo e immacolato.

Girai in tondo e imboccai Lakeview. Non c'era un cancello.

Superai il residence in cui credevo si nascondesse Barrio e parcheggiai in un posto riservato ai visitatori.

Il sole era forte, ma l'umidità era bassa. Mi avvicinai al suo appartamento al primo piano. Una brezza tropicale scompigliava le strelitzie lungo il vialetto che conduceva alla sua porta.

Suonai il campanello e poi bussai. Nessuno rispose. Sbirciai da una finestra, ma non sembrava ci fosse nessuno in casa. Sarei andato in centro, avrei preso un caffè freddo e sarei tornato.

Facendo inversione a U, vidi un uomo in costume da bagno con un asciugamano sulla spalla. Era Barrio. Tornai nel parcheggio e lo osservai imboccare il vialetto verso il suo appartamento.

Mi affrettai a seguirlo. «Signor Barrio!»

Lui si voltò e le sue spalle si afflosciarono.

«Voglio solo parlare. Credo che Le interesserà quello che ho da dire».

«Cosa puoi dire che mi farà cambiare idea?»

«Si fidi di me. Mi dia cinque minuti e, se dice di no, me ne andrò».

La porta dell'appartamento al piano di sopra si aprì e ne uscì una donna bionda. «Eric, va tutto bene?»

«Sì, Muriel. Tutto bene, è solo un vecchio amico che è passato a salutare».

Si rivolse a me. «Entra pure, Frank».

Mentre entravamo, il sole si nascose dietro una nuvola, bloccando la luce naturale. Barrio accese i faretti della cucina. I mobili erano scuri e datati. Sul bancone c'erano due bottiglie di tequila, una con ancora due dita di liquore e l'altra chiusa.

«Dammi un secondo per cambiarmi».

«Faccia con comodo».

Barrio sparì in una stanza e io sbirciai in un paio di cassetti prima di andare in soggiorno. Su un tavolino da caffè in vetro, accanto a tre lattine di birra vuote, c'erano dei giornali del giorno prima e di quello stesso giorno. Un paio di vetrate scorrevoli offrivano la vista di un lago.

Barrio disse: «Vuoi qualcosa da bere?»

«Sto bene così».

Aprì il frigo e prese una birra. Svitò il tappo e, dopo averne bevuto una lunga sorsata, disse: «Bene, cos'hai da dirmi di così sconvolgente?»

«So che Lei e molti altri siete stati licenziati dalla Noble Metals».

«Sono un branco di bastardi. Si stanno parando il culo».

«Possono provare a nascondersi dietro agli avvocati, ma non funzionerà».

Lui sorrise. «Non sai con chi hai a che fare».

«Me lo dica Lei».

«No, dimmi tu perché sei venuto fin qui».

«Da chi si sta nascondendo?»

«Non mi nascondo da nessuno. Avevo bisogno di schiarirmi le idee per qualche giorno. Allora, hai intenzione di dirmi perché sei qui?»

«So chi ha chiamato».

Lui bevve un altro sorso, ma non disse nulla.

«Lei ha chiamato George Pembroke. Perché?»

«Siamo vecchi amici».

Sbuffai. «Pensa che La proteggerà?»

«Proteggermi da cosa?»

«Lei ha partecipato a un'associazione a delinquere per importare oro da miniere illegali e ha infranto un'infinità di leggi, compreso il riciclaggio di denaro. Rischia un decennio o più di prigione».

Lui sbatté le palpebre e io continuai: «Se pensa che Pembroke sistemerà le cose come ha fatto con l'ispezione doganale alla Noble, si sbaglia di grosso. Può muovere qualche filo per tentare di far deragliare le indagini, ma la competenza di questo caso non spetta al Tesoro. Il caso sta andando avanti e sta per accelerare».

Barrio aprì un mobile e tirò fuori un bicchierino da shot. Si versò da bere, lo mandò giù d'un fiato e versò nel bicchiere il resto della bottiglia.

«Cosa vuoi da me? Non ho intenzione di collaborare».

«Lei andrà in prigione e perderà tutto ciò che possiede. La sua casa sulla spiaggia, questo posto, l'appartamento al Ritz, qualsiasi cosa abbia comprato con soldi sporchi. Quel che Le rimarrà andrà agli avvocati che cercheranno di salvarLe il culo. Anche se ottenesse una condanna lieve, andrebbe comunque in prigione, e quando uscirà sarà al verde».

«Se le cose devono andare così, me ne farò una ragione in qualche modo».

«Non capisco. Le sto offrendo un modo per evitare il carcere».

«Probabilmente mi uccideranno, se parlo».

Dato che Barrio si nascondeva, credevo che la minaccia fosse reale. «Non deve preoccuparsi di questo. La metteremo sotto custodia protettiva, nessuno potrà toccarLa».

«Cosa, e vivere in un appartamento schifoso da qualche parte nel West? No, lascia perdere».

Era il momento di giocare la mia ultima carta.

CAPITOLO SESSANTADUE

Cliccai sul link e chiesi di partecipare alla riunione. Apparve una finestra con il numero dei partecipanti nella stanza virtuale. C'erano molti nomi, ma quello di Pembroke non era tra questi.

Barrio disse: «Cinque persone? Doveva essere confidenziale».

«Lo è. Non si preoccupi, ha firmato un accordo di testimonianza».

Si aprirono diverse finestre. Il mio sguardo si posò su quella di Romney French. Dissi: «Signor French, grazie per aver organizzato questa riunione».

«Salve, Frank, salve, signor Barrio. A questa chiamata partecipano anche l'ispettrice generale del Tesoro, Miriam Scone, e l'ispettore generale della Sicurezza Interna, Martin Blase. Oltre ai rispettivi consulenti legali di entrambi i dipartimenti».

«Salve a tutti».

Mi rispose un coro di saluti.

French disse: «Iniziamo. Signor Barrio, Lei ha firmato il documento *queen for a day*».

Barrio mi guardò. Dissi: «È il nome informale per un

accordo di testimonianza. Niente di ciò che dirà oggi potrà essere usato contro di Lei».

«Okay. Ho capito».

«È corretto, signor Barrio. Tenendo conto di ciò, vorremmo sentire cosa sa dello schema di riciclaggio e del Suo rapporto con il signor George Pembroke. Ciò che ci dirà oggi determinerà se potremo concederLe immunità e protezione».

«E per quanto riguarda la ricompensa per l'informatore?»

«Sì, anche quella. Se le informazioni saranno utilizzabili, Le verranno concesse la custodia protettiva e l'immunità, e sarà ricompensato ai sensi della disposizione sugli informatori».

«Da dove dovrei cominciare?»

«Dall'inizio».

«Beh, ho trovato lavoro alla Noble Metals circa quattro anni fa come acquirente. Trattavo con le miniere e gli intermediari, comprando oro che poi raffinavamo e vendevamo. Parte del territorio che mi era stato assegnato era il Messico».

«Il Messico è un grande fornitore di oro legittimo?»

«Sì, è il nono o decimo produttore più grande al mondo».

«Non lo sapevo. Continui».

«Beh, dopo circa un anno di lavoro, sono stato promosso e mi hanno detto che il Perù stava crescendo in termini di quantità di oro estratto. Adesso è persino più grande del Messico. Quindi, siamo andati in Perù per incontrare la gente della miniera di Cuajone...»

Qualcuno rise. «Cuajone? Sta scherzando?»

«No, no, non ha lo stesso significato del termine gergale per, sa, le parti intime maschili...»

«Continui. Ha detto *noi*. Chi è andato a vedere la miniera peruviana?»

«Io e Matt Walker. Anche lui è un acquirente».

«E cosa è successo?»

«Beh, siamo andati alla miniera e abbiamo concluso un accordo per comprare dieci tonnellate da loro come una sorta di prova. Poi, il giorno prima di partire, qualcuno è venuto in albergo dicendo che voleva parlarci per venderci dell'oro. Beh, abbiamo incontrato questo tizio, ha detto di chiamarsi Ruffo, ma poi abbiamo scoperto che il suo vero nome era Vicente Blanco».

«Sa chi rappresentava?»

«All'epoca no, ma in seguito abbiamo scoperto che lavorava per il cartello La Familia».

«Avete stretto un accordo con lui?»

«Non lì per lì, dovevamo parlarne ai proprietari della Noble Metals, ma sapevo che avrebbero comprato per via dello sconto».

«Che sconto offrivano?»

«Venti per cento sul prezzo di mercato del grezzo».

«Perché avrebbero dovuto offrire un prezzo così basso?»

«Ho fatto la stessa domanda e, anche se non l'ha detto apertamente, si capiva che proveniva da miniere illegali».

«Come fa a saperlo?»

«Come ho detto, abbiamo avuto l'impressione, dato che era evasivo... ma aspetti un secondo e ci arrivo. Quindi, siamo tornati dai proprietari e loro si sono buttati sull'offerta, come sapevamo che avrebbero fatto. Insomma, ne eravamo felici perché ricevevamo bonus in base al volume che compravamo».

«I proprietari sapevano che proveniva da miniere illegali?»

«Abbiamo detto loro cosa pensavamo».

«A chi l'avete detto?»

«Ai fratelli che possiedono l'azienda, John e Cesar Medina».

«Ha detto che in seguito avete scoperto con certezza che la fornitura era illegale».

«Sì, andavamo in Perù abbastanza spesso ed eravamo diventati pezzi grossi, sa. Subito dopo, ci hanno chiesto di comprare da altre due miniere. Era esaltante, ma in fondo alla testa sapevi che qualcosa non quadrava».

«E chi erano queste persone che cercavano di venderLe l'oro?»

«Erano legati ai cartelli».

«Come fa a saperlo con certezza?»

«Perché siamo finiti ad andare in tre di queste miniere con loro, e mi creda, non ci si poteva avvicinare se non si faceva parte del cartello».

«Ha i nomi delle persone con cui ha fatto affari?»

«Sì, ho dato a Frank, ehm, al signor Luca, una lista dei nomi».

Intervenni. «Sì, li ho e li condividerò con voi».

«Quando ha scoperto che la fonte dell'oro che acquistava dal Perù proveniva da miniere illegali, controllate da membri del cartello, ha avvisato la direzione della Noble Metals?»

«Sì, entrambi i fratelli sono stati informati».

«Quindi, sapevano che l'oro era illegale?»

«Sì».

«E non hanno fatto nulla?»

«No, in pratica evitavano di parlarne. Non se ne faceva mai menzione, almeno non con me. Ma, e so che sembra una scusa, la cosa ha cominciato a darmi sempre più fastidio. Quelle miniere distruggono l'ambiente. Bisogna vederlo con i propri occhi».

«Eppure non ha fatto nulla?»

«Non ho bisogno che me lo ricordi».

«Che ruolo ha avuto George Pembroke in tutto questo?»

CAPITOLO SESSANTATRÉ

«È stato il signor Pembroke a contattarla?»

«Sì. Mi lasci inquadrare la situazione, altrimenti non avrà senso. Dunque, stavamo aumentando il volume d'affari con i peruviani...»

«Le miniere illegali collegate ai cartelli?»

«Sì. Andava tutto molto bene, e loro continuavano a trovare sempre più materiale. Abbiamo scoperto che estraevano anche in Colombia.»

«Illegalmente?»

«Sì. Nel sud, vicino al confine con il Perù.»

«Capiamo. Prosegua pure.»

«Beh, andava tutto bene, ma abbiamo cominciato ad avere problemi a vendere quello che compravamo e raffinavamo.»

Mi venne in mente il rapporto di Bradley sul drastico aumento dell'oro proveniente dal Perù.

French chiese: «Che tipo di problemi?»

«Non ci sono molti acquirenti in grado di assorbire tutte le nuove forniture d'oro che avevamo. I vertici mi hanno detto di sospendere l'acquisizione di altro materiale per problemi di liquidità. E io ho detto ai peruviani che volevamo prenderne ancora, ma che il lato acquisti si stava indebolendo. Ho detto che ci sarebbero voluti circa sei mesi per vedere dove andava il mercato.»

«Come hanno reagito?»

«Sembravano delusi, ma hanno detto di capire. Poi, il giorno dopo, Vicente mi ha chiamato, dicendo di avere una soluzione, e io, sa, mi sono esaltato. Gli ho chiesto quale fosse e lui mi ha detto che un suo socio mi avrebbe contattato una volta tornato a casa.»

«È così che Le ha descritto George Pembroke? Come un socio?»

«Sì, è stato così che lo ha chiamato. Dunque, il giorno dopo essere tornato a casa, stavo passeggiando a South Pointe Park. È proprio vicino all'appartamento che avevo affittato quando io e mia moglie ci siamo separati. E un tizio mi si è avvicinato e ha detto che c'era qualcuno che voleva incontrarmi. Io ho pensato: ma stiamo scherzando? Ho risposto di no, e allora lui ha detto che lavorava con Vicente Blanco.»

«L'uomo che ha incontrato in Perù?» French consultò i suoi appunti. «Quello che all'inizio Le aveva detto di chiamarsi Ruffo?»

«Sì. Sono stato colto alla sprovvista, ma ero comunque diffidente, capisce? Così ho detto: «Di che si tratta?». E il tizio ha detto: «Per comprare oro». Allora ho capito che era una cosa seria, perché Vicente mi aveva detto che qualcuno mi avrebbe contattato.»

«Cos'è successo poi?»

«Mi ha detto di tornare due giorni dopo alle cinque e di camminare fino in fondo al molo. Ha detto che ci sarebbe stato un uomo a pescare con un cappellino da baseball bianco.»

«E chi era?»

«Alla fine si è rivelato essere George Pembroke, ma all'inizio ha detto di chiamarsi Sam. Non mi ha mai guardato. Ha tenuto gli occhi fissi sull'acqua, come se stesse pescando.»

«Cosa ha detto?»

«Ha detto che poteva dare una mano con l'acquisto dell'oro dalla Noble. Ho chiesto chi rappresentasse, e lui ha risposto: il governo degli Stati Uniti. Io sono rimasto di stucco. Non potevo crederci e ho chiesto se fosse una specie di scherzo. Ha detto che i federali erano grandi acquirenti d'oro e che lui poteva aprirci le porte se il prezzo era giusto. Io ho pensato, *okay, ecco che arriva la nota dolente*, ma lui ha detto che avrebbero comprato grandi volumi ma che avevano bisogno di uno sconto del cinque per cento. Ho detto che non era un problema, perché sapevo che tanto compravamo già al di sotto del prezzo di mercato.»

«E è stato tutto?»

«No, ha detto che dovevamo fatturare il prezzo di mercato pieno ai federali e dare lo sconto del cinque per cento ai venditori.»

«Voi compravate con uno sconto del venti per cento, corretto?»

«Sì. Quindi, in pratica, è diventato del quindici per cento.»

«E chi beneficiava della riduzione dello sconto?»

«Per come l'ho capita, se lo dividevano Pembroke e Vicente.»

«Ne è certo?»

«Non ho mai visto passare di mano del denaro, ma è così che mi è stato detto.»

«Da chi?»

«Da Vicente.»

«George Pembroke sapeva che l'oro proveniva da miniere illegali?»

«Doveva saperlo.»

«Glielo ha detto Lei?»

«No, ma Vicente lavorava solo con miniere illegali. Lo sapevano tutti.»

«Lei o qualcun altro alla Noble Metals ha trattato direttamente con il signor Pembroke?»

«Io non ero coinvolto nel lato vendite.»

«Com'è nato questo accordo?»

«Mi ha detto di contattare un certo George Martin al Dipartimento del Tesoro. Che era l'uomo che gestiva gli acquisti per Fort Knox. Ho chiesto se ci fosse una procedura di approvazione o qualcosa del genere. E lui ha detto che si sarebbe occupato lui del necessario per far diventare la Noble un fornitore approvato.»

«Crede che George Martin facesse parte di questa cospirazione?»

«Onestamente non lo so. Non gli ho mai parlato. Il giorno dopo sono andato in ufficio e ho detto a Cesar che avevamo la possibilità di vendere al governo, e lui si è entusiasmato. Poi, un paio di giorni dopo, Cesar mi ha fatto venire nel suo ufficio e mi ha detto che avrei ricevuto un enorme bonus per aver concluso l'accordo con i federali.»

«Cesar Medina?»

«Sì, uno dei fratelli proprietari della Noble.»

«Ha detto ai proprietari come aveva ottenuto questa opportunità?»

«Non ho parlato loro di Pembroke, perché Pembroke mi aveva detto di non menzionarlo a nessuno. Così ho detto loro che un amico di un amico mi aveva presentato a Martin.»

«Ha ricevuto il bonus?»

«Sì. È passato circa un mese prima che spedissimo a Fort Knox.»

«A quanto ammontava?»

«Trecentomila.»

«È tutto quello che ha ricevuto?»

«Dall'accordo di vendita sì, ma stavo facendo un sacco di soldi con tutti gli acquisti che facevamo.»

«Quanto guadagnava in media ogni anno?»

«Un milione e mezzo.»

«E lo considerava normale per il tipo di lavoro che faceva?»

«C'erano molti viaggi e molto stress. Ha distrutto il mio matrimonio.»

«Non lo riteneva insolito?»

Fece spallucce. «Sì, insomma, non era tutto rose e fiori. So che suona come una cavolata, ma la situazione mi stava davvero logorando, e bevevo decisamente troppo. Mia moglie voleva che andassi in riabilitazione, ma io non volevo. Probabilmente avrei dovuto, perché mi ha lasciato e ha chiesto il divorzio.»

L'Ispettore Generale del Dipartimento del Tesoro disse: «Signor Barrio, in che data è avvenuto l'incontro con la persona che Lei ritiene fosse George Pembroke?»

«Il venti settembre.»

«Ne è certo?»

«Assolutamente, era il compleanno di mia madre.»

«Grazie.»

French disse: «Un attimo, signori, adesso silenziamo la chiamata per un momento.»

L'audio svanì, e French e gli altri cominciarono a parlare tra loro. Le teste annuivano, e Barrio disse: «Di cosa stanno parlando?»

«Di quello che gli hai detto.»

«Credono a quello che ho detto?»

«Sì. Non preoccuparti. In che punto del molo hai incontrato Pembroke quel giorno?»

«Più o meno a metà.»

«Guardando l'acqua, sul lato sinistro o destro?»

«Sul lato destro.»

Dopo cinque minuti, French riattivò l'audio della chiamata. «Grazie. Signor Barrio, perché non ci riespone tutto quanto? Dall'inizio.»

Barrio ripeté come si era messo in affari con il cartello che gestiva le miniere d'oro, fino a incontrare Pembroke. Quando finì, French disse: «Okay, Signor Barrio, credo che abbiamo abbastanza per garantirle l'immunità e per procedere con una richiesta di informatore. Discutiamo di come procedere.»

Ci salutammo e, poco prima di terminare la chiamata, French disse: «Frank, vorrei parlarle fuori linea. Mi chiami quando è disponibile, ma mi dia prima un paio d'ore.»

CAPITOLO SESSANTAQUATTRO

«Non ci vorrà molto.»

«Sei sicuro che mi daranno i soldi della ricompensa per l'informatore?»

«Dovrebbero.»

«Se non lo fanno, io non ci sto a questa cosa.»

Era troppo invischiato per provare a tirarsi indietro. «Non preoccuparti. Se incorriamo in un problema, cosa che non credo, ho un paio di assi nella manica da giocare.»

«Davvero?»

«Sì.»

Espirò. «Questo mi fa sentire meglio. Grazie, amico.»

«Senti, prendi vestiti per un paio di giorni.»

«Dove andiamo?»

«Non noi, tu. Penso sia una buona idea che tu stia in un albergo.»

«Probabilmente hai ragione.»

Il fatto che non avesse contestato l'idea significava che il rischio esisteva. «Sbrigati, devo attraversare tutto lo stato per tornare a casa.»

Andò in camera da letto e un paio di minuti dopo ne uscì con un borsone.

«Ok. C'è un Westin che è molto carino.»

«Cos'altro c'è qui intorno?»

«Un Courtyard e un Hampton Inn.»

«Scegliamo il Courtyard. Di solito hanno dei miniappartamenti.»

«Ok. Andiamo.» Barrio afferrò la bottiglia di tequila dal bancone e la ficcò nella borsa.

«Se hai un problema con l'alcol, è meglio che te ne occupi ora. Vai in riabilitazione prima di testimoniare.»

«Non ho nessun problema. Andiamo.»

Sembrava negare l'evidenza, ma non era il momento di affrontare l'argomento.

Dopo aver lasciato Barrio in albergo, mi immisi sulla Route 75 e chiamai Mary Ann.

«Ehi, volevo farti sapere che sto tornando a casa.»

«Bene. Com'è andata?»

La misi al corrente e lei disse: «È fantastico.»

«Lo so, è andata bene come mi aspettavo, ma la cosa non mi convince.»

«Perché? Cosa c'è che non va?»

«Credo di avere dei dubbi su tutta questa storia del patteggiamento. Voglio dire, Barrio ha infranto tutte le regole, ha fatto un sacco di soldi aiutando i cartelli. E ora non solo la farà franca, ma riceverà anche qualcosa come cinque milioni di ricompensa?»

«Capisco, ma è così che si fa. Facevamo così anche quando lavoravamo per l'ufficio dello sceriffo.»

«Solo quando era assolutamente necessario.»

«Questo è vero, ma Barrio ha perso sua moglie e finirà nel programma di protezione testimoni. Non potrà vedere sua madre.»

«Lo so, ma...»

«Ascolta, darai un bel colpo all'operazione di riciclaggio. È quello che ti eri prefissato di fare.»

«Hai ragione.»

«In più, incastrerai un funzionario corrotto. È una cosa grossa, Frank.»

«Non dovrebbe essercene nemmeno uno da incastrare. Questi sono gli Stati Uniti, non un paese del terzo mondo.»

«Sei poco realista, Frank. Abbiamo un sacco di corruzione proprio qui in America. È triste, ma è un dato di fatto.»

«Mi stavi facendo sentire meglio e ora rovini tutto?»

Lei rise. «Sono contenta che questa storia stia per finire. Se fosse andata avanti ancora, forse sarebbe stato sensato prendere un appartamento a Miami.»

«Ci sono un sacco di bei posti. Mi piace il colore dell'acqua lì. In molti punti sembra quella dei Caraibi.»

«Cosa ne sai tu dei Caraibi? Non ci sei mai stato.»

«Stai cercando di incastrarmi per un'altra vacanza?»

«Oh, a proposito di viaggi, Melissa dell'agenzia di viaggi mi ha appena mandato un paio di consigli su alcuni hotel. Sono davvero belli, ma non sono economici.»

«Niente lo è di questi tempi. Ci daremo un'occhiata quando torno a casa.»

«Quanto ci metterai?»

«Circa un'ora. Devo chiamare Washington, quindi ci vediamo tra un po'.»

Erano passate quasi due ore da quando Romney French aveva chiuso la nostra videoconferenza chiedendomi di richiamarlo un paio d'ore dopo. Controllai il cippo miliare. Ero al 67,1. Aspettai di superare il cippo del 71 prima di comporre il suo numero.

«Signor French, sono Frank Luca. Mi aveva chiesto di chiamarla.»

«Sì. Sì. A proposito, credo che oggi sia andata molto bene.»

«Concordo, signore. È attendibile. Spero che riusciamo a incastrare Pembroke.»

«Miriam, l'Ispettore Generale del Tesoro, ha confermato che Pembroke era a Miami il venti settembre.»

«Wow. Quindi l'abbiamo in pugno.»

«Ci servirà dell'altro. Può negare di aver incontrato Barrio.»

«Capisco, e sto lavorando a qualcosa che chiuderà il cerchio.»

«Sa, io e George ci conosciamo da circa dieci anni. È difficile vedere in cosa si sia cacciato.»

«Certamente.»

«Ha tutto. La sua famiglia è molto benestante e ha un lavoro per cui il novantanove per cento della popolazione ucciderebbe.»

«L'avidità è un potente motivatore.»

«È vero. Sono curioso: George le ha mai chiesto di Jay Adams?»

«Sì. Ho dovuto accettare di indagare su di lui per convincere Pembroke ad autorizzare questa missione.»

«Non mi sorprende. George ce l'ha a morte con Adams. Crede che gli abbia impedito di fare carriera e non sopportava tutto il successo che Adams aveva avuto dopo essersene andato.»

«Ha detto che c'era sotto qualcosa di losco, come quello che è successo con Madoff.»

«Può darsi, ma è altrettanto probabile che George volesse solo creargli dei problemi. Lo prendevo sempre in giro, dicendo che aveva l'Alzheimer irlandese, perché le uniche cose che ricorda sono i rancori.»

«Wow. Non so cosa dire.»

«Non c'è niente da dire. Oh, prima che me ne dimentichi, volevo farle sapere che ho contattato il commissario delle dogane riguardo al caso della Noble Metals.»

«Davvero? E cosa ha detto?»

«Gli ho chiesto di rimettere sul caso l'investigatore originale e ha accettato.»

«JD è di nuovo sul caso? Dobbiamo stare attenti. Avvertiranno Pembroke.»

«Spero che lo facciano. Stiamo tenendo d'occhio Pembroke e, se cerca di interferire, aggiungeremo solo altre prove al caso di corruzione contro di lui.»

«Questo è vero. Sono curioso: che cosa gli ha detto?»

«Che stavamo lavorando a un caso di traffico di esseri umani che coinvolgeva il commercio illegale d'oro.»

«Eccellente. Mi piace la copertura.»

«Stiamo intercettando il telefono di Pembroke e tracciando i suoi movimenti.»

«Grazie, signore.»

«No. È lei che merita i ringraziamenti. Se non fosse stato per il suo istinto, tutto questo non sarebbe mai venuto a galla.»

Non potei negare che quel riconoscimento mi facesse piacere. Lo ringraziai e riattaccai. Quando la chiamata terminò, il mio telefono, che era attaccato al cruscotto, mostrò la schermata iniziale. La foto di Jimmy, Stevie e Jessie distrusse l'euforia per il complimento di French.

Se il piano per assicurare il Pescatore alla giustizia fosse fallito, non solo avrebbe messo in ombra il successo riguardo allo schema di riciclaggio, ma mi avrebbe anche divorato vivo.

CAPITOLO SESSANTACINQUE

Erano passati due giorni da quando avevo rintracciato il responsabile dei sistemi di sorveglianza del molo di South Pointe. Bryan Jordan era il capo della sicurezza del Dipartimento dei Parchi e delle Attività Ricreative della Contea di Miami-Dade. Mi aveva promesso di inviare il video il giorno prima, ma stavo ancora aspettando. Quella mattina presto gli avevo inviato un'e-mail, ma non mi aveva risposto. Normalmente sarei andato di persona, ma il mattino seguente sarei partito per il Texas.

Digitai il numero di Jordan. Una voce familiare disse: «Parchi di Miami-Dade».

«Parlo con Bryan Jordan?»

«Sì. Chi parla?»

«Agente Speciale Luca. Ci siamo sentiti un paio di giorni fa per il video di sorveglianza del molo.»

«Certo. Come sta?»

«Abbastanza bene, ma starò meglio quando mi invierà il filmato che le ho chiesto.»

«Ah, giusto. C'è stato un po' da fare qui, e devo ammettere che mi è passato di mente.»

«Capisco, ma è importante per il caso a cui stiamo lavorando. Anzi, probabilmente ci permetterà di chiuderlo.»

«Che tipo di caso?»

«Non posso parlarne, ma ne leggerà sul giornale.»

«Wow. Che forte.»

«Tra un paio d'ore parto per un'altra indagine e ho davvero bisogno di chiudere questa faccenda. Può inviarmelo adesso?»

«Lei è un agente speciale, quindi lavora a casi importanti?»

«Sì.»

«Caspita, mi piacerebbe tanto sentirne parlare. Sono un grande appassionato di cronaca nera.»

«Senta, facciamo così: sono a Miami due volte al mese. Che ne dice se passo da lei e un giorno pranziamo insieme?»

«Oh, caspita, sarebbe fantastico.»

«Le racconterò alcuni dei casi più pazzeschi che abbiamo avuto.»

«Non vedo l'ora.»

«Senta, come le dicevo, mi serve il filmato del molo del venti settembre, dalle quattro alle sei del pomeriggio.»

«Me ne occupo subito. Ce l'avrà tra dieci minuti.»

Dubitando che la sua stima di dieci minuti coincidesse con la mia, feci un'altra telefonata. Questa volta a Romney French della Sicurezza Interna.

«Pronto, Frank, a cosa pensa?»

«Ieri sera guardavo il telegiornale e c'era un servizio sul caso della società di comodo cinese che spediva prodotti ad alta tecnologia in Cina senza licenza.»

«Crimson Technologies.»

«Sì, esatto.»

«Cosa c'entra?»

«Beh, so che vogliamo evitare che tecnologie sensibili come i nuovi semiconduttori necessari per i computer potenti finiscano nelle mani dei nostri nemici.»

«Sì, e questo è uno dei motivi per cui richiediamo agli

esportatori di ottenere una licenza prima di spedirli. Vogliamo vedere di che prodotto si tratta e chi lo riceve.»

«Potrebbe sembrare una sciocchezza, ma perché non facciamo la stessa cosa per le importazioni?»

«Beh, la facciamo. Su alcuni beni, come armi e alcuni prodotti agricoli, le licenze sono obbligatorie.»

«Potrei sbagliarmi di grosso, ma perché non potremmo richiederne una per importare l'oro? Saremmo in grado di ridurre drasticamente il numero di spedizioni illegali.»

«Beh, questa è un'idea. Ci sarebbero resistenze da parte delle nazioni produttrici legittime.»

«Non potrebbe essere una misura specifica per paese? Diciamo per Perù, Colombia e Messico, per esempio?»

«È possibile. Dovrò pensarci su. Grazie, è una buona idea.»

Invece di chiedere perché la dogana non ci avesse pensato, lo ringraziai e riattaccai.

La mia casella di posta emise un suono e, allegato all'e-mail del dipartimento dei parchi, c'era un file video MP4. Accostai la sedia e feci doppio clic sull'allegato.

Il filmato era sgranato e in bianco e nero. Mandai avanti veloce fino alle 16:50 e premetti play. Un flusso costante di turisti e gente del posto che si godeva la vista dal molo entrava e usciva dallo schermo. Alle 16:55, un uomo con una canna da pesca e un secchio apparve sullo schermo.

Indossava un berretto da baseball bianco, teneva la testa bassa e si posizionava di sbieco rispetto alla telecamera. Doveva essere Pembroke. Si appoggiò alla ringhiera e gettò la lenza nella baia.

Riguardai la sequenza lentamente. Ma era impossibile ottenere una visione chiara del suo volto. Pembroke sapeva che c'erano delle telecamere e le evitava. Lasciai scorrere il video e, alle 17:01, Barrio entrò in scena.

Non si strinsero mai la mano e Pembroke continuò a fissare la baia. Tentare di leggere il labiale di Barrio fu una perdita di tempo. L'incontro terminò alle 17:09, meno di otto minuti. Barrio si allontanò e Pembroke riavvolse la lenza. La lanciò di nuovo e continuò a fingere di pescare per quindici minuti.

Afferrò il secchio e si spostò di circa sei metri più in là lungo il molo. Sembrava che stesse cercando un nuovo punto per pescare. Dopo aver lanciato due volte, riavvolse la lenza e si abbassò ulteriormente il berretto. Prese il secchio e se ne andò. Pembroke tenne la testa bassa mentre usciva dall'inquadratura.

Non valeva la pena controllare le altre telecamere, dato che Pembroke sapeva come evitare di essere individuato.

Feci capolino fuori dallo studio. «Mary Ann! Puoi venire qui?»

«Che succede?»

«Dai un'occhiata a questo.»

Dopo averle mostrato il video, dissi: «Se dovessi identificare il tizio che pesca, ci riusciresti?»

«No. Non si riesce a distinguere il suo viso.»

«È una completa perdita di tempo. Il video è inutile. Quel bastardo di Pembroke si crede furbo.»

«Era lui, quello?»

«Sì, è allora che ha incontrato Barrio, il tizio che lavorava per la Noble Metals.»

«Oh, ora capisco.»

«Sì, ma siamo fregati. Contavo sul video di sorveglianza per dimostrare che Pembroke aveva incontrato Barrio. Adesso non abbiamo niente.»

«Troverai qualcosa. Per ora, resta concentrato sulla cattura dell'assassino di Jimmy.»

«Lo so, ma pensavo che saremmo riusciti a incastrare Pembroke.»

«A che ora parti domani?»

«Devo essere all'aeroporto di Naples all'alba. French ha detto che il volo per il Texas partirà alle sei.»

«Guarda un po', ti mandano un aereo.»

Non volevo dirle che andare in Texas era la parte facile. Scherzai: «Sì, sono un vero pezzo grosso».

Dopo una cena anticipata, dissi: «Andiamo a fare una passeggiata».

Il sole splendeva e una brezza leggera soffiava quando uscimmo in strada. Mary Ann stava andando a destra e io dissi: «No, andiamo dall'altra parte».

Avevo paura di incontrare Connie. «Okay.»

Salutammo con un cenno un paio di vicini che portavano a spasso i loro cani e Mary Ann disse: «Forse dovremmo prendere un cane. Che ne pensi?»

«Non so, è un sacco di lavoro.»

«Non è così terribile. Sarebbe divertente averlo in casa.»

«Semmai, dovremmo aspettare di tornare dal nostro viaggio.»

«Hai ragione. Allora, ti va bene fare la Riviera Ligure, il Lago di Como e Venezia?»

«È quello che vuoi fare tu?»

«Ci sono così tanti posti in cui voglio andare. Tutti hanno detto che dovremmo fare questo viaggio e tenere la Costiera Amalfitana per un'altra volta.»

«Mi sembra un'ottima idea.» A una dozzina di case di distanza, un uomo uscì dal suo vialetto e si diresse in strada. Indicai: «Sembra che Sal sia tornato in città».

«Sì, è lui.»

Mi fermai. «Oh, caspita.»

Mary Ann disse: «Che succede?»

«Ce l'ho.»

«Cosa? Cosa hai?»

«Aspetta, fammi ragionare un secondo.»

Sorrisi.

«Frank, hai intenzione di dirmi cosa sta succedendo?»

CAPITOLO SESSANTASEI

Mi sfilai le scarpe da ginnastica, le gettai da parte ed ero già quasi in casa quando Mary Ann disse: «Frank, che sta succedendo?»

«Dammi un po' di tempo e, se ho ragione, te lo mostrerò.»

«E se ti sbagli?»

Chiusi la porta dello studio e aprii il portatile. George Pembroke era uno dei pezzi grossi del Dipartimento del Tesoro. Nel suo ruolo, faceva un discreto numero di apparizioni pubbliche.

Andai dritto su YouTube e inserii il nome di Pembroke nella barra di ricerca. Una lunga lista di video riempì lo schermo. Scartai diversi video in cui era dietro a un podio e cliccai su uno che lo riprendeva a una tavola rotonda.

Cinque sedie vuote erano disposte a semicerchio sotto un grande cartello che proclamava «Economia e mondo sviluppato». Premetti play.

I partecipanti vennero annunciati uno a uno e si diressero verso le loro sedie. Identificai Pembroke dopo che ebbe fatto due passi da dietro una tenda.

Sorrisi quando notai che Pembroke indossava un abito

scuro e una cravatta gialla. Riavvolgendo, lo guardai altre tre volte. Era inconfondibile.

Poi aprii il video di Pembroke in cui appariva con il segretario al Tesoro. Pembroke era dietro a un podio. Aveva un ruolo di supporto, facendo dei commenti iniziali prima di presentare il segretario.

Pembroke camminò verso il centro del palco per salutare il suo capo. Ciò che vidi era inconfutabile.

Copiai gli URL di entrambi i video, insieme a un MP4, e li inviai via email.

Aprendo la porta dello studio, dissi: «Mary Ann, puoi venire qui?»

«Arrivo.»

Mi lasciai cadere sulla sedia mentre Mary Ann entrava nella stanza.

«Avvicinati, voglio mostrarti una cosa.»

Avviando il primo video di YouTube, dissi: «Ecco Pembroke a un forum economico.»

lei guardò da sopra la mia spalla. «Okay.»

«E qui è lui che presenta il segretario al Tesoro. Aspetta che vada a salutarla.»

«Dove vuoi arrivare?»

«Aspetta un attimo.» Caricai un video MP4. «Ora, ti ricordi che te l'ho mostrato? È il video di sorveglianza di Pembroke al molo di South Pointe quando incontrò Barrio.»

«Sì, me lo ricordo.»

Il mio dito era sospeso sul tasto play. «Dimmi chi pensi che sia.»

Abbassai il dito e mandai avanti veloce. Non appena l'uomo che fingeva di pescare iniziò ad allontanarsi dal molo, lei disse: «È lo stesso uomo degli altri video. È Pembroke.»

«Certo che lo è. La sua andatura corrisponde perfettamente.»

«Come hai fatto a capirlo?»

«Mentre camminavamo, non appena ho visto Sal, ho capito chi era. Entrambi lo abbiamo capito. La sua andatura è riconoscibile, così come quella di Pembroke.»

«L'identificazione tramite l'andatura è piuttosto controversa.»

«Sì, ma è ammissibile in tribunale, e abbiamo Barrio, che era lì, e dice che era Pembroke.»

«Cosa hai intenzione di fare?»

Afferrai il telefono. «Ho inviato i video a Romney French della Sicurezza Interna. Deve prendere in mano lui la situazione d'ora in poi.»

«In bocca al lupo.»

Composi il numero di French. Rispose al primo squillo. «Frank, vedo che ti sei dato da fare.»

«Sto cercando di chiudere il cerchio prima di andare in Texas.»

«Texas?»

«Per un altro caso. Hai visto i video?»

«Sì. Si vede chiaramente che è George.»

«Sosterrà la testimonianza di Barrio e, con le prove circostanziali, come l'interferenza di Pembroke nel caso Noble, penso che tu abbia abbastanza per incastrarlo.»

«È ora di mostrare alla procura quello che abbiamo.»

PARTE V

CONFINE TRA STATI UNITI E MESSICO

CAPITOLO SESSANTASETTESIMO

Eravamo seduti sul bordo di una pista d'atterraggio da cui spuntavano erbacce dalle crepe nell'asfalto. Seduto sul sedile del copilota, dissi: «Ancora non riesco a credere che non hai usato gli strumenti per volare fin qui».

«È sempre bene avere strumentazione di riserva per volare, specialmente se il tempo cambia. Ma è stato un volo breve e, quando voli solo a vista, non devi presentare il piano di volo e l'altitudine».

«Bel lavoro. Non so però se riuscirei mai a sentirmi a mio agio in uno spazio così piccolo».

«Ci si abitua».

«Io non ci riuscirei».

Il pilota indicò fuori. «Sono loro?»

Mi tolsi gli occhiali da sole e strizzai gli occhi. «Sì. Se parli con loro, trattali come normali passeggeri. E ricorda di usare lo spagnolo».

Lui sorrise. «Ningún problema».

Mi alzai dal sedile della cabina di pilotaggio. Chinandomi, misi piede sul gradino più alto della scaletta. Il capitano stava dietro di me.

Feci un cenno con la mano mentre si avvicinavano. «Bienvenidos».

Sentii una stretta al petto mentre salivano a bordo. Chiesi: «Sin equipaje?»

Dissero che non avevano bagagli. Il capitano tornò in cabina di pilotaggio. Tirai su la scaletta e bloccai il portellone.

Chiesi loro di allacciare le cinture di sicurezza e li informai che il viaggio sarebbe durato circa venti minuti.

Declinarono la mia offerta di usare il bagno e io mi ritirai in cabina di pilotaggio. Mentre mi accomodavo al mio posto, il pilota chiese: «Tutto bene?»

«Sì. Alziamoci in volo».

Rullammo sulla pista. Lui afferrò la cornetta e, in spagnolo, informò i passeggeri che stavamo per decollare.

A motori accelerati, spinse avanti una leva e l'aereo prese velocità. Il muso si sollevò. Mentre la fine della pista appariva in vista, le ruote si staccarono dall'asfalto. I motori gemettero mentre salivamo sempre più in alto.

Dissi: «Avvisami quando è il momento».

«Ci stabilizzeremo tra un minuto. Dovremmo entrare in Texas in meno di cinque».

Mentre ripassavo per la ventesima volta quello che dovevo fare, il pilota indicò fuori dal finestrino. «Puoi andare».

Feci un respiro profondo e slacciai l'imbracatura del sedile. Mi alzai e palpai la Glock nella fondina alla caviglia. Sentivo i passeggeri chiacchierare in spagnolo.

Aprii la porta della cabina di pilotaggio ed entrai in quella dei passeggeri. Entrambi alzarono lo sguardo. Dissi: «Debo usar el baño».

Reggendomi con una mano allo schienale di un sedile, raggiunsi la stretta porta del bagno. Mi infilai nello spazio angusto. Sbattendo la testa contro il minuscolo lavandino, afferrai la pistola dalla fondina.

Contai fino a trenta e premetti la leva, tirando lo sciacquone. Mentre il rumore si spegneva, mi misi la pistola nella cintura dei pantaloni, all'altezza della schiena. Chiudendo piano la porta dietro di me, uscii nella cabina. Due file più avanti, i passeggeri stavano parlando tra loro da un lato all'altro del corridoio. Entrambi gli uomini guardarono verso il fondo dell'aereo.

Sorrisi, sistemandomi la camicia, e loro tornarono a parlare. Feci un passo avanti, portai la mano dietro la schiena ed estrassi la Glock. La tenni lungo la gamba. Sollevai la pistola. Scattando in avanti, premetti la canna dell'arma contro la nuca del Fisherman.

Lui disse: «Che cazzo succede?»

«Zitto! E metti le mani dietro la testa! Anche tu!»

Il Fisherman esitò.

«Subito. Su, le mani!»

Acuna guardava dritto davanti a sé. Dissi: «Tu! Mettile su!»

Ammanettai il Fisherman e feci lo stesso con Acuna. Premetti la canna della pistola contro la nuca del Fisherman. «In piedi».

Lui si alzò.

Mi misi nel corridoio. «Girati».

Si voltò verso il fondo dell'aereo, dicendo: «Che cazzo è 'sta storia? Sei morto. Sei un figlio di puttana morto».

«Zitto».

Perquisendolo, gli sollevai il bordo dei pantaloni. Un coltello da venti centimetri era in un fodero assicurato al polpaccio. Lo disarmai. La lama aveva un bordo seghettato. Era quello con cui aveva sventrato Jimmy? Frugando nella tasca anteriore dei suoi jeans, tirai fuori il suo telefono e il portafoglio.

Gli puntai la pistola alla base del cranio. «Ora ti sposti nella fila successiva. E fallo lentamente».

Imprecando a bassa voce, il Fisherman si mosse. Usando un altro paio di manette, legai quelle che aveva già al bracciolo del suo sedile. Feci finta di perquisire Acuna e di assicurarlo al suo posto.

Acuna disse: «Per chi lavori? Chiunque sia, possiamo pagarti il doppio».

«Sta' zitto».

Bussai alla porta della cabina di pilotaggio e la aprii. «Okay. Portaci a casa».

Il Fisherman gridò: «Dove cazzo ci state portando?»

«State zitti».

«Questo tizio è della DEA?»

Acuna rispose: «Non lo so».

«Ehi, amico. Abbiamo dei diritti».

«Sì, certo che li avete. Avrete la possibilità di esercitarli in un'aula di tribunale».

I suoi occhi si spalancarono. «Pensi di poterci rapire? Prenderemo te e la tua famiglia».

Mi feci avanti verso di lui, agitandogli la pistola in faccia. «Zitto, o ti imbavaglio».

Dopo aver controllato le sue manette, mi sedetti dietro al Fisherman e guardai nel suo portafoglio. Nient'altro che la sua patente e una carta di credito. Provai ad aprire il suo telefono, ma era bloccato.

Mi alzai, avvicinandomi al Fisherman.

Disse: «Non la farai franca. Noi...»

«Zitto!»

Tenni il telefono davanti al suo viso. Sorrisi quando il riconoscimento facciale funzionò, sbloccando il telefono. Quella sarebbe stata una miniera d'oro di informazioni.

Mi affrettai a tornare al mio posto e cominciai a scorrere. Le mie speranze si sgonfiarono. Il registro delle chiamate era vuoto e non c'erano messaggi.

Cliccai sull'icona dei contatti e borbottai una maledizione.

Anche quella era vuota. La disciplina di La Familia aveva eretto un altro muro da scalare.

Usando le impostazioni, riuscii a vedere che il suo operatore era AT&T Mexico e a determinare il numero del cellulare. Forse saremmo riusciti a ottenere qualcosa.

L'aereo atterrò in Texas. Mentre rullavamo verso un angolo dell'aeroporto di Edinburg, inviai un messaggio a Bradley chiedendogli di verificare con discrezione cosa potevamo ottenere da AT&T riguardo ai tabulati telefonici del Fisherman.

Quando ci fermammo vicino a un jet di proprietà della Sicurezza Nazionale che ci stava aspettando, mi slacciai e andai dal Fisherman. «Emanuel Ruiz, sei in arresto per l'omicidio di Jimmy Pearson. Hai il diritto di rimanere in silenzio. Qualsiasi cosa dirai potrà essere usata contro di te in un'aula di tribunale. Hai il diritto di avere un avvocato. Se non puoi permetterti un avvocato, te ne sarà assegnato uno.»

«Ehi, amico, ho delle informazioni pesanti da darti in cambio se ci lasci andare.»

«Sta' zitto!»

Mi voltai verso Acuna, informandolo che era in arresto per spaccio di sostanze stupefacenti illegali. Poi gli lessi i diritti Miranda e aprii il portellone. Un paio di agenti supervisionò il trasferimento di entrambi i prigionieri sull'aereo slanciato. Una volta che furono assicurati, io e gli agenti prendemmo posto.

Acuna continuava a cercare di incrociare il mio sguardo mentre ci dirigevamo all'aeroporto di Naples. Mi piaceva vederlo nervoso. Era la ciliegina sulla torta per aver catturato il Fisherman.

Il Fisherman si voltò verso di me. «Ehi, amico! Devo parlarti.»

«Tienitelo per il tribunale.»

«No, amico. È una cosa grossa. Ho informazioni su uno sbirro corrotto e sta molto in alto. È stato lui a dirmi di sparire.»

Cosa aveva? Stava mentendo per salvarsi? «Aspetta che atterriamo a Naples.»

L'euforia per aver catturato l'assassino di Jimmy si sgonfiò come un palloncino. Se diceva la verità, avremmo potuto smascherare un traditore. Ma non avrei mai permesso al Fisherman di sfuggire alla giustizia.

CAPITOLO SESSANTOTTO

Naples, Florida

Ero distrutto dal viaggio, ma con il pensiero del Pescatore che mi tormentava era difficile dormire. Mi alzai dal letto ben prima che sorgesse il sole. Entrai in cucina in punta di piedi.

La porta scorrevole era appannata dall'umidità della notte. Mi preparai una tazza di caffè e accesi il telefono.

C'era un messaggio in segreteria di JD. Diceva solo di richiamarlo. Mancavano dieci minuti alle sette. Gli mandai un messaggio.

Un minuto dopo, chiamò.

«Ehi, Frank. Ho provato a chiamarti ieri sera.»

«Lo so. Dormo già abbastanza male senza il telefono che suona, quindi ho iniziato a spegnerlo di notte.»

«Fai bene. Mia moglie tiene il suo acceso e le notifiche mi fanno impazzire.»

«Che succede?»

«Abbiamo sequestrato il carico ieri a tarda notte. Aveva un valore troppo alto e non potevamo rischiare di lasciarlo sulla banchina.»

«Sono contento di sentirlo.»

«Ho anche inserito una segnalazione nel sistema sulla Noble, così le future spedizioni saranno esaminate attentamente.»

«Dovrebbero proibirle di importare.»

«Anche se importare è un privilegio, non un diritto, bandire un importatore è un processo lungo, e lo studio legale che hanno ingaggiato è di prim'ordine.»

«Maledetti avvocati.»

«Abbiamo emesso multe e lettere di penalità per ciascuna delle spedizioni in cui la documentazione non quadrava. Hanno trenta giorni per rispondere. Sono sicuro che cercheranno di ridurre le multe, dato che ammontano al valore totale delle spedizioni coinvolte.»

«Questo dovrebbe attirare la loro attenzione, ma vorrei che i soldi uscissero dalle tasche dei cartelli.»

«Questo è più o meno il massimo che possiamo fare.»

«Beh, sono contento che stiate facendo tutto il possibile. Temo solo che i cartelli troveranno un'altra raffineria disposta a giocare al loro sporco gioco.»

«Esatto, oppure che fondino loro stessi una società.»

Mi si strinse lo stomaco. «Sai, non ci avevo mai pensato. Quanto è facile farlo?»

«Troppo facile, se lo chiedi a me. Non devi nemmeno trovarti negli Stati Uniti. Puoi essere un importatore con sede all'estero.»

«È pazzesco.»

«Tutto ciò che ti serve è un rappresentante qui.»

«Come diavolo fermeremo questo tipo di riciclaggio con leggi del genere?»

«Mi spiace, amico, ma questo è fuori dalla mia competenza.»

Che cos'aveva questo caso? Ogni aspetto positivo ne aveva uno negativo. Sequestrammo la spedizione, privando il cartello di un po' di soldi, ma il processo di importazione aveva una falla enorme.

Ero sicuro che i cartelli avrebbero creato una o più società per sfruttare il sistema. Sarebbero stati un passo avanti a noi, di nuovo.

Era frustrante. Perché il governo non riusciva a innovare e ad adattarsi come facevano i criminali? Eravamo sempre costretti a reagire.

Afferrando il cellulare, composi un numero.

«Dipartimento della Sicurezza Interna. Come posso aiutarla oggi?»

«Romney French. Gli dica che è Frank Luca.»

«Un attimo, signore.»

Mary Ann entrò in cucina proprio mentre French rispondeva.

«Frank. Come sta?»

«So che dovrei essere soddisfatto per il caso della Noble Metals. Lei ha rimesso JD sul caso e hanno sequestrato una spedizione d'oro. E lo apprezzo, davvero.»

«Mi sembra di sentire un "ma" in arrivo.»

«Sì. Sembra che per i cartelli sia facile trovare un'altra raffineria con cui collaborare, o a quanto ho capito possono creare loro stessi una società per occuparsi delle importazioni. È come il gioco della talpa.»

«Le persone disposte a commettere crimini trovano infiniti modi per aggirare la legge. Sono sicuro che ne è consapevole.»

«Lo sono, ma non c'è qualcosa che potremmo fare? Come bandire permanentemente le società o non consentire le importazioni di oro dal Perù?»

«Ci sarebbero resistenze da parte del Dipartimento di Stato se prendessimo di mira solo il Perù, o la Colombia, se è per questo.»

«Beh, bisogna fare qualcosa, o tutto ciò che abbiamo fatto per fare luce su questo sistema non servirà e la cosa andrà avanti. Questo non è che un piccolo contrattempo per i cartelli, e loro continueranno a distruggere la foresta pluviale.»

«Stavo per scrivere un memorandum per aumentare il controllo sulle spedizioni provenienti dal Perù e dalla Colombia.»

«È un'ottima cosa, ma non potrebbero semplicemente farle passare attraverso il Messico?»

«È certamente una possibilità, ma renderebbe le cose più difficili e costose per loro.»

«I loro margini possono assorbire il colpo.»

«Probabilmente, ma avrà comunque un impatto su di loro.»

«Apprezzo tutto ciò che sta facendo. Spero solo che sia abbastanza.»

«Anch'io. Bene, buona giornata.»

Tornai in cucina.

Mary Ann disse: «Stavi parlando con il tizio della Sicurezza Interna?»

«Sì, Romney French. Lascia che te lo dica, c'è una falla nel sistema di importazione così ampia da farci passare la luna.»

«Penso che si affidino alla tecnologia per risolvere le cose. Forse l'IA può aiutare.»

«L'IA? Non credo. Abbiamo bisogno di uomini ai confini e nei porti e di solide operazioni sotto copertura. È disgustoso vedere come tutta la droga riesca a entrare e il denaro venga riciclato. È...»

«Frank. Stai divagando»

«Non sto divagando, sono solo frustrato perché tutto il lavoro che ho fatto...»

«L'obiettivo principale era catturare l'assassino di Jimmy, giusto?»

«Assolutamente»

«Non lo interrogherai oggi?»

«Sì. Parto tra un'ora»

«Non mi sembri entusiasta. Un tempo vivevi per giorni come questo»

«Lo so, ma c'è qualcosa in questo maledetto caso...»

«È quasi finito»

Era il fatto che il Pescatore sostenesse di avere informazioni scottanti su un poliziotto corrotto a deprimermi? La corruzione era più diffusa di quanto avessi immaginato. E di chi stava parlando?

CAPITOLO SESSANTANOVE

«Grazie. Il caffè fa ancora schifo da queste parti?»

Rise. «Non è cambiato nulla.»

«Vado a prenderne una tazza. Ne vuoi una?»

«No, grazie.»

Entrai nella caffetteria e tutti, compreso il mio sostituto, Donovan, cominciarono ad applaudire. Mi guardai alle spalle; non c'era nessuno.

Finché qualcuno non disse: «Sei un duro, Frank», non mi resi conto che l'applauso era per me.

Alzando un palmo, dissi: «Non è ancora finita».

Strinsi diverse mani, compresa quella di Donovan, e mi versai una tazza di caffè bruciato.

Donovan mi si affiancò. «Ottimo lavoro, amico. Visto che sei stato tu a portare dentro Ruiz, vuoi condurre tu l'interrogatorio oggi?»

«Ne sarei onorato.»

«È tutto tuo.»

«Grazie, e non preoccuparti, non ho intenzione di tornare.»

Rise. «Ruiz e il suo avvocato arrogante sono nella sala uno.»

«Hai spento l'aria condizionata in quella stanza?»

«Cosa?»

«Niente. Era un trucchetto che usavo con i sospetti, farli aspettare in una stanza calda. Sai, mi dava un vantaggio.»

Mi guardò come se mi fossi messo un bikini.

«Era un piccolo gioco che io e Derrick facevamo.»

«Okay. Diamoci una mossa.»

Donovan aprì la porta della sala interrogatori e Ruiz e il suo avvocato Bill Rudy interruppero il loro conciliabolo.

Donovan disse: «L'agente speciale Frank Luca condurrà l'interrogatorio».

Ci sedemmo di fronte a loro, dall'altra parte del tavolo di metallo, e Donovan accese il dispositivo di registrazione. Recitò le formalità per la registrazione e si voltò verso di me.

Raddrizzando la cartellina che avevo appoggiato sul tavolo, dissi: «Signor Ruiz, quando è stato arrestato, ha affermato di avere informazioni su un funzionario di polizia corrotto. Prima di addentrarci nell'omicidio di cui è stato accusato, ci parli di questo funzionario corrotto, così potremo determinare se la sua informazione è reale e valutare che tipo di patteggiamento possiamo offrirle in cambio».

Il suo avvocato, Rudy, fece un sorrisetto. «Avete un problema serio con qualunque cosa stiate cercando di fare qui. Per la cronaca, e magari è perché Lei è in pensione, ma la procedura vuole che siate voi a proporre un'offerta, e noi valutiamo se cooperare prima di fornire dettagli.»

Avrei voluto cancellargli quel sorriso compiaciuto dalla faccia. «Questo non è un caso qualunque, quindi faremo a modo mio. Il suo cliente rivela ciò che sa, e noi valuteremo se offrire uno sgravio. Tenga presente che il signor Ruiz è in guai seri.»

«È il vostro caso a essere in serio pericolo, signor Luca.»

«Risparmi la sua spavalderia per i giurati, avvocato.»

Rudy si scostò dal tavolo e si alzò. «Adesso metteremo fine a questa piccola farsa.»

«Un momento. Non può andarsene così.»

«Certo che posso. Stiamo presentando un'istanza per far archiviare le accuse.»

«Su quali basi? Non andrà da nessuna parte.»

«Avete detenuto e trasportato illegalmente il signor Ruiz. Le vostre azioni costituiscono sequestro di persona secondo la legge federale, in particolare il Mann Act. Avete violato anche diversi accordi internazionali, ma sorvoleremo su quelli e accetteremo persino di rinunciare a presentare un reclamo al governo messicano, che considera il trasporto di persone oltre confine contro la loro volontà uno dei crimini più gravi che si possano commettere.»

Guardai Ruiz e dissi: «Quanto paga il suo avvocato? Mille dollari l'ora?»

Rudy disse: «Il mio onorario non la riguarda».

Aprii di scatto la cartellina che avevo davanti. «Beh, qualunque sia la cifra, signor Ruiz, lo sta pagando troppo.»

Rudy controllò il telefono e si alzò. «Posso confermare che l'istanza è stata consegnata al giudice Hollins.» Guardò Ruiz. «La tireremo fuori di qui in un paio d'ore.»

Feci scivolare due documenti sul tavolo. «Queste sono due deposizioni giurate di testimoni che attestano che il suo cliente è salito di sua spontanea volontà sull'aereo che lo ha portato in Texas.»

Ruiz si chinò, guardò i documenti e borbottò: «Quel fottuto di Acuna? Cosa gli avete dato per fargli dire questa stronzata?»

Rudy si lasciò ricadere sulla sedia. «La testimonianza del signor Acuna sarà invalidata da qualsiasi accordo gli abbiate offerto. Chi è Paul Gibbons?»

«Il pilota dell'aereo su cui il signor Ruiz è salito liberamente. Mi dispiace, avvocato, non è stato un sequestro di persona.»

Ruiz si voltò verso il suo avvocato. «Stronzate, mi hanno ammanettato sull'aereo.»

«Eravamo nello spazio aereo americano, regolato dalla legge statunitense, quando il signor Ruiz è stato immobilizzato. Ora, dica al suo cliente di iniziare a parlare.»

Rudy si agitò sulla sedia. «Vorrei qualche istante in privato con il mio cliente.»

Uscimmo nel corridoio e Donovan disse: «Hai visto la faccia di Rudy quando gli hai dato le deposizioni? È un tale presuntuoso del cazzo».

Mentre dicevo: «Sono felice di non dover più avere a che fare con pagliacci come lui», il mio cellulare cominciò a vibrare.

Era Bradley. Feci un passo di lato. «Devo rispondere.»

Mi infilai in una stanza per interrogatori vuota. «Ehi, Bradley, non ho molto tempo. Sono nel bel mezzo dell'interrogatorio del Pescatore. Che succede?»

«È per questo che ho chiamato. Ho delle informazioni per te.»

«Vai.»

«Ho ottenuto i tabulati telefonici di Ruiz da AT&T.»

«Chiamate o messaggi con Dillon o qualcun altro alla DEA?»

«No. Ma ce n'è una dall'ufficio dello sceriffo della contea di Collier.»

Mi appoggiai al muro. «Mi stai prendendo per il culo?»

«No.»

La mia mente passò in rassegna tutte le persone con cui avevo lavorato. «Ho paura di chiedere chi sia.»

Quando Bradley me lo disse, mi mancò il respiro.

CAPITOLO SETTANTA

«Sei sicuro che sia il sergente Gesso?»

«Sì. I tabulati mostrano che Ruiz ha ricevuto una chiamata dal cellulare di Gesso subito prima dell'irruzione, e un'altra subito prima che scappasse in Messico.»

Crollai su una sedia. «Questo non ha alcun senso.»

«Cosa vuoi dire? È Gesso la talpa.»

«Non c'è nient'altro?»

«Niente che coinvolga un agente o un'agenzia delle forze dell'ordine.»

«Non ci posso credere.»

«Lo conosci bene, vero?»

«Almeno così credevo. Senti, devo andare.»

Il caffè che avevo bevuto cominciò a risalirmi. Mi alzai e camminai avanti e indietro per la stanza. Gesso era già qui quando ero entrato in servizio. Quand'è che si era corrotto?

Ripassando mentalmente le centinaia di casi che avevo trattato, non riuscii a trovarne più di tre in cui Gesso avesse cercato di chiudere un'indagine. Ma a onor del vero, tutti e tre erano problematici.

Con lo stomaco in subbuglio, i miei pensieri si spostarono

sul modo in cui Gesso aveva reagito quando gli chiesi se avevamo una talpa che aveva trasformato un'irruzione in una perdita di tempo. Continuava a dirmi di andarci piano con le accuse.

E poi, con Dillon della DEA, mi aveva avvertito di moderare i toni anche in quel caso. Stava forse cercando di allontanarmi dalla strada che lui stesso aveva intrapreso?

Qualcuno bussò alla porta. Balzai in piedi mentre Donovan faceva capolino. «Stai bene?»

«Sì, sì. Be', non proprio.»

«Che succede?»

«No, lascia perdere, è solo il mio stomaco che fa i capricci. Sbrighiamo questa faccenda.»

Donovan premette il tasto per registrare. Recitò l'ora, la data, i presenti e disse: «Riprendiamo l'interrogatorio di Emmanuel Ruiz, rappresentato da William Rudy.»

Rudy disse: «Il mio cliente è interessato a collaborare, a condizione che l'accordo offerto sia vantaggioso.»

Dissi: «Anche se mi costa dirlo, i procuratori hanno acconsentito a rinunciare alla pena di morte in cambio della collaborazione del suo cliente.»

«Temo che questo non basterà. Dovrà fare di meglio.»

«Il signor Ruiz ha assassinato Jimmy Pearson, sventrandone brutalmente il corpo. Inoltre, il suo cliente è un membro del cartello della droga La Familia. È coinvolto nello spaccio e nel traffico di droga.»

«Ci serve un qualche sconto di pena.»

Una miscela di bile e caffè mi schizzò in fondo alla gola. «Sicuramente saprà che il governatore DeSantis ha firmato una nuova legge sulla droga. Tale legislazione ha aumentato le pene minime per il traffico di fentanil.»

«Non ci sono prove che il signor Ruiz sia coinvolto in...»

Mi sporsi in avanti. «Vuole che la porti all'obitorio? Vuole i referti dell'autopsia? Cosa? Cosa vuole? Vuole parlare con la mia vicina il cui figlio è morto di overdose per la merda che vende il suo cliente?»

Donovan mi diede un calcio sotto il tavolo e disse: «Guardi, tutto quello che possiamo fare è vedere cosa ha da dire il signor Ruiz e poi riferire ai piani alti. Forse gli toglieranno un paio d'anni, ma questo è quanto, quindi le conviene accettare finché l'offerta è ancora valida.»

Poi capii: doveva essere stato Gesso a dire a Ruiz che era stato Jimmy a identificarlo. Balzai in piedi, portandomi una mano alla bocca. «Devo vomitare.»

Con il corpo in piena rivolta, corsi in bagno.

Spalancai la porta e vomitai nel lavandino.

Mentre pulivo il disastro che avevo fatto, Donovan irruppe. «Frank, stai bene?»

«Devo aver preso un virus o qualcosa del genere. Ho un mal di stomaco terribile.»

«Non preoccuparti, vai a casa. Finisco io l'interrogatorio.»

Non sapevo cosa fosse peggio, non essere lì o sentire quello che sapevo stesse per arrivare. «Puoi rimandarlo?»

«Non lo so.»

«Sai, forse non dovremmo concedere niente a Ruiz. Si fotta, merita la pena di morte.»

«Ma che ne facciamo delle informazioni che ha?»

«Possiamo davvero fidarci di quello che dice?»

«Possiamo verificarlo.»

«Se potessi rimandarlo, te ne sarei grato. Ho lo stomaco che brontola, devo tornare a casa.»

————

Mary Ann stava pulendo i mobili da giardino. Presi un bagel congelato dal freezer e lo misi nel microonde. Ne mangiai metà prima di affacciare la testa dalla porta scorrevole. «Mary Ann, vieni dentro, ti devo parlare.»

Entrò mentre mi infilavo in bocca il resto del bagel.

«Com'è andata con Ruiz?»

«Non ci crederai, ma la talpa era Gesso.»

«Cosa? Ruiz ha dato la colpa al sergente?»

«Bradley ha ottenuto i tabulati telefonici di Ruiz e ci sono due chiamate da Gesso, una subito prima dell'irruzione e l'altra dopo che avevo detto che era stato Ruiz a uccidere Jimmy.»

«Oh mio Dio. Non posso crederci.»

«È tutto un casino. Non sei cosa fare.»

«Cos'è successo durante l'interrogatorio?»

Le dissi che avevo vomitato. Dopo averla rassicurata che stavo bene, dissi: «Cosa dovrei fare?»

«Cosa vuoi fare?»

«Tirare il collo a quel maledetto di Gesso. Non riesco a credere che abbia tradito me, Jimmy, tutti.»

Mi prese le mani. «Sei furioso e hai tutto il diritto di esserlo. Perché non parli con Gesso? Vedi cos'ha da dire prima che scoppi un putiferio.»

«Pensi che possa esserci una ragione legittima per le chiamate?»

Aggrottò la fronte. «Considerato quello che hai detto sulla tempistica, no.»

Scossi la testa. «Devo parlargli.»

«Bene, ma promettimi che non darai di matto, okay?»

«Non lo farò.»

Tirando fuori il telefono, composi il numero di cellulare dell'uomo che per vent'anni avevo chiamato Sergente.

«Frank?»

«Vediamoci a Bayfront, vicino al porto turistico.»

«Quando?»

«Adesso.»

«Ho una riunione...»

«Ho detto adesso!»

«Non capisco, Frank. Che sta succedendo?»

«No, sono io che non capisco che diavolo stia succedendo, quindi vedi di essere lì tra quindici minuti.»

«Okay.»

Rimisi il telefono in tasca e Mary Ann disse: «Avevi detto che non avresti dato di matto.»

Avviandomi verso il garage, dissi: «Dovevo assicurarmi che ci incontrassimo subito.»

CAPITOLO SETTANTUNO

Ispezionando la zona, vidi Gesso scendere dalla sua auto. Scrutò il lungomare e, quando mi vide, fece un cenno col capo.

Si muoveva più lentamente del solito. Sapeva che avevo scoperto di lui e di Ruiz?

Quando fu a un paio di passi da me, disse: «Cos'è così urgente?»

Ribollendo di rabbia, lo fissai.

Gesso si mise al mio fianco, dicendo: «Hai intenzione di dire qualcosa o...»

«Come cazzo fai a vivere con te stesso?»

«Di che cosa stai parlando?»

«Quanto ti ha pagato Ruiz?»

Il volto di Gesso si rabbuiò. «Ruiz?»

«Sì, Ruiz. Gli hai passato la soffiata sulla retata e poi gli hai detto che eravamo sulle sue tracce per l'omicidio di Jimmy. Quanto valeva tradire la comunità, il corpo, tutto ciò che rappresentiamo... Quanto ti è valso?»

Abbassò lo sguardo sulle scarpe. «Ho fatto una cazzata. Colossale.»

Pieno di disprezzo, dissi: «È dir poco. Quando è iniziata questa stronzata?»

«Un anno fa. Ho pensato che stavo per andare in pensione, e la vita costa così tanto di questi tempi.»

«E allora perché non ti sei messo a spacciare a un angolo di strada?»

«Non essere ridicolo.»

«Non c'è alcuna differenza con quello che hai fatto.»

«Andiamo, certo che c'è.»

«Li hai aiutati. Stanno avvelenando i nostri ragazzi e tu li hai aiutati. Non riesco a credere che stiamo anche solo parlando di questo. Hai contribuito a uccidere Jimmy.»

«Ehi, un momento. Gli dicevo solo quando c'era una retata. Era una cosa innocua. Quegli spacciatori si spostavano da un'altra parte il giorno dopo.»

«Jimmy è morto per colpa tua. Non riesco a credere che tu l'abbia tradito.»

«Giuro di no. Non ho mai fatto il nome del ragazzo.»

«Stronzate! E come diavolo l'ha scoperto Ruiz, allora?»

«Non da me, ma la voce girava. Sono quasi sicuro che Pearson abbia detto ai suoi amici di avertelo detto.»

«Cosa? Quel ragazzo era terrorizzato a morte.»

«Che posso dirti? Dopo che ci hai detto che era lì quando hanno comprato la roba, abbiamo interrogato di nuovo un paio di altri ragazzi, e due di loro sapevano che Pearson ti aveva detto che era stato Ruiz.»

Anche se Jimmy era spaventato, il potere di un segreto poteva averlo condannato. «Non so se me la bevo. Ma in ogni caso, oltre alla soffiata sulla retata, hai aiutato un assassino a fuggire.»

«Non è andata così. Gli ho detto di costituirsi, o si sarebbe fatto ammazzare.»

«E ti aspetti che io ci creda?»

«È quello che è successo. Ho fatto quello che ho fatto per la retata, ma non lascerei mai che un assassino la facesse franca. Non avevo idea che sarebbe scappato.»

«Andiamo, avresti dovuto sapere che se la sarebbe filata.»

«Pensavo davvero di potertelo consegnare.»

«Quindi allora mi stavi facendo un favore?»

«No. Sembrava che Ruiz si fidasse di me.»

«Si fidasse di te? Hai perso il cervello? Ruiz è un assassino a sangue freddo.»

«Non lo sapevo. Lo conoscevo solo come uno spacciatore di basso livello.»

«Lavorava per un cartello.»

«Non lo sapevo, lo giuro.»

«Be', avresti dovuto, specialmente se avevi intenzione di aiutarli.»

«Devi credermi. Non aiuterei mai un assassino. Ho davvero fatto un casino con la soffiata, ma è stato solo quello.»

«Hai fatto più che un casino, hai gettato la tua intera carriera e la tua reputazione nel cesso.»

«Cosa pensi che succederà? Non posso andare in prigione. Mi ucciderebbero nel giro di una settimana.»

«Avresti dovuto pensarci prima di venderti l'anima.»

«Frank, c'è qualcosa che puoi fare per me?»

«Sei incredibile.»

«In nome dei vecchi tempi, Frank. Ti prego, Marilyn andrà in pezzi.»

«Presenta le dimissioni.»

«Adesso?»

«Sì.»

«Ma mi mancano solo sette mesi alla pensione completa.»

«Peggio per te. Vattene subito e trovati un buon avvocato. Ne avrai bisogno.»

«Dirai a qualcuno che abbiamo parlato?»

«Non ho ancora deciso.»

«Frank, ti prego. Ti supplico.»

Mi voltai e me ne andai.

———

Avevo bisogno di parlare con qualcun altro. Derrick era stato un poliziotto, e questo condizionava le cose.

Il dottor Bilotti lavorava a stretto contatto con le forze dell'ordine, ma non ne faceva parte. Era anche più anziano e si era dimostrato saggio. Lo chiamai e lui accettò di incontrarmi.

Bilotti mi stava aspettando davanti all'edificio basso dell'ufficio del medico legale.

«Vuole parlare nel mio ufficio?»

Faceva sempre freddo nel suo ufficio. «Perché non ci sediamo là?» Indicai una panchina all'ombra.

«Certo.»

Vicino alla panchina c'era odore di sigarette. Prima di sedermi, dissi: «Quello che sto per dirle è confidenziale.»

«Capisco.»

Feci un respiro profondo e dissi: «Gesso è corrotto. Non so fino a che punto, ma di sicuro ha avvisato lo spacciatore che ha ucciso il figlio della mia vicina.»

«Caspita, questa non me la sarei mai aspettata. Ne è certo?»

«Sì. Abbiamo due telefonate tra Ruiz e Gesso. Una subito prima della retata e l'altra prima che lui scappasse. Ho parlato con Gesso: ha ammesso la prima sulla retata, ma sostiene che stava cercando di convincere Ruiz a costituirsi.»

«Qualcun altro sa di questa cosa?»

«Non ancora. Stavamo interrogando Ruiz e la cosa stava per venire a galla, perché cercava di scambiare quello che aveva su un poliziotto corrotto in cambio di clemenza, ma mi sono sentito male e abbiamo rimandato l'interrogatorio.»

«E vuole un consiglio su cosa dovrebbe fare?»

«Sì. So che la sto mettendo in difficoltà, ma è...»

«Certo, è una situazione complicata. Lei ha lavorato per

anni al fianco del sergente Gesso e aveva un ottimo rapporto con lui.»

«Ci ha fatti conoscere me e Mary Ann perché pensava che saremmo stati una bella coppia.»

«Ricordo che me ne aveva parlato. Su quello ci aveva visto giusto.»

Annuii. «È difficile metabolizzare tutto questo.»

«Cosa gli ha detto quando lo ha affrontato?»

«Gli ho detto di andare in pensione immediatamente.»

«Lei è combattuto se partecipare o meno a far emergere tutta questa storia?»

«Sì. Voglio dire, se ha davvero cercato di convincere Ruiz a costituirsi, è tutta un'altra faccenda. Cioè, non lo perdono per la soffiata sulla retata. È stata una violazione di tutto ciò in cui crediamo. E ha detto che non era stato lui a dire a Ruiz che era stato Jimmy a identificarlo come lo spacciatore.»

«Gli crede su questo?»

«In un certo senso, sì.»

«Riesce a trovare un nesso tra la retata e l'omicidio?»

«Non direttamente, ma se la retata avesse avuto successo, con un po' di fortuna avremmo potuto arrestare Ruiz. Jimmy ci ha detto che era stato Ruiz a vendere la droga a Steve quando era andato in overdose.»

«Lei è arrabbiato con Gesso, ma allo stesso tempo il suo rapporto con lui Le impedisce di agire contro di lui, giusto?»

Annuii. «Sento che dovrei, ma se è stata una cosa isolata e ha davvero cercato di far costituire Ruiz, tutto quello che ha fatto nella sua carriera dovrebbe andare in fumo? Almeno una metà di me dice di sì. Cosa dovrei fare?»

«Considerando che non fa più parte dell'ufficio dello sceriffo, non ha alcun obbligo di fare nulla. Ha detto che Ruiz stava cercando di scambiare quello che sa di Gesso per un patteggiamento di qualche tipo, giusto?»

«Sì.»

«Allora la cosa salterà fuori comunque. Gesso dovrà difendersi per qualunque cosa abbia fatto e subirne le conseguenze. Lei non dovrà essere coinvolto e non soffrirà di alcun senso di colpa per aver partecipato.»

«Quindi, semplicemente, me ne tiro fuori?»

«Perché no? Non ha bisogno di vedere da vicino la rovina di un uomo. Lei ha fatto la sua parte arrestandolo. Le è già costato abbastanza, no?»

«Certamente, e Mary Ann sarebbe felice se fosse finita.»

«Quindi, ecco fatto. Lasci che Donovan se ne occupi da qui in poi, e Lei torni a fare il pensionato. Faccia quel viaggio che ha promesso a sua moglie.»

Bilotti aveva ragione. Era già abbastanza doloroso sapere cosa aveva fatto Gesso. Sarebbe andato in pensione e avrebbe affrontato qualsiasi accusa gli fosse stata mossa.

CAPITOLO SETTANTADUE

Il mio cellulare vibrò. Era Derrick.

«Ehi, Frank. Hai sentito?»

«Sentito cosa?»

«Gesso ha consegnato le carte e se n'è andato in pensione anticipata.»

«Davvero?»

«Sì, c'è qualcosa che non quadra. Gli mancava meno di un anno.»

Esitai prima di dire: «Be', che resti tra noi, ma giravano voci che potesse aver passato il segno.»

«Quale segno? Che cosa sai?»

«Ho sentito che c'entrano il Pescatore e la soffiata sulla retata.»

«Porca miseria. E pensare che credevi fosse stato Dillon, quello della DEA.»

«Non darlo per certo. Per ora sono solo speculazioni.»

«Sei coinvolto, avrai l'esclusiva.»

«Non più. Ho fatto la mia parte consegnando Ruiz, e ho chiuso con questa storia.»

«Davvero?»

«Sì. Ho fatto quello che mi ero prefissato, e non farò altro.»

«Quanto ti hanno dato per aver preso il Pescatore?»

«Nient'altro che soddisfazione. Non prenderei un centesimo per l'omicidio di Jimmy.»

«E per il caso di riciclaggio dell'oro? Devi averci fatto un sacco di soldi.»

«È andata bene.»

«Non hai intenzione di dirmelo?»

«Perché dovrei? Hai avuto tutte le possibilità di unirti a me.»

«Andiamo, dammi un'idea, così so cosa mi sono perso.»

«Dieci milioni.»

«Wow. Niente male come ricompensa.»

«La metà andrà al fondo per gli agenti caduti, e il resto lo metteremo in un fondo fiduciario per Jessie.»

Il mio telefono vibrò. «Derrick, devo andare, mi sta chiamando quello della Homeland.»

«Signor French, come sta?»

«Bene, Frank, e Lei?»

«Tutto bene. Cosa succede?»

«Volevo aggiornarla sul caso della Noble Metals.»

«Mi stavo proprio chiedendo a che punto fosse.»

«Sembra che tentare di incriminare penalmente i fratelli Medina sia un'impresa troppo ardua. Barrio non è un testimone dei più credibili, ed è l'unico a sostenere che i proprietari sapessero che l'oro proveniva da miniere illegali. Nessuno dei due fratelli è mai stato in Perù, e nessuno ha avuto contatti diretti con i venditori.»

«Accidenti. Quindi, cosa si farà?»

«Un paio di cose, oltre a delle multe salate. La prima è assicurarci che il resto dell'industria della raffinazione sia a conoscenza dei guai in cui si è cacciata la Noble. A tal fine, i fratelli Medina hanno accettato di finanziare una campagna pubblicitaria di cinque anni per diffondere la notizia sulle principali pubblicazioni del settore.»

«Spero sia efficace, ma l'avidità è potente.»

«Lo è, e grazie a una sua idea, richiederemo licenze per l'importazione di oro dal Perù e dalla Colombia.»

«Davvero?»

«Sì, non sarà un sistema perfetto, ma il processo dovrebbe frenare il flusso di oro illegale in entrata negli Stati Uniti.»

Terminata la telefonata, andai in cucina. Mary Ann disse: «Sei stato impegnato stamattina.»

«Si sta spargendo la voce sulla pensione di Gesso.»

«Stavo giusto pensando che su quello che ha fatto è calato il silenzio.»

«Non si può tenerlo nascosto. Verrà fuori, è solo questione di quanto grave sarà la situazione se Ruiz non dirà che Gesso ha tentato di convincerlo a costituirsi.»

«Comunque non è un bene che gli abbia parlato mentre Ruiz era il sospettato numero uno.»

Sospirai. «No, di certo. Non riesco proprio a capacitarmi di quello che ha fatto.»

«Mi dispiace per Marilyn.»

Non sapevo se quello che provavo per Gesso fosse rabbia o tristezza. Era una persona a cui avevamo pensato di chiedere di fare da padrino a Jessie.

Gesso aveva fatto in modo che io e Mary Ann diventassimo partner perché pensava che fossimo una bella coppia, sentimentalmente parlando. Per questo mi sentivo in debito con lui a vita.

Il mio cellulare suonò. Non era un numero riconoscibile, ma aveva il prefisso 202 di Washington, D.C.

«Pronto?»

«Signor Luca, sono Jack Pierce, dal quartier generale della DEA.»

Mi tornò in mente l'immagine dell'analista sovrappeso che

avevo conosciuto al mio arrivo a Washington. «Oh, salve. Cosa succede?»

«Ho pensato che Le dovessimo dare un aggiornamento. È un buon momento?»

«Certo. Un aggiornamento su cosa?»

«Il cartello de La Familia. Siamo riusciti a ottenere informazioni di grande valore dai due membri che Lei ha messo sotto protezione.»

«Javier White e Ernesto Carmen?»

«Sì. White ha fornito buone informazioni sui flussi di denaro e sulle operazioni di riciclaggio, e Carmen ha colmato le lacune sulla loro rete di distribuzione e sui membri negli Stati Uniti.»

«Spero che abbiano dato abbastanza da meritare la protezione testimoni.»

«Siamo nelle fasi iniziali, ma effettueremo arresti nei prossimi mesi, e la loro testimonianza sarà cruciale. Ah, e Tonino, il fratello di White, ha pagato il prezzo per la collaborazione di Javier; il suo corpo è stato trovato un paio di giorni fa.»

«Provo ben poca compassione per questa gente.»

«La capisco. Sa, devo dire che, quando è venuto a trovarmi a Washington, non l'ho preso sul serio. So che ha avuto una carriera nelle forze dell'ordine, ma questi cartelli sono tutta un'altra storia, e ho visto un'infinità di agenti provare a fare qualcosa, ma Lei è l'unico che ha avuto un impatto.»

«Mia madre mi ha insegnato a tener fede alla mia parola.»

«Ha fatto un ottimo lavoro.»

«Grazie. Buona giornata.»

Mary Ann chiese: «Chi era?»

La misi al corrente, concludendo con: «Ha detto che gli ho dimostrato che si sbagliava e che ho fatto quello che nessun altro era riuscito a fare.»

Lei disse: «Non lasciarti montare la testa.»

Mary Ann non doveva preoccuparsi; ogni mio successo era già offuscato dalla perdita di Steve e Jimmy. E ora, a causa di ciò che avevo scoperto, c'era la rovina di Gesso.

CAPITOLO SETTANTATRÉ

Entrò con uno strofinaccio in mano. «Quando comincia?»

«French ha detto che sarebbe stata la notizia di apertura.»

Vestita con un abito azzurro, la presentatrice sorrise, dando il benvenuto ai telespettatori dell'edizione delle sei.

«Stasera apriamo con una notizia da Washington che è diventata fin troppo familiare.»

Sullo schermo, la sua immagine fu sostituita da quella di Pembroke mentre veniva portato fuori dal Dipartimento del Tesoro. La giacca del completo gli copriva le mani ammanettate.

«George Pembroke, uno dei membri più anziani del Dipartimento del Tesoro, è stato arrestato oggi nel primo pomeriggio. Si presume che il signor Pembroke fosse coinvolto in un piano internazionale con un cartello messicano dedito all'estrazione illegale d'oro. Il piano prevedeva la spedizione d'oro grezzo a una raffineria di Miami per riciclare i proventi del narcotraffico. Si presume che il signor Pembroke abbia organizzato la vendita dell'oro raffinato al governo degli Stati Uniti in cambio di una percentuale sui proventi.»

Disse Mary Ann: «Spero che gli diano cinquant'anni.»

«Probabilmente patteggerà, soprattutto se sa molto sul cartello La Familia.»

«Dovrebbe entrare nel programma di protezione dei testimoni.»

«La sua famiglia è molto in vista. Non sarà facile, ma o fa così o si becca una lunga pena detentiva.»

«Non posso credere che abbia corso un tale rischio lasciandoti portare avanti tutta questa storia.»

«Pembroke era accecato dall'odio per Adams. Mi ha dato corda a parole riguardo alla mia caccia al denaro, ma non mi ha mai rispettato. Per lui ero solo una pedina comoda, un outsider con una comprovata esperienza.»

«Era una buona copertura.»

Annuii. «Ma ha fatto l'errore di pensare di potermi controllare. Romney ha detto che Pembroke gli aveva confessato che si aspettava che smettessi di indagare e, non dimenticare, ha fatto in modo che Sears cercasse di fermarci quando abbiamo seguito i soldi in Perù.»

«E ha interferito quando hai indagato sulla raffineria.»

«Esatto. Alla fine, Pembroke è come tante persone intelligenti e di successo: pensano di poter controllare un'indagine.»

Il fatto che Pembroke finisse in prigione non mi turbava minimamente. Il suo tipo di crimine era più pericoloso di quello di strada. Poteva anche marcire in galera, ma ero combattuto riguardo a Gesso e alla possibilità che finisse dietro le sbarre. Era impossibile capire perché avesse fatto una cosa così stupida.

————

Per almeno la quinta volta, stavamo guardando *I soliti sospetti*. Quando iniziarono a scorrere i titoli di coda, afferrai il telecomando. «Andiamo a letto.»

«Aspetta. Voglio vedere il meteo. Connie ha detto che c'è una tempesta tropicale in arrivo.»

«Non ne avevo sentito parlare.»

«È quello che ha detto lei.»

Dicendo: «Dille di non guardare troppa TV», misi su WINK News.

Dopo un servizio sul festival del cinema di Naples, apparve il meteorologo Matt Devitt. Stava in piedi accanto a una mappa colorata. «Tutti si chiedono cosa stia bollendo in pentola nei Caraibi. Ci colpirà? Restate con noi: i modelli attuali e le nostre previsioni stanno per arrivare.»

Dissi: «È troppo tardi nella stagione per essere qualcosa di serio. Il Golfo si sta raffreddando.»

«Probabilmente è solo per fare scena.»

Il presentatore apparve sullo schermo. «Vi presentiamo un'esclusiva di WINK News. Le nostre fonti ci informano che un membro di alto rango dell'ufficio dello sceriffo della Contea di Collier è stato interrogato in merito a una possibile collaborazione con un'organizzazione di narcotrafficanti del Sudovest della Florida.»

«Si ritiene che la persona in questione sia il sergente Vincent Gesso, da ventiquattro anni nel dipartimento. WINK News ha cercato di ottenere una dichiarazione dal signor Gesso, ma lui ha rifiutato.»

Partì un video del sergente Gesso e di sua moglie seguiti dai giornalisti nel parcheggio del centro commerciale Coastland.

Microfono alla mano, un reporter chiese: «Signor Gesso, perché è andato in pensione anticipata? È collegato alle voci secondo cui sta per essere incriminato?»

«Nessun commento.»

La moglie di Gesso, che teneva la testa bassa, sbottò: «Lasciateci in pace!»

Il presentatore disse: «Abbiamo chiesto al dipartimento dello sceriffo di commentare le accuse.»

Disse Mary Ann: «Oh mio Dio. Non posso credere che stia succedendo.»

«Se l'è cercata, ma vedere questo mi fa stare male.»

Il presentatore rimandò in onda il filmato di Gesso. «Vi aggiorneremo su questa notizia in evoluzione. Ora, scopriamo cosa può dirci Matt sulla perturbazione che potrebbe dirigersi verso di noi.»

Con una tempesta che già infuriava nella mia testa, una tempesta tropicale a centinaia di miglia di distanza era cosa da poco.

Lanciai il telecomando sul divano. «Vado a lavarmi i denti.»

Sdraiato a letto quella notte, riesaminai il caso di omicidio e riciclaggio. Era stato un successo, ma con un retrogusto amaro. Steve e Jimmy non c'erano più, e Gesso, un buon amico, era diventato un danno collaterale.

Sapendo che quella spina nel fianco non se ne sarebbe mai andata, rimuginai su due questioni irrisolte. Sapevo di doverne affrontare una e me ne sarei occupato la mattina seguente.

———

Mentre sciacquava la sua tazza, Mary Ann disse: «Non dimenticare che Melissa viene alle nove.»

«Chi?»

«L'agente di viaggio. Vuole passare a lasciarci un po' di materiale sui tour da valutare.»

Non volevo vedere troppe chiese, ma dissi: «Qualsiasi cosa tu decida, per me va bene.»

«No, Frank. Lo facciamo insieme. Non voglio che ti lamenti.»

«Io? Lamentarmi?»

«Esatto, ti ricordi Roma? Continuavi a lamentarti di visitare troppe chiese.»

Riusciva davvero a leggermi nel pensiero. «Lì ce n'è una in ogni strada.»

«L'Europa è così.»

Dirigendomi verso lo studio, dissi: «Devo fare una telefonata.»

Mi sedetti alla scrivania e fissai il telefono. Volevo cambiare la foto della schermata iniziale con Jimmy, Steve e Jessie, ma esitai. Mi sembrava una mancanza di rispetto.

Fare quella telefonata avrebbe dovuto essere facile, ma avevo dato la mia parola e non la infrangevo facilmente. Ma come ogni altra cosa in quel caso, c'erano due lati della medaglia.

Cercai il numero di Dillon e chiamai l'ufficio della DEA di Fort Myers.

«Frank, come va? Ehi, ho saputo di Gesso.»

«Sì, vedremo quanto è grave.»

«Un vero peccato. Chi avrebbe mai pensato che 'il' sergente della Contea di Collier fosse corrotto?»

Sapevo che mi stava restituendo un po' delle frecciatine che gli avevo lanciato sulla corruzione nella DEA. «Credimi, mi sto ancora riprendendo.»

«Sono sicuro che non è per questo che chiami.»

«No. Volevo darti delle informazioni riservate su un grosso distributore.»

«Sono tutto orecchi.»

«Farro Acuna, alias Cherdo. È stato fondamentale per aiutarmi a prendere il Pescatore. Gli ho detto che avremmo lasciato in pace la sua operazione, ma non è giusto.»

«Cosa hai su di lui?»

Gli descrissi dettagliatamente quello che avevo scoperto. Dillon mi ringraziò e promise di agire immediatamente.

Restava un sassolino nella scarpa. E quello era Rico, l'agente corrotto della CIA che avevo incontrato in Perù. Non sapevo cosa fare con lui, ma non potevo lasciare che un'infezione non venisse curata.

Poteva volerci del tempo, ma di tempo ne avevo.

Suonò il campanello.

Disse Mary Ann: «Frank, è arrivata.»

Aspettai di sentire la signora andarsene. Quando entrai in soggiorno, Mary Ann stava studiando una brochure patinata.

«Oh mio Dio, Frank. Guarda qui, è la Riviera Ligure. Questa è Portofino.»

Me la porse. La copertina mostrava la foto di una coppia della nostra età. Erano incorniciati da vivaci cespugli di buganvillea rossa e guardavano il mare.

Ecco una foto per la schermata iniziale, se mai ne avessi vista una.

«Dobbiamo andarci e fare una foto proprio come questa.»

———

Spero che ti sia piaciuto leggere *Il Tradimento D'oro* tanto quanto a me è piaciuto scriverlo. Se così fosse, apprezzerei molto se volessi scrivere una breve recensione su Amazon o sul tuo sito di libri preferito. Le recensioni sono le migliori amiche di un autore e anche solo una o due righe sono d'aiuto. Grazie, Dan

Dan è un autore di bestseller per USA Today e Amazon che ha scritto la sua prima storia all'età di dieci anni e ama raccontare storie o barzellette.

Dan trae le idee per le sue storie esplorando la domanda: e se?

In quasi ogni situazione in cui si trova, Dan si chiede cosa succederebbe se accadesse questo o quello. E se questa persona morisse o facesse qualcosa di insolito o illegale?

Questo suo continuo lavorio mentale fornisce a Dan abbondante materiale da intrecciare in storie interessanti.

Amante di libri e film con colpi di scena e difficili da prevedere, Dan costruisce le sue storie in modo da impedire ai lettori di indovinarne lo svolgimento. Scrive ogni giorno, forzando le parole a uscire quando necessario, e a oggi ha scritto più di venticinque romanzi.

Non è una questione di voler scrivere, per Dan è semplicemente una necessità.

Dan crede fermamente che le persone possano realizzare i propri sogni se si concentrano e agiscono, ed è proprio ciò che incoraggia a fare.

Il suo detto preferito è: «Il prezzo della disciplina è sempre inferiore al costo del rimpianto»

Dan ricorda alle persone di eliminare la negatività dalle proprie vite. Crede che sia contagiosa e consiglia di stare alla larga dalle persone negative. Sa che avere una mentalità autentica e positiva dà la sensazione che la vita sia truccata a proprio favore. Quando si sente giù, si dice: «Non si può avere una bella giornata con un brutto atteggiamento».

Sposato, con due figlie e un Maltese bisognoso di attenzioni, Dan vive nel sud-ovest della Florida. Originario di New York, Dan ha insegnato nei college locali, scrive romanzi e suona il sassofono tenore in diverse jazz band. Beve anche decisamente troppo vino e non si prende mai, e poi mai, troppo sul serio.

Pubblica una newsletter bimensile con articoli, i suoi scritti e offerte speciali e occasioni imperdibili.

Iscriviti su www.danpetrosini.com